鸽之舞

上海—台北两岸文学营交流作品选编

萌芽杂志社 编

GE ZHI WU

SHANGHAI-TAIBEI LIANG'AN WENXUEYING

JIAOLIU ZUOPIN XUANBIAN

百花洲文艺出版社
BAIHUAZHOU LITERATURE AND ART PRESS

图书在版编目（CIP）数据

鸽之舞：上海-台北两岸文学营交流作品选编 / 萌芽杂志社编.
-- 南昌：百花洲文艺出版社, 2021.6
ISBN 978-7-5500-4253-7

Ⅰ. ①鸽… Ⅱ. ①萌… Ⅲ. ①短篇小说 – 小说集 – 中国 – 当代
Ⅳ. ①I247.7

中国版本图书馆CIP数据核字(2021)第087930号

鸽之舞：上海-台北两岸文学营交流作品选编
萌芽杂志社　编

出 版 人	章华荣
选题策划	萌芽杂志社
责任编辑	郝玮刚　蔡央扬
特约编辑	桂传俍　吕　正
书籍设计	黄敏俊
制　　作	何　丹
出版发行	百花洲文艺出版社
社　　址	南昌市红谷滩区世贸路898号博能中心一期A座20楼
邮　　编	330038
经　　销	全国新华书店
印　　刷	湖北金港彩印有限公司
开　　本	720mm×1000mm 1/32　　印张　10.25
版　　次	2021年6月第1版第1次印刷
字　　数	220千字
书　　号	ISBN 978-7-5500-4253-7
定　　价	46.00元

赣版权登字　05-2021-173

目录

CONTENTS

序 言

　　2015年8月，首届上海-台北两岸文学营在位于巨鹿路的上海市作家协会开幕。齐聚合影的两岸20余位青年文学创作者站在一起，目光穿过大厅，落在院子中心那座普绪赫（Psyche）主题的喷泉上。喷泉水声哗哗，生机勃勃。整个院子也因为这组喷泉得了"爱神花园"的昵称。这一刻年轻的作者们应该是得到了某种神秘的加持和祝福，期待他们的创作，绵绵不断，期待他们的交流，回响不断。

　　2015年，萌芽杂志社社长孙甘露先生和《联合文学》发行人林载爵先生根据两岸文学发展的现状，倡议打造"文学营"。上海-台北两岸文学营就此诞生。开幕活动上，林载爵先生发出盛情邀请，"两岸文学营可以让上海、台北两边的文学青年透过作品来相互了解一下到底我们有什么不同，或者是我们有什么共同的地方，这是一个非常有意义的事情。"时任上海市作家协会副主席的汪澜女士回应，"两岸青年以文学来交流，共同创作和学习、生活在一起，一定能够带动两岸青年增进了解，增加认同，同时也将推动两岸文学的交流，使两岸文学界的兄弟般的情意能够一代一代传下去。"2016年，两岸文学营首次在台北举办。台湾著名作家舒国治盛邀文学营的年轻人们与他深夜去尝一尝永康街新鲜出炉的豆浆和油条。

本书编辑时，第六届上海-台北两岸文学营刚刚在上海落幕。2020年的特殊无须赘言，但我们和《联合文学》的伙伴们没有按下暂停键，选择"在云上启动"。两岸的青年文学创作者们通过网络连线，完成了云讨论、云讲座和云聚餐。六年来，两岸文学营成为两岸青年人交流常态化、机制化的平台，促进了一批有深度、有影响力、面向两岸青年阅读人群的文学作品的诞生。

《鸽之舞：上海-台北两岸文学营交流作品选编》是两岸文学营的第一本选编，15篇作品或助广大读者"管中窥豹，时见一斑"，感受两岸新一代写作者的火花。熟悉《萌芽》和《联合文学》的读者会遇上不少熟悉的面孔，比如曾在《萌芽》发表长篇连载小说的察察和不日远游，比如被称为"少女忽必烈"的陈又津，比如收获联合报文学奖的陈柏言。新一代写作者视野广阔，陈秋韵的《爆炸之前》故事背景发生在纽约法拉盛，徐振辅的《请你告诉我那是什么样的蓝》则关于在台湾最美离岛"兰屿"观蝶。新一代写作者在内心航行，拷问青春，汪月婷在《乡村葬礼》里写道："我在墓地里走了走，这里的一切让人想到，生生死死正在随意地发生着，像野花野草，有的人还在人世上行走，名字已经刻在一块碑上面，等着去世后再涂成金色。"吴晶晶在《绝味》中说："街边一间间牌匾的灯光交替映在她脸上，烧烤摊子的炉烟一丛丛扑在她身上的时候，她心里都明白，她做的这些毫无意义。她和体育老师能去哪呢，她和阿武能去哪呢，她一个人又能去哪呢？"这些作品都经历了作者在递交时的惴惴不安，经历了编辑们的碎碎念，更经历了导师们在"盲评会"时跳过"褒赞"，不留情面的批评。但恰恰是反复淬火的作品才是"面向未来"，成为不让人失望的文字。

2019年，两岸文学营在台北举办，恰逢中秋月圆。闭幕活动上，上海市作家协会专职副主席王伟先生和台湾联经出版事业股份有限公司总经理陈芝宇女士共同合唱了《萍聚》，那是当晚活动的一个高潮。虽然两岸青年写作者并不熟悉这首曾风靡一时的金曲，但歌词"只要我们曾经拥有过/对你我来讲已经足够/人的一生有许多回忆/只愿你的追忆有个我"让年轻的心同频共振，像住在了同一首歌。

在此，我们特别感谢上海–台北两岸文学营历任导师和嘉宾，以及上海市作家协会对两岸文学营的大力支持和指导。

萌芽杂志社
2021年2月

赢　家

夏　烁

鲁礼勤下班路过卖年货的临时集市，复杂的腥味正从里面飘出来。他很不情愿地走进去，加入到缓缓挪动的人流里。夏萍嘱咐过他，一定要去看看有什么可买的。

卖野生菌的摊主给他装了半袋竹荪，又央求他再多要一点。摊主说："今天是最后一天啦，我给你优惠一点。"礼勤推让着，他想我要买这么多竹荪来干吗，这半袋我们恐怕都要吃到明年了。在试图扎起塑料袋彻底拒绝摊主的时候，他的手机响了，是个陌生的号码。

电话里面说："鲁粟啊？"

他说："我是鲁粟的爸爸。"

电话里面说："叔叔你好呀，我是蓝岚。"

他说："蓝岚啊，你好你好，你现在怎么样啊？"

电话里面说："我们弄了个同学群，就差鲁粟一个了。大家都在问班长去哪儿了，还是当警察的同学在户籍系统里查到的这个号码。"

礼勤听到这句时心里稍微有点不舒服。

"他们喊我打，我就打咯。没想到是您的电话。"

礼勤想不起蓝岚小时候的声音是什么样的了，她来家里等鲁粟一起去学校的那两年，他们都还是刚上小学的小朋友。但他对她说她是蓝岚这件事并不怀疑，尽管这个人说话大方又动听，可那还是小孩子在跟大人讲话的口气。

他答应把鲁粟的电话号码发给她，接着又问了一遍："你现在怎么样啊？"

"我啊，也就这样，一直在银行上班……马上要结婚啦。"

礼勤露出了微笑。不知道从什么时候开始，他有了这样的乐趣，带着欣慰。大概是年纪大了。

挂掉电话，塑料袋已经装满了。礼勤愣了愣，还是付了钱。

蓝岚没有想到鲁粟的爸爸还记得她。他那么清楚地重复出她的名字，一点犹豫都没有。蓝岚在群里说："是班长的爸爸接的电话，他居然还记得我。"

"肯定是因为你小时候很可爱咯。"

有人这么回答她，她心里很受用。然而她想着的是另外的事。

鲁粟的爸爸带着鲁粟去过她家的。那次她错拿了鲁粟的作业本。他们来找的时候，她爸爸已经在饭桌前喝醉了。

在电话里，她告诉鲁粟的爸爸，同学们还在说，鲁粟的爸爸很帅，妈妈很有气质。同学们确实在群里这么七嘴八舌地说过。他们还说鲁粟家以前住的那幢楼很威风，楼对面又造了另一幢楼给每一户做厨房用，两幢楼是连起来的。他们说那两幢楼都已经被拆掉了。

蓝岚记得河边的那幢楼，她在那里第一次吃到了巧克力。是冬天的早晨，天气很冷，鲁粟的妈妈用水果刀切开一小块递给她。她没接住，巧克力掉在地上。鲁粟的妈妈就又切了一块给她，然后弯下腰捡起掉在地上的那块。鲁粟妈妈的背影颀长，挽起的发髻上拢着黑色的网兜。

蓝岚照着收到的电话号码打了过去。

电话那头笑了，不是很痛快的笑。蓝岚倒也不觉得奇怪。鲁粟和她一样在县城里工作，并没有去什么神秘遥远的地方，但是没有人能联系到他。

"可是，可是我很久没有用微信了啊。"

"那你用一下呗，我把我的微信号发给你。"

她说着便挂了电话，没过一会儿他们加上了对方。他朋友圈里只有零星几条文字，都不用往下翻。最近的一条是半年前发的："烧完美好青春换一个老板。"

夏萍回家时发现礼勤并不在客厅里，茶几上放了一袋竹荪，别无他物。她想男人真是不会买东西。她脱掉外套走进卧室，看见礼勤站在穿衣镜前面。

他正在欣赏他自己，那种投入的状态让夏萍发笑。

"看样子站了好一会儿了吧。"

礼勤仍旧一本正经地对着镜子，说："有人说我很帅。"

"谁啊？"

"还说你很有气质。"

夏萍瞟了一眼镜子里的自己。她没有发胖，黑色高领毛衣让她看起来挺拔端庄；她下半身穿着千鸟格毛呢直筒裤，是找裁缝照着十几年前的裤样做的。朋友们冬天常穿的紧身打底裤或者短裙配黑丝袜，她反正都不喜欢。她对自己的样子很满意，又朝镜子里抬了抬头，挽着发髻的长发一丝不乱。

礼勤也看着镜子里的夏萍，他知道时光过去了，然而那并没有什么可说的。

他跟着夏萍走到厨房里，说起了刚才那个电话。

"他们有个同学做警察的，也不知怎么找到了我的电话。"

"听上去有点吓人。"

"他们一定要找到鲁粟嘛，他毕竟是班长。"

夏萍没有吭声，她正把竹荪泡进清水里。它们是正常的浅黄色，也没有刺鼻的气味，在水里，它们的网被浸透，伸张开来。夏萍摘掉了所有的网，又听到礼勤说："他真的跟谁都没有联系，他小学时候所有的同学，要不然也不会只有警察才能找到他。"

"难道一个都没有？他和蓝岚没有联系……那住在河边的那个呢，他们叫他胖子的那个？"

"蓝岚说，就差他一个，整个班级，所有人都在那个群里，就只有他一个人不在，因为他们谁都没有他的联系方式。"

夏萍把竹荪上浮起来的斑点搓掉。他们只知道鲁粟半年前又换了个公司，他们两个都没有办法学着别人那样，在被问起儿子的情况时说他"跳槽"了，他们觉得这个词不适合小地方。"就是换了工作，具体怎么样也不清楚。"他们从来都要求自己实事求是地这样讲。倒是提问的人会安慰他们说："工作总是越换越好的，现在的孩子又不像我们以前那样，一辈子守着一个单位。"

其实他们并不让自己为他担心。他是两年前搬出去住的，因为他有了自己的房子，不大，但是他自己买的。在此之前他一直坐公交车早出晚归。他们几乎到他要搬走的时候才知道了他买房子的事情；每年过年的时候，他也总是已经准备好了给家族里老人和小孩的红包。他们很满足了，没有更多的要求。唯一让他们忍不住去想的是他越来越少的头发。自从那次车祸之后，鲁粟开始掉头发，起初并不明显，但他们上一次看到他时，他的头顶显然已经秃了。夏萍曾经小心翼翼地向他推荐过一家治疗脱发的店，但他说他自己会处理的。

"这事你就别管了，我自己会处理的。"

他并没有不耐烦，而是漫不经心的，都没有抬头看她一眼。她不知道他会怎么"处理"这件事，她安慰自己说，头发嘛，又没有什么用的。她虽然也曾经梦想过自己的儿子长成美男子，但这也不是很重要的事情。

但他真的恢复过来了吗？

夏萍说："你说他有没有朋友啊？"她低着头，手指还浸在水里。她的声音很轻，她不知道礼勤听清楚了没有。她感觉到说出的这句话对于他们两个人——还有不在场的鲁粟——来说都是一种冒犯。她也不知道其他父母会不会讨论这些，在孩子已经这么大了的时候。但她知道自己需要谈一谈这件事。礼勤也一样。

"我想总是会有的吧，同事什么的。"

"同事是同事，我是说朋友。"

"还有他的高中同学、大学同学，总有些还在联系的。"

夏萍努力地回忆着鲁粟提到过的高中和大学同学，她确实是能想起几个名字的。

"孩子交朋友，还是谨慎一点的好。你还记得他们班的敏杰吗？他爸爸也是我们单位的。敏杰借了高利贷自己逃走了，找的担保全是这个镇上的小学同学。每人掏了好几万。都是家里的钱。"

"难道敏杰也在那个群里？不可能吧。"

"是啊……"礼勤若有所思地说，"听说连他爸妈都不知道他在哪里——其实嘛，肯定是知道的。对嘛！不会只有鲁粟一个人不在那个群里，这绝对是夸张了。"

他们俩都觉得好受了一些。礼勤帮夏萍从上面的餐柜里把大号的砂锅拿出来。砂锅装在白色的无纺布袋子里，和一个半月前收起来时一样安然无恙。

夏萍给竹荪换了水，又看了看表。她决定明天清早起来再去买土鸡，炖到鲁粟中午回来的时候，时间应该是刚刚好的。

同学群里最热闹的是那个"嫁得很好"的女生，对于她优渥的生活，蓝岚倒也并不羡慕。她是无论如何都不会过上那样的生活的，因为她的命运一定不会是那样的。那是别人的命运，因此她也不讨厌那女生在工作日晒出海边奢侈酒店的照片。

蓝岚把最近负责的基金项目介绍给大家，又在刚拍的韩式婚纱照里挑了几张她笑得最开心的发在群里面。没有丝毫的炫耀，但她必须这样做。她想要说的是，我现在很正常，性格开朗，人生轨迹和你们大同小异。她知道所有人都记得她初潮时穿着染血的裤子去音乐教室排练大合唱的事。没有人说，但他们都记得。所有人都对她这么友好，她发出去的信息总是会有及时的回应，同学们在群里夸奖她漂亮能干，她应该感谢他们的温柔以待，但她心里并不是完全的谢意。就好像她出丑的第二天，放学时，同桌的妈妈在校门口拉住她，递给她一个装满卫生棉的布袋子，又扶着她的肩，一路上压低声音告诉她生理期应该注意的事情，和那时一样，她讨厌他们始终记得她没有妈妈，还有一个不负责任的爸爸。同情当然很好，但他们是不是可以做得更好一点呢？

这种恨意让蓝岚自己都不寒而栗。她一直努力地想要剔除掉身上那些阴暗的部分。上大学之后，她开始试着轻松地告诉别人自己的家庭情况，毫不隐讳；她可以在同事对她阴阳怪气的时候笑着自嘲，她不在乎，无非就是因为各种攀比，主动贬损自己也不会有什么损失，因为这样她倒是也从没有卷入过办公室里任何一场的勾心斗角。她不许自己妒忌，不许自己诅咒，她认定阴暗是不好的，是弱的。有时候她还是会对自己失望，当阴暗强势地出现的时候，她没有办法，只能告诉自己要慢慢去克服。

等到我有自己的家庭之后，也许就能彻底摆脱了。她是这么想的。因此虽然对婚姻并不太有信心，但她一直都觉得自己应该要结婚的。

蓝岚找鲁粟私聊，说："你怎么都不说话。"这么问像是在强迫他，这种企图同化异类的行为也很低级，但她相信他不会讨厌她。他们小学和初中都是同班同学，从没有过什么爱恨纠葛，就凭他们有十年没有见过面了，他也不会讨厌她，况且，她只是想知道他为什么不说话。

鲁粟很快就回她说："我觉得没什么意思。"

"当然说不出有多大的意思啦，但大家好不容易才找到你的，说说以前的事情也挺有趣的。"她给鲁粟发去了语音信息，又补充道，"刚建的群也就热闹这么几天，凑个热闹嘛。"

听着蓝岚的声音后，鲁粟对她有了一种亲切的感觉。可能因为是她找到了他，也因为他想到他们认识小时候的对方。

鲁粟问她说知不知道其实群里还缺一个人，敏杰没有在群里。蓝岚告诉他敏杰逃高利贷的事情。大家应该都知道敏杰的事情，所以没有一个人提起他。她告诉鲁粟其实还有一个人也不在，因为他还在服刑。那个人倒是被提到了。有同学说数学老师曾经说过，这小子以后肯定是要闯大祸的，结果真被他言中了。

这就是回忆童年的乐趣之一，你会想起之前那些已经被忘记了的伏笔。蓝岚把这段话打出来发给了鲁粟。

那大家会想起关于我的什么伏笔呢？我最后一个加入这个群，又不说话。鲁粟自己想了想，也想不出来。他们一直叫他班长、班长。他小时候就是一个好学生，并不讨人厌，这个他还是有信心的。

但也许有人会想起我后来出车祸的事情吧。他觉得应该有人听说过他在高考之前被货车撞倒的事情。那起事故里他看起来差点要死掉，但所幸并没有留下残疾。只是会头疼，使劲想问题就头疼。康复之后他给自己买了一个手机，然后离家出走了，一星期后，父母给他的钱用完了，他就又回来了。他跟父母说要离家出走一星期，他们就给他钱，他们那个时候真是不知所措啊，想起这些来他是愧疚的，但他自己也不知所措。他留了一级，之前梦想的那些学校就这样无缘了。

他自己都疑惑了，这些事情跟他从小学同学中消失有关系吗？

他当然是失落的，看着一起考进重点高中重点班的同学都去了传说中的大学。但后来所有人都变得平凡了，其他人莫名其妙地成了庸人，他至少可以说自己是因为出了车祸才变成这样的。他们远不如上高中那会儿，也许更不如更早以前——他们还是小孩子的时候。他们偶尔还会聚在一起，开些聪明人之间的玩笑，开些壮志未酬的玩笑。他能看出来有人还是暗暗地揣着什么抱负，他真希望那些人能梦想成真。

"'因为状况也无聊，说起来无非使他失望。'"他突然想起这么一句，有些得意地讲给蓝岚听。

蓝岚说："你不知道久别重逢就应该唏嘘不已的吗？"

"你这句又是哪里学来的？"

其实鲁粟相信这是蓝岚自己的话，它所唤起的唏嘘不已缓解了他心里的别扭，但他还是说："我以为大家都在争当人生赢家啊。"

"久别重逢不需要赢家。"

鲁粟觉得蓝岚是知道他的境况的，他好像也能想出来她的境况，只是想象并不具体罢了。他忘记了自己是到底为什么会扮演起离群索居的角色来的。

"我嘛，就是不喜欢用微信。"

"愤世嫉俗啊？"

"遗传的嘛。"

鲁粟一边对着手机说了这话，一边走出办公室。今天是过年前最后一个工作日，他把县城主道绿化带的设计稿又修改了一遍，交给领导后，便提前下了班。街道上有些冷清，而风里仿佛已经有了春节时的烟火味道，鲁粟在空荡的大街上打了个冷战，然后，他感到浑身都放松了下来。

一大清早，礼勤穿上了夏萍为他新买的长款呢大衣，在客厅里转了一圈之后，又脱掉了。

"太神气。"他解释说。

"神气有什么不好的。"

"万一孩子他想，我一个当爹的，搞得那么神气干什么，对吧？"

夏萍脸上随后出现的怒气让礼勤很惊讶，就像夏萍不知道他为什么要把这种莫名其妙的负罪感带到他们两个人之间一样。

"我们并不是贪心的父母，也不是不负责任的父母，我不懂我们为什么要这么别扭。"

礼勤感觉到夏萍和他一样有点紧张，否则她不需要对着他说出这些话。但还好她说的是"我们"。

"他出事之前，我们也没有在街上拉着谁说孩子怎么怎么优秀，开家长会的时候，我们也不像别人那样，故意找老师问孩子的情况想要在其他家长面前听几句夸奖。所以——后来我们也没有失望，我们做得不错了。"夏萍越说越激动，转过头逼视着礼勤说，"你对他失望吗？"

"当然没有，为什么要失望？"礼勤斩钉截铁地回答她。

"那你为什么不让他看到你好好的。"

夏萍把大衣塞到礼勤的手里。她的手有些颤抖，这些是早就该说的话，她现在懊恼的是他们和孩子说的话还太少太少。礼勤觉得夏萍说得很对，他穿上大衣，对着镜子挺起了胸膛，看见自己打起精神来的样子。

鲁粟回到家时心情愉快，夏萍觉得那是竹荪炖鸡的功劳。在餐桌上，鲁粟甚至把自己最近在谈恋爱的事情透露给了他们。他不说她的工作、年龄、体貌特征，更不会告诉他们她的名字。

"免得你们惦记，现在还不一定呢。反正是个女的。"

礼勤压抑着好奇心激动地说："理解理解，爸爸妈妈理解你。噢！怪不得你现在穿得这么帅啊！哈！"

夏萍觉得丈夫表现得太夸张，轻蔑地看了他一眼。

男人总是要比女人幼稚一些，鲁粟是在父母的身上发现这一点的。他也觉得自己还是不够成熟，他一直督促自己要成熟起来，就算是作为对父母给予的理解的报偿。他开玩笑说："我头发已经这样了，衣着上还可以补救的。"他看到母亲看他的眼神先是惊讶的，然后，她微笑地对他点了点头。

夏萍本来打定主意要问问他关于朋友的事情，但一下子又觉得完全没有必要了。她信任他，他努力地让自己恢复了。她和他坐在一起吃饭的时候，觉得是很幸福的。

礼勤跟鲁粟说起了胖子，又说起了敏杰。因为一直待在这个镇上，礼勤比儿子更了解他那些小学同学的去向。他又想起了蓝岚，他实在记得那个女孩。她趁他们转头的时候从书包里抽出作业本扔到了碗柜底下。他是看到了的，他不理解她为什么要这么做。他没有拆穿她，她的爸爸瞪着血红的眼睛看着他们，难道他要说："我看见你把作业本扔到柜子下面了。"他觉得这不能怪她。回家后，他写了一张说明因为作业本丢失导致鲁粟没有完成作业的纸条，让鲁粟带给老师。第二天，他去新华书店买了一本新的作业本。

儿子一点也没有怀疑蓝岚，他抬着头对礼勤说，他发现自己有丢三落四的坏毛病。他从小就是很好的孩子啊。现在也一样。礼勤为他骄傲，并不需要告诉任何人。

礼勤知道这会是个很好的谈资，他们家的饭桌上不太有热闹的时候。但既然自己以前没有告诉他，那么现在也不应该告诉他。他们都顺利地长大了，不管发生了什么，总算他们都长大成人了，对于每个人来说，这都是一份幸运。

这一天的晚上，入睡之前，礼勤又一次想起了这件事。夏萍就躺在他的身边，无论他说什么，她都会理解他。她会听懂他的善意，就像他也一直理解她一样。她也知道哪些事情应该被当作秘密，就算那些事情看起来和他们并没有什么关系。他几乎要描述给她听了，那天，那个小女孩站在柜子前惊慌失措的脸。但他还是选择了不说。心怀着这个秘密，礼勤愉快地睡去了。

群里面有人提议年初五的时候在小学原址旁边的饭店聚一聚，鲁粟想了想也说要参加。就在同学会的前一天，他收到了蓝岚发来的信息。

"你记不记得有一次你和你爸来我家找你的作业本，结果没找到？"蓝岚说，"其实是我错拿了你的作业本，我一回到家就发现了，你们来的时候我把它扔掉了，我也不知道为什么。跟你道歉哈。"

鲁粟说："我一点都想不起来了。"

蓝岚终于把这件事说了出来，她还从来没有对任何人说过这个秘密，她都快忘记这件事了。但从打通鲁粟爸爸电话的那天起，她又想起来了。她对以前的自己是不满意的，她后悔没有更努力地学习，也觉得始终有一些说不出口的事情。

现在她又处理掉其中一件。虽然她觉得太诚恳的道歉是不合适的，因此说的很轻飘，也谈不上得到了原谅，但她可以勉强原谅她自己了。把这一件事从身上卸下来，永远地丢弃掉。

她跟父亲已经很久没有联系了。是她不理他的。她听说他又结婚了，还生了孩子，妻子是他后来开的发廊里的洗头妹，比他小很多。她提醒自己不要和他再有任何关系，把他永远地丢弃在过去。人生是很残酷的，她早就知道了，她也不得不做一些明知道是残酷的事情。

蓝岚的自白扰乱了鲁粟的回忆。他觉得自己好像是知道她扔掉了他的本子的，因为那个弥漫着酒精气味和橘黄色灯光的小屋子里有一种叫作羞耻的东西，尽管那时他还很小，但他感觉到了。也因为这样，他才说他一点都不记得这事了。

他还同时拥有另一份更清晰一点的记忆：他和爸爸都深信是他自己把作业本给弄丢的，他怎么也想不起来到底是丢到哪里了。那些被弄丢的东西，它们不可能会消失的，但它们就是再也不出现了。这是很平常的事情。

现在它出现了，在二十年前蓝岚家的碗柜底下。他记得蓝岚的父亲，那张猪肝色的脸。他一直嫌弃喝醉酒的人，也许是从那个时候开始的。

他记得爸爸牵着他的手走进她家里，也记得爸爸牵着他从里面走出来，踏着院子里几块铺得歪歪斜斜的石板，走到沿河的街道上。只是那么一小截记忆，没有之前和之后，孤零零的一小截，就像是为了被今天的他想起来才存在过似的。他有越来越多类似的体验，他想这就表示他年纪大了。

去参加同学会的路上，鲁粟遇到了蓝岚，就在他以前住的那幢楼的位置。鲁粟秃了，蓝岚胖了，但他们还是马上就认出了对方。

"你变胖了嘛。"鲁粟对蓝岚说。

"比起小时候肯定是胖了呀。"蓝岚说，她想他说话怎么这么不讨好，我总不能说你秃了嘛。

"我秃了，高考之前被车撞了一下，就开始掉头发了。"

"被车撞了一下？"蓝岚觉得他说的有点好笑。

"是啊，很严重的，差点死掉啊。"

"天哪……"蓝岚捂着嘴看着鲁粟说，但她心里好像并没有她表现的那样震惊。那起事故发生在过去，也在过去结束了，甚至他自己都像是在说别人的事。

他们一起朝读了六年书的小学的原址走过去。鲁粟对蓝岚说："你看，以前我们也是这样一起走着去上学。"

蓝岚不说话，歪着头看着他。

"蓝岚你看是不是，多少年了……"

“你怎么没有眉毛？”蓝岚突然大叫起来。

“我本来就没有眉毛啊。”鲁粟说着，抬了抬光滑的眉头。

“你怎么会没有眉毛？！”

“我一直就没有眉毛啊，我从小就没有眉毛啊。”鲁粟被她这种难以置信的样子逗乐了。

“我怎么一点印象都没有。”蓝岚不肯放掉这个新发现，继续大惊小怪地叫道，“你居然没有眉毛！”

苹果

察　察

邻居骂狗的时候，我醒了。邻居似乎很不满意自己的狗，那狗在门外徘徊太久，于是把主人的拖鞋都咬坏了。一个独居的人究竟能有多少双拖鞋放在门外呢？躺在床上时，我开始思索。邻居应该是个年纪不大的男人，他的声音一直悦耳。他骂他的狗只知道吃，只知道添麻烦，大意如此。我的父母也这样骂过我。

虽然我醒了，却不愿意起床。今年的冬天太冷。我翻找着微信通讯录，努力将这些新的昵称、新的头像，和我记忆中的人脸对上。我想联系阿秀。

微信刚流行起来的时候，我和阿秀成为朋友。如果拿我的平庸来比较她的不凡，那么单说吃水果这件事就够了。比如我最喜欢的只是苹果，而她则喜欢山竹，喜欢榴莲，还喜欢类似莲雾这样我连吃都没吃过的东西。她对我说，你不应该修改别人的备注名。如果你根本不关心这个人换了什么昵称，即说明你的生活本也不需要他。阿秀能记住几乎所有朋友换的昵称，并且还交了几个永远不换昵称的朋友，比如我；所以她总能轻松地在微信上呼朋唤友。她是我见过的最有活力的人，虽然她好像也没真干成什么事，但她总在干、干、干、热火朝天。每次见到她，她都会以"听说过××吗"为开头，兴致勃勃地跟我讲一件她即将要做的新鲜事。在我，那些事多半闻所未闻。我对她羡慕不已，也从没想起过询问她上一回的事情做得如何。她就好比一只饥渴的仓鼠，在半是炸药半是粟米的石堡中横冲直撞，哪怕被炸裂，也能因吃到一粒米而欢欣鼓舞。而我则是一只跟随她飞到晕头转向的绿头苍蝇，为她的新发现激动得"嗡嗡"作响。

所以，唯阿秀能让我言听计从。我学着她养成了对待微信的习惯。可是这个早晨，我不记得阿秀微信上新换的昵称是什么了。

该换一个大容量的手机。刷牙的时候，我开始思索。这样就不用经常删除微信记录、经常删除照片，能凭借蛛丝马迹回忆起这是谁，对我说过什么。我试着给一个疑似阿秀的联系人发了一条微信，然后出门散步，等待回音。走了好一会儿，我才稍感暖和。

脚踩在雪上的感觉十分美妙。这些几乎透明的小冰晶，相互依偎，竟变成皑皑一片，真是美妙。

"像你这样有钱的人根本不知道我们疲于奔命的痛苦。"阿秀曾经跟我说。

"可是我根本没有钱啊！"我反驳道。

我特别不喜欢阿秀用各种辞藻将我和她划分成不同的人。

"有时间就是有钱啊！"阿秀反驳道。

确实，我的时间很多。放眼望去，在此等黄金时段里散步的市民，年纪与我相仿的一个也无。这时候，手机响了。疑似阿秀的人回复了我的微信。

"你该找一件事情去做！"这则语音说道，"比如削一个苹果。你可以给自己设立一个目标，先从简单的开始，比如在一分钟之内削完一个500g的苹果，继而可以小心翼翼地削，以使苹果皮始终不断，再或者你量一量自己削下的皮之厚度，看看是否达到1mm的标准。最终你至少能成为一个削苹果达人，靠削苹果称霸全球。"

阿秀知道我喜欢吃苹果。我来来回回将这条微信听了五遍，同时也走到了散步的终点。这口吻听上去确实很像阿秀，但总有些地方似是而非。阿秀的声音似乎没有那么文弱，阿秀喜欢用儿化音说话，阿秀也不会用"皮之厚度"这样的词，但阿秀确实喜欢拿"称霸"说事儿。可是我拿不准。上一次听到阿秀的声音，已经是半年前了。虽说我一成不变如同惰性元素，然而半年大概已经足够阿秀变了再变。

当然，我想过问问看她是否真是阿秀，可是，她说话的语气里含有某种严厉的成分。我预感，倘若我真的问下去，她会把我拉黑。在思来想去的踌躇中，我开始掉头回家，并且感到害怕。我不想失去一个能让我言听计从的人。于是，我在小区里的小超市买了两只装在保鲜膜里的苹果。走着走着，我看到邻居家的狗了。

那是一只两岁的马犬，脸黑如关公，腿细长而优美，似乎是某种鹿的近亲。因为主人的怒气未消，它仍被关在门外，正呜呜地叫唤。视线所及，已看不到任何拖鞋。它委屈地朝我走来，紧紧贴着臀部的尾巴乞怜地摇摆着。

我将苹果取出，用衣袖使劲儿擦了擦，咬下一块儿递给它。不多一会儿，它将一只苹果吃个干净，而我也获得了温柔的感受。

"喂！"

一个声音吼道。对，是我的邻居，狗的主人。我吓了一跳，环顾中，我依稀辨识出窗帘后的人影。约莫是这人影在冲我喊话。

"不要随便给它东西吃。"人影说，"它是我的狗。"

狗面朝人影，变本加厉地呜呜起来。

"只是一个苹果。"我小声嘀咕。

"苹果？"人影冷笑道，"应当削了皮再吃！哪怕是狗也不该吃到农药！"

我惶恐地站起来，没再敢和狗搭话，立刻回家。关门闭户之后，我连忙找出耳机戴上，该是《四季》，一阵弦乐从双耳淌入，而我的心绪终于借此平静。

我开始思索，为何都要我把苹果皮削了呢？莫非他们都知道我其实习惯于连皮吃吗？为什么都要拿苹果这么个无关紧要的东西来为难我呢？或者他们真心为我好，希望我免受农药之苦？可是，吃不吃农药该是我分内的自由，倘若我因此而死，那么可指望邻居家的狗将我化为分子。

想到这儿，我对手里剩下的这枚苹果心生厌倦，于是打开窗户，顺手将它扔了出去。我留心地听它砸在地上的声音，留心是否有邻居或别个邻居对此表达不满。然而一切皆无，各方都安静得如同那只苹果一样，只各自发出细不可闻的炸裂声音。

莫名地，我感到一丝扫兴。于是，我又将疑似阿秀的语音听了一遍，决定真的去找一件事情来做，此事绝不能是什么苹果。

第一个念头浮出水面：不如就从寻找做衣服的人开始吧。

我的衣服是十分常见的衣服，也没有什么纪念意义，唯一独特之处只是当我萌发此念时，它恰巧正穿在我身上。

作为一个对穿着没什么研究的人，穿得不招人厌烦是我着装的目标。以此出发，我习惯穿T恤，再用棒球衫搭配运动裤，佐以不同颜色的运动鞋。天热则脱去外套，天冷则套上羽绒服。眼下贴身穿着的这件蓝色T恤，是在耐克工厂店买的廉价货。我把它脱了下来，然后尽量靠近暖气站着。它的洗标还在，上面写着"中国制造"。那么，它究竟是中国的哪里制造的呢？

在网上搜索了一番之后，我只找到一系列××鞋业的代工厂信息。也许是列不出真正关键的关键词。总之，我在网上找不到这件T恤的生产商。而此时距离我下定决心要找到制作衣服的人，过了不到二十分钟。

没想到出师不利来得那么快。我仰面躺在玄关的小沙发上，开始不知所措。

或许我该找朋友问问？可是我并不记得微信通讯录的这些昵称里，究竟何人可能关心这件T恤。或者索性放弃寻找制作衣服的人，吃一个削了皮的苹果算了？可是仅剩的苹果已被我扔至窗外。当然我也可以去买T恤的工厂店看一看，找找商标，可是这件T恤乃三年前买的，根本没可能现在还有售。或者打电话给这些××鞋业的联络人，大概他们会知道一些为耐克制作T恤的厂家？这倒似乎有搞头。我鼓起勇气，给一间位于福建莆田的工厂打去电话。

"找贴吧问啊！"女孩用闽南口音的普通话不耐烦地回答我的疑问。

"是、是。"不可避免地，我羞得面红耳赤，扶住手机的左手也颤抖不已。和微信语音不同，打电话就好像在同一个活生生的女孩面对面交谈似的，从来也没人说过我擅长这种事。唯有和阿秀聊天，能让我不感到紧张。

谨遵鞋厂女孩的教诲，我很快拍照，发了帖子。这事并不太难，毕竟刚才的搜索中，我已点开了百度贴吧、虎扑论坛等网页。在等待回应的时间里，我浏览了不少莫名其妙的东西。有老虎和山羊喜结连理的，有90后情侣联手掐死新生儿的，还有各种吐槽刚刚过去的猴年春晚的。就在我差点成功进入一个疑似带"颜色"的论坛时，某贴吧里有人回复我了。不止一个。

先是有人问我约不约，接着，贴吧里的人开始互相打招呼。看起来，他们都是老相识。因为这些对话与我无关，我反而感到了安心。我是典型的"潜水党"，从来也不曾主动和陌生人说话，到现在也不知道"一楼给度娘"是什么意思。

一个昵称为"小苍狗"的人上了一张图，上面是某耐克T恤的商标，合格证上写着，"美国NIKE公司监制"，旁边还有货号，下面印着，宁波××针织有限公司。如果不是这次求助的经历，我根本不会注意到这种商标上居然还有代工厂的地址：中国宁波市北仑大港工业城。

我的心为之一振。然而细看之下，这图片并没有附上T恤的照片，仅从露出的边角来看，这T恤确为蓝色，可是天下蓝色T恤何其之多，以我的眼力，压根儿无法分辨这是否正是我寻找的商标。我怀着感激的心情凝视着小苍狗那张牛头梗的头像，心里的预感越来越强烈。

阿秀最喜欢的动物即是牛头梗。假如小苍狗才是阿秀呢？假如阿秀正在隔空喊话，期待用这种方式同我重逢呢？如果对象是阿秀的话，什么事情都有可能发生。这么一想，我愈来愈觉得，小苍狗即是阿秀。我思忖着如何在不破坏气氛的情况下进一步确认这件事，于是，我请求对方发张T恤的正面图片过来。

名叫小苍狗的人再也没有回复。阿秀穿过我这件蓝色T恤。那天她一头长发，单单穿着这件T恤在我的家里走来走去，她那两瓣荔枝一样可爱的屁股如今还历历在目。小苍狗既然不接招，那么他极可能并非阿秀。可是，我翻了该贴吧的其他帖子，竟发现此人没有说过任何别的话。这未免奇怪，莫非除了阿秀，还有人肯专意点拨我不成？

　　是的，我开始思索。为什么我一定要寻找这件T恤的制造者呢？莫非单凭它正被我穿着不成？我几时竟敢有这么大的狂妄了？说起来，去找一找小苍狗T恤的制造者有何不可，哪怕他根本不是阿秀，不是一条苍狗，他也不穿T恤，只不过在百度图片里找了一张随手发来罢了。终归浮上水面的念头不过是找到制作衣服的人罢了。

　　于是，我振作起来，这才发现自己还赤裸着上身。在严冬的屋子里，哪怕有暖气，不穿衣服也足以让我冷得瑟瑟发抖。

　　从北京驶往宁波的动车很多，需要坐近7个小时的火车。为了使自己心平气和，我戴上了耳机，让它为周遭配乐。如此一来，身边的人虽滔滔不绝或愁眉苦脸，其行止却都显出一分诗意来。其实我并不喜欢音乐，只不过仰赖它的隔离功效。想到这儿我有些失落。阿秀曾说"你是个特别无趣的人"。对此，我不知该如何反驳。

　　上一次像现在这样坐长途火车，是跟阿秀前往敦煌的时候。虽然，当时的我们俩并非情侣，然而当她说自己已有恋人时，我还是感到气馁。那是初冬时节，阿秀把自己打扮得如同一个韩国小妞，却在坐定之后开始编辫子，那手法神乎其神。很快，她盘出了两个据她所言名为"蜈蚣辫"的玩意儿。她是那种编了辫子就显得土气的女孩，但我觉得好看，因为她乐在其中。

　　那班列车是老式的，是否绿皮我已不大记得，只有车厢内混合着的脚臭和方便面气味在记忆深处挥之不去。平时我根本不碰方便面这等食物，然而当所有人似乎都在吃它，我就越来越觉得它很诱人。在我最馋的时刻，阿秀从双肩包里掏出一盒递给我。她看着我满足地吞咽，并露出哂笑的神情。等到了深夜，我在颠簸中醒来，一睁眼，竟对上了阿秀的一双妙目。

我们买的是硬座票，我本仰面入睡，而阿秀则半倚着脏兮兮的客桌，环过身，正炯炯有神地凝视着我。我大吃一惊，不知如何是好，只记得当时设想不出这样的目光若非望着心爱的人，还有什么别的可能。阿秀对我的窘迫没有任何反应，莞尔一笑，也不说话。我姿势僵硬地趴在桌上，假装入睡，实则一直在思考阿秀到底是什么意思。

我开始思考，她若要我做她的情人，我是绝不愿意的。虽然我好像性格阴郁，但我向往明朗简单的事物。可她若提出只想和我睡一觉，别的什么都不要我承受，那这个诱惑实在太大了。这样一想就收不住，我立刻在想象中把阿秀看了个遍，并最终决定问一问她到底是什么意思。我吁了口气，尽量镇定地"醒"来。

身边的座位上空空如也。阿秀不知何时已经下了火车，而我怀抱着万分之一的希望独自坐到了敦煌。

敦煌没有阿秀，剩下的回忆顿时索然无味。临近饭点，车厢内再次升腾起方便面的气味，列车员也开始推销盒饭，开水阀处人满为患。我掏出自备的橘子和酸奶，左看右看，却一点儿吃的兴致也无。

"喂!"

一个女孩叫我。乍一听,我还以为是阿秀的声音呢。"要不要吃?"女孩手里举着一只猪蹄,"你可以拿酸奶跟我换。"

眨眼的工夫,这个坐在过道另一侧的姑娘已换座到了我的对面。她带着大约5只猪蹄,其中一只不知怎么搞的已到了我的手里。她问我是谁,多大了,我靠什么生活,还问我过得怎么样。就好像我们俩已是好友。然而我不知道该同她说什么,除了名字,我将其余的问题统统含糊过去。她也并不气恼,开始大啃特啃,喝掉酸奶,食毕,又剥开我的橘子,拿橘子皮将手指擦个干净,把橘子肉推给我。我则始终没咬她给的猪蹄。她仔细地闻着自己的十个手指,露出心满意足的神情。用来装橘子和酸奶的塑料袋被她清空了,我只好拿来装起猪蹄。

"喂,你到宁波去干吗呢?"

吃猪蹄的女孩问我。

我们在宁波东下了车。她继续没来由地絮叨,已经给我展示了一番宁波方言,告诉了我不少她自己的事。她叫苏铁,出生于香港回归的当天,在北京一个小超市打工,因为嘴甜,经常能抢到京东到家的单。时间长了,她索性自己开了个网店,本来卖些小百货,可是今年赔了钱,简直大赔特赔,现在正不知所措。她口中的事我要么提不起兴致,要么实在离我太远,我听着听着就容易走神,回过神来已经展开到下一件事。

"我是想去这么个地方。"

我手拿小苍狗的图片，将那厂址指给她看。

"大港工业城啊。"她甜甜地笑着，"走！公交车在那边。"

她领我朝公交车站走去。想到我们即将道别，我将自己来宁波的目的告诉了她。

"哦？"她扑哧笑了，"你们倒是时间多。"

可不是嘛，除了时间好像什么都没有。

"你到底是什么意思？"她疑惑不解的样子挺有意思，"现在这个时代，懂吗？流水线呀，知不知道？产量那么大，工人那么多，你到底找谁呢你？"

找谁？我要告诉她吗？难道跟她说我找厂长不成，还是说找最后挂上耐克标签的那个经手人，可凭什么倒是他做了这件衣服呢？

"你没回答我的问题。"她说，"你到底要干吗？你找到了又怎样，能卖钱吗？"

确实不能卖钱。这回真难倒我了。

"可能，我不知道？"我说，"就是觉得如果找到这人，我会很满足。"

她流露出一种混合着愤怒和不屑的表情，而我们已在公交车站等待良久，都变得沉默。我用手机搜索了线路，很快，驶往目的地的388路公交车进站。大年已过，元宵节未至，等候公车的人并不多。我不知如何同苏铁道别，踌躇着，将包着猪蹄的塑料袋递进她怀里，手指因触到她的手掌而哆嗦了一下。我走上车去，憋出了一句"谢谢"。

司机是个面无表情的中年男人，他看了看她，然后发动了车子。

"等一下！"

公交车骤然停住，那门豁开了。

她跳上车，投了币，白了我一眼，将那塑料袋砸向我。我囫囵地接住了猪蹄。

"你真讨厌。"

她说完，顺势一拐身，即坐在了旁边临窗的位子上。她望向窗外的眼神有些感伤，并透露着勃勃生机。等车子再次到站停下，我坐到了她身边，掏出猪蹄，咬了一口。真奇特，这猪蹄一经咬开，里头还是热的。

等我们俩到了大港城，天已经黑了。她指挥我用软件叫了个车，那司机直接把我们拉到了一栋写字楼门口。我听着前台的介绍，心里的预感却越来越强烈。无论我能否找到做衣服的人，今晚我都能遇到阿秀。小苍狗图片上的针织公司手到擒来，不过负责人并不清楚是否生产了这么一件T恤。

负责人姓梁，是个年轻男子，大约比我还小，两颊青春痘未消。他以为我是来求合作的，先赞美了我的勤快，而后开始介绍他的公司。他说，整个队伍都很年轻，成立不到两年，却已经拿到了耐克这样的大订单，业绩值得夸耀。我听得云山雾罩，根本闹不清什么"棉型化纤坯布"之类的玩意儿。不过,我在他的办公室里发现了一幅石秀的工笔画,它让我的时间不再难挨。

"您的员工里,有没有一个鹅蛋脸,皮肤很好,头发很黑的女生?"我问他。

"啊?"他的神情突然有了戒备,"我们的女工都是鹅蛋脸,别的我说不上来。"

"她特别有意思,我说给你听。"

这么着,我磕磕绊绊地将阿秀描述一通,并很快被客气地请出了办公室。苏铁留在了里面,两人用宁波话相谈甚欢。

我乘电梯下来,蹲坐在写字楼门口的台阶上。夜幕降临,工业城的天空晴朗无云。风并没有把月亮蚕食殆尽,然而我的阿秀大约再也找不到了。说到底,我干吗要出来找什么做T恤的人呢?只不过让自己更沮丧罢了。倘若待在家里,这时候我应当已经收到外卖,边吃边看《无耻之徒》,我才刚看到第三季呢,追剧到一半是我最有安全感的时期。想到这儿,我意识到自己饿了。阿秀消失之后,每天唯有两个时刻能让我免除不安。一是饿的时候,二是困的时候。我打开百度地图,开始搜索附近哪儿有吃的。

"你怎么不到里面等我?"苏铁笑眯眯地问道。

真可笑,好像我当真在等她似的。

"梁经理打算招我进来做工,"她继续说,看那样子,对这结果非常满意。"我回家过完元宵节就来上班。工资有四千呢!还有宿舍住。他说现在工人难找,如果我肯长做,以后可以教给我更多东西。我可以先负责给每件T恤挂商标。"

我实在想不通挂个标签有什么好值得骄傲的。她就是有这个毛病，动不动就打开话匣子，好像说话能给她带来多大快感似的。我从包里取出耳机戴上。慢慢地，周围的夜色显得温柔和暖，仿佛我走进了某一部摄于异国的电影。在那儿，我即将与美貌而富有的女孩相恋，我能从她身后搂住她的双乳，我们因语言不通而免于吵架。她的微笑只为我开，她的歌谣只为我唱。别人曾经说，人不能仅有现实一个维度，还得有诗意这个维度，否则绝难容忍前者。然而我的苦恼在于，无法建立起现实的维度，于是后者弱不禁风。

很快，我的耳朵被灌入了噪音。这个猪蹄一般的女孩竟摘下了我的一侧耳机，将之塞进了自己的耳朵。

"想不到还真有听这种音乐的人。"猪蹄女孩说，"那么我就原谅你不好好听我说话。"

我实在没有叫她走的勇气，只好任由她窃取仅属于我的安宁。面前偶有行人经过，大多是三口之家出来散步，小孩儿都注意到了我们。我们俩静静地坐在台阶上，听着这首好似奏不完的曲子。她没有再说话。

我忍不住转头看向她。她的样子认真极了，简直像子宫内的胚儿在聆听母体的心跳。小巧的鼻头非常生动，随着音乐起伏，时不时弹动一下，发表属于它的意见。不知是不是我妄自解读她的表情，低回时，她显得惋惜，激昂时显得惊讶，犹疑时，她耐心等待。这么着，时间流逝得飞快，一点儿也不叫我苦恼。等到我们俩都饿得不行时，耳机已经沉寂了一会儿了。她悄悄地伸手过来，握住了我的手，她握得自然而然，好像本该如此。

我一点儿也不再感到紧张，或是不安，满脑子都在想，现在我们该去吃点儿什么了。

"对了，你的T恤。"她说，"梁经理告诉我，三年前为耐克代工的工厂都在青岛，我们可以去那儿看一看。"

我说好。又想问她，难道你不过元宵节了吗，又巴不得她忘了这件事，真愿意跟我去青岛。这时候，从街道左侧走来一个女孩，不是阿秀又是谁呢？

阿秀说，陪我去吃碗面，我饿了。我跟上她，穿行在工业区干练而草率的街道中，很快即走到了一片小吃街。阿秀看起来有些憔悴，好像有心事，好像她消失的这半年里发生了很多事。她没有问我为什么到宁波来，自然也没有说自己为什么会到宁波去。她显然很熟悉这片工业区，可能她突然想嫁到这儿，或是在这儿开了工厂？如果对象是阿秀的话，什么事情都有可能发生。

这面馆卖的是兰州拉面，布置得和北京的没多少区别，好像全国的兰州人和沙县人都在外地开店似的。已经过了八点，店里人头攒动，食客大口地吃着钢钎穿起的羊肉串，吸溜着面条，十多平方米的空间内热气腾腾。阿秀利索地要了两碗大份的兰州拉面，十个肉串，我随她站在满桌的狼藉前看着服务员麻利地收拾。地上满是纸屑和烟头。等到面端了上来，阿秀突然抬头望我。那种目光，我再熟悉不过了。

"你会看公众号吧？"她问我。"我有个朋友想做个公众号，嗯，想和我一起做。"她说，但并不像我记忆中那样兴致勃勃。"她是宁波人，很有想法。年前我找人算过，说我今年会遇到贵人，我感觉就是她。她刚生小孩，不方便出来，所以我大老远地跑来跟她谈事儿。"

我拿了肉串递给她，她摇了摇头，也没再说话。

"感觉怎么样？"我斟酌着，又咬下一块儿肉。"呃，你喜欢吗？"

"喜欢？"她愣了一下，扑哧地笑了，然后又摇了摇头。我说不清那是回答，还是仅评价我无可救药。她接了个电话，热络地跟对方说着什么，我一会儿觉得她语调暧昧，一会儿又觉得那只不过是闺密间常见的打情骂俏。大半的肉串都叫我吃了，面条滚烫。挂了电话后，阿秀沉默了一会儿。她点开了一个App。她将音量调到最大。很快，整间店里都响彻某个歌手唱的民谣。

我不自在起来，开始埋头吃面。阿秀则一口也没吃。她在跟人发信息，指头如飞，时而笑，时而皱眉。她又在某桩事里热火朝天了。

感情总是不知所起，而我却做不到一往情深。我一边吃，一边分辨现在的歌是叫什么名字。有一首是《六层楼》，有一首可能是莫文蔚的《哪怕》或是《也许》？我记不清歌名了。还有一些歌，我压根也没听过。我当然会觉得，这些歌都是她特意放给我听的，下一刻我又嘲笑自己。我们很久没见，而我想不出一首可以放给她听的歌。

"你在和谁发信息呀？"

我问她。

"朋友。"

她回答。

那天晚上，我一个人坐上了前往青岛的火车。阿秀降临的时候，我将钱包里的钱分了一半给苏铁，对她说，我们青岛见，这是猪蹄钱。然而我既然走了，就不可能腆着脸回来。我给的钱不多不少，配上我的话，恰好能令她感到尴尬。这就是拒绝的意思。

我没有去找青岛的代工厂。面对大海的时候，我很有一番冲动想把自己剥个精光跳进去游泳。一天接着一天，我醒来，我吃饭，我游荡在萧索的海滩上。很难想明白我逗留的原因，固然我曾多次梦见过海，梦见这无垠的蓝色水田，能好好与它分享一番做梦的乐趣。我亦想过把身上这件T恤脱下来，看看能不能扎成一朵花儿，扔进海里。或是将它挂在树上，幻想某一个闲散的流浪汉走过来看风景，肯穿上它以增暖意。是的，我开始思考，该怎样为自己制造一个仪式，好让这句再见说得像那么回事。二月末的时候，我在沙滩上坐了一整天。我找出那条疑似阿秀的人发来的微信，问对方："你是谁？"他没有回答我。我又问："你是阿秀吗？"她仍然没有回答我。于是那天晚上，我删掉这个人的微信，买了一张回家的车票，身上仍然穿着这件该死的T恤。当我想到外卖和美剧都在那栋房子里等着我时，我突然觉得自由而充满力量，和那天出发前往火车站的时候一样。

小区里，在早晨散步的人仍然很少。雪已经融掉大半，如今只如动物的坟堆般大小，冻成了一坨坨灰色的冰。邻居的院子里多了一间簇新的狗舍，那条我熟悉的马犬闻声从舍中奔出，想跟我打招呼，然而它脖子上新拴了根铁链，无法跑近。我条件反射地望向它主人的窗户，幸而并没有人影立在后头。

春天来临的时候，我看完了剩下几季《无耻之徒》，吃掉了分量可观的外卖。我光临小区超市的次数变多了，因为我越来越惦记一件事。我买过一次猪蹄，试着卤了一只，很失败。我常常留意这间超市里的营业员，心里的预感越来越强烈。剩下的猪蹄全都冻在了冰箱里，每天早上，我都要看一看。

我换了大容量的手机，装上了不少用不到的App，包括京东到家，包括一系列并不成熟的种植类软件。因为，那枚被我扔掉的苹果，已经发芽。每当我经过它，望向它，或仅仅是在半梦半醒间想到它，我都在惶恐之余觉到了感动。我生怕它被冻死。好在眼下，连坟堆一样的雪骸也都已消融。

我继续一个人听音乐，常常回忆起宁波来。慢慢地，在我的回忆中，那个坐在我对面吃拉面的女孩不再像是阿秀，而像是苏铁，越看越像。她说她饿了，于是我们从台阶上站起来，腿都有些麻。摸索着，我们一起找到了一间面馆。苏铁并没有要办公众号，也并没有在发信息，她好端端地看着我，问我面好不好吃，肉够不够香，是，她能问出许多问题。突然地，她也掏出了手机，点开了大音量的公放。那声音简直震耳欲聋。歌还是那些歌，面条滚烫，我们却开始跟着唱。公放的音量够大，湮没了我们的歌声，我们遂得到了安全，简直心花怒放。她的鼻子仍然生动，而我知道自己正在走调。食客们都被我们吓跑了，不过记忆中的我们没有注意到这件事。面馆的老板娘是个有趣而反常的兰州女人，她在灶前偷偷看着我们俩唱歌时的嘴型，她还在微笑。也许，她也在唱。

绝 味

吴晶晶

地铁行到南礼士路的时候，自动门旁的小电视机上正在教如何做红茶排骨。

500克排骨焯水洗净，锅内上油，姜片爆香，同时加入酱油和沥干的排骨，翻炒上色，重新加入水、香料，等到锅内水再次沸腾时，放入茶叶包，炖至排骨软烂。

"南礼士路到了。"广播里播报说，然而她已经来不及继续往下听了——手心上密密麻麻地传来振动感。她胸有成竹地滑动锁屏，果然是胖子的信息。

17:09

胖子：

那今天也很辛苦吧，小孩本来就又是天使又是魔鬼啊。
晚上吃点好的吧，犒劳自己。[太阳表情]

她脸上燃起笑意，随着上下车的人流，往自动门边换了换。她一面倚在栏杆上回信息，一面在心里暗自用余光打量：车上这些人里，一定有一两个注意到我正在一面笑一面打字吧？他们心里在想什么呢？是不是在猜测，这大概是个正在恋爱时期的女人？

反正她自己是这样的，独自乘车的时候，如果手头没有事干，总是在默默观察别人，别人的表情，别人的衣服，别人的手机屏幕，聆听别人打的电话，一搭一唱地聊的天，万一刚好人多拥挤，兴许还能瞟到对方的聊天内容。她不知道自己为什么会这样做，甚至还想做个调查，调查在一万个和她一样看上去普普通通、一板一眼的人当中，有多少个也会情不自禁地被陌生人的世界所吸引。关于这一点她还从没对阿武说过，但她告诉过胖子。胖子说他一般还是自顾自玩手机的时候居多，但要是晚高峰时别人的手机被挤到眼皮子底下，会忍不住想看一眼，大概也是理所当然的事，毕竟人类是靠好奇心才发的家。

有一次地铁上两个人吵了起来。胖子说，因为一个人用手机看报纸，另一个人就跟在他后面一起看，被偷看的人发现了之后觉得很不自在，特地调整了姿势，结果偷看的人也顺势跟了过来，想继续白看。于是两个人就立即吵了起来。

"其实一块看也没什么吧，反正那个人也没说话。"陈木樨说。

"但你想想，如果你跟我说的这句话正好被别人一字不漏地偷看了，你会怎么想。"胖子反问。

"那不一样。"她回复道，"报纸本来就是给全世界看的，但我发给你的信息"——屏幕上光标在这里停了一下，在那空白的几秒钟里，独自一闪一闪地跳跃，然而它很快又再次恢复运作——"是只想给你一个人看的，这和报纸当然有本质区别。"

"木樨地到了，请——"

广播里话还没说完，她倒是吓了一跳，赶紧蹿下车去。回一条信息竟然这么出神，万一坐过了站那可就笑话了。

然而谁又会笑话呢？世界上谁会知道谁会在意陈木樨在某个夏天星期一的下班时间坐过了站，整整多坐了几站才想起来下车呢？阿武不会知道的，胖子也不知道，除非她告诉他们。然而即使她对他们说了，也不过是想获得安慰，想借此展示自己"迷糊笨拙"的一面。毕竟如果有女孩说自己因为太累了或者专心回复他的消息而忘记下车，男生多半会觉得她很可爱吧？

她这么想着，一边往出站口走，一边再次摸出手机。

17:13

木樨：

不知道吃什么好。

刚才因为回你的信息，竟然忘记下车了！！[发呆表情]

她混在匆匆忙忙的下班人群里出了闸口，路过ATM机、临时证件照自助拍照机和价格比外面贵了一倍的自动贩卖机，踏上自动扶梯，再和几个赶去搭车的人一上一下地擦肩而过，她便再次成功地回到地面了。回身一望，蓝底白字的"木樨地地铁站"正横在眼前。

当初找房子时她想都没想就决定必须住在木樨地这里。可能是名字的缘故，她刚调到北京来时一下子就被这个同名的地铁站吸引了，觉得有种宿命般的归属感。虽然房费远远超出预期，但她还是坚持无论如何得住在这里。后来她问父亲，取名字是不是因为这个。然而对方说，以前的确是来过北京，但不记得有这个地名，甚至连那时候有没有坐过地铁都不记得了。她之所以叫陈木樨而不叫陈木桩或是陈蜥蜴，完全是因为当时翻字典，第一个翻到的是mu，第二个翻到的是xi。因为觉得木字踏实，所以就选了这两个字。

但她也丝毫不觉得失望，反正都是给自己一个花钱的借口而已。毕竟普普通通的人，哪配谈什么宿命。

而实际上木樨地却和她本身一样普通。

被手机贴膜霸占的天桥，路边每天一争高下的枣糕和南瓜蜂蜜蛋糕，各种各样不大不小的饭店，违规过马路的行人，车站附近的水果摊子总比巷子里的一斤贵两块，这是木樨地；没有像样的商场，没有像样的写字楼，周末闲下来往往也是觉得没有什么像样的值得一去的地方，要看电影买衣服就得坐公交车去西单，这是木樨地；当人们说去逛街，人们说去西直门吧去国贸，当人们说吃饭，人们说去三里屯吧去五道口，当人们说观光，人们说去鼓楼吧去后海。然而人们什么时候会说到木樨地呢？这明明也挂在古老辉煌、名声赫赫的一号线上，是看上去最清新淡雅、独树一帜的一笔。

陈木樨能想到的结果，仅仅是有一次阿武在外面吃饭，喝多了，她接到熟人的电话就赶紧去饭店接人，回来时实在没办法，破天荒地打了车，师傅从前排侧过脸来问她去哪，她一面忙着把烂醉如泥的男友扶正，一面头也不抬地答道："去木樨地。"

这就是木樨地了。

不知道是木樨地的普通感染了她，还是她与生俱来的平庸加重了木樨地的晦暗，无论是早上一面拿着包子一面匆匆前往车站的路上，还是自己带着购物袋去小超市买菜的傍晚，陈木樨常常觉得自己已经和那些风尘仆仆的、充满市井意味的街景融合在一起，仿佛她是一棵树、一根电线杆、一个无人问津的邮筒，如果不是结账拿零钱时硬币蹦出来，一路顺着地砖溜进角落，恐怕就没人能够发现她。

她就是这样透明的人，不论在学校还是在木樨地，她似乎无时无刻不扮演着这样的角色，多一分也无味，少一分也不觉得可惜，只要她愿意，她就能像张透明的蜘蛛网一样活着。从木樨地车站出来的十几分钟后，当她一如往常地穿着"隐形"的外衣走进小区，单肩包里又振动了一下，打开拉链的时候，她脸上又浮出那种模模糊糊的笑意。

17:29

阿武：

饿了，买饭回来吧。

他们现在住的是五层式的老房子，楼道里终年累月弥漫着一股霉菌孢子的味儿，前几年总有人家在拐角上放腌酱菜的大缸，后来因为城市文明建设的问题就被勒令禁止了。然而这栋房子的气血不是挪开一口酱缸就能拯救得了的，一圈圈的扶手上照旧生了锈，青一块紫一块的白墙上仍然粘满了通下水管和开锁公司的小广告。有时陈木樨甚至觉得那些小广告根本不是由什么人贴上去的，而是这栋楼本身生长出来的东西，今天在这边除掉了，明天又会在那边长出来一点。原来他们家门口的福字上被人贴了一块广告她都气得不得了，每天晚上都拿小剪子在那里刮，然而到后来累了，疲乏了，习惯了，也就放弃了，听之任之，眼下红色的福字早已被埋没得无影无踪了，她也绝不会去管它，每天开门关门都视若无睹，像曾经爱过后来又放手的旧情人。

一进家门，她首先踢掉高跟鞋，然后一边用脚脱丝袜一边手伸到背后去解连衣裙的拉链，接着是耳环，镶着假钻石的头绳，最后是成套的淡粉色内衣裤。

租来的房子本来是没有淋浴的，因为卫生间本来就很窄，几年前刚住进来的时候她一直都是拿着洗具去大众浴池，只是后来又多了一个人，当时的她舍不得让对方也走上20分钟才能洗澡，冬天时从澡堂子回到家，头发上全是小冰碴。而且另一方面，离家最近的浴池那会儿也挂上出兑的牌子了，平价的洗浴中心早就遍地开花，这种老式的大众浴池撑到现在已经全是靠着老顾客的情面，情面总有一天要花光的。

然而房东无论如何也不同意，因为还涉及重铺防水地砖的问题，陈木樨来来回回跑了一个月，才最终决定为，她出钱买热水器，房主出钱搞装修，退租以后热水器给他房主留下。虽然有点不甘心，但总算是不用忍受在女澡堂子里，几个全身赤条条的大中小女人互相用余光斜斜打量的痛苦了。

热水器就安在马桶上方的墙壁上，陈木樨光脚踩在地砖上，猫下腰把碎花图案的马桶垫拆下来，并顺手把盖子上的卫生抽纸拿走放到一边，以免被水淋湿。

到家的时候已经是五点半了，一会吃过饭收拾完毕之后就是七点，然后要看开会的文稿准备上课的课件，怎么也得三四个小时。陈木樨心里一面盘算着，一面在花洒下闭紧眼睛冲头。

"哎，你没买饭啊？"这时厕所的门被"哐啷啷"拉开了，蒸汽消散的尽头站着她故事的男主人公。

"干吗啊你，"她一把把拉门关上了，"水溅出去楼下又要来闹了。"因为之前有一次阿武洗澡时没关门，水流到外面的木质地板上渗到了楼下去，最后赔了一千块钱。

"我不是给你发信息了吗，你没看见吗？"一片水声里他的声音离开了一点，应该是去冰箱里找吃的去了。

"我进门之后才看的手机。"她再次把眼睛紧紧闭起来，往头发上抹香波。

"我真是服了你了，"隔着流水的噪音，潮湿的鼓膜上隐隐约约地接收着阿武的声音，"那一会你做饭吧，炒饭就行了，我看冰箱里还有点肉啊菜啊的，我都要饿死了——"

"叫外卖吧，等我做好了都能看新闻联播了，而且我今天特别累。"她装作若无其事的样子继续洗头，她不知道自己为什么要演，明明他现在也没有在看自己的。

玻璃门外顿了顿。她能想象出阿武生气的神色，门里门外，只有泡沫顺着皮肤簌簌滚落的声音。

"你吃什么？"男友问道。

"你说什么？"有一团泡沫刚好把耳朵堵住了。

"你吃什么？"

"随便点吧，看你想要什么，我不太饿，但人均不能超过二十五块钱啊。"

"反正吃来吃去就是那几样东西，有什么好选的。"门外的影子说，那之后他好像又问了个什么问题，她还是没听清，但已经不想再追问了，因为心里知道，也不过就是吃吃喝喝那点事。

身体对面就是洗手台的镜子，镜前的架子上杂乱无章地站着洗发香波、沐浴液、阿武的磨砂洗面奶和她的泡沫洁面乳与卸妆水，以及各种各样已经叫不上名字的瓶瓶罐罐。于是镜子映出来的影子，也就只剩下乳房以上的部分。她把水雾拨开，看见对面一张妆容全无的脸。上大学的时候她一直是素颜主义者来着，但实际上也没什么主义不主义的，她心里知道，无非是懒而已，而且看上去漂不漂亮，那时也不能带给她什么满足感。和阿武谈恋爱之后——那时已经上班了，有一次公司聚餐，那一阵同事还都未得知两人的关系，席间他们讨论起女孩化妆的问题，喜不喜欢化妆，浓妆好还是淡妆好，其实只是无聊的美容话题，倒是引起了人群之间的大讨论。等问到阿武头上，他说："淡妆就行了，但化妆是必不可少的吧，多少还是要有一点。感觉是对其他人的尊重，一起工作的人也好，一起吃饭的人也好。"他当时笑着说着，面前是他爱吃的盐烤银杏，右手边上是喝了三分之一的冰啤酒，放大了看，似乎还能看到濒临死亡的气泡仍然在表面无望地挣扎。

他的视线并没有一刻落向她，那时垂爱她的唯有头上灼热照射的灯光。她似乎能感到自己脑袋中间变成一只放大镜，不断地吸收着光线、笑声、铁板烧上冒出来的蒸汽，并最终将之转化为熊熊的热度。就快要把她烧着了。

她想她是从那顿饭开始醒悟了。每天必然花上一个钟点在微博上做功课，从试用装到正品装，从粉饼到眼影——她本来没有想要这么贪婪的，然而当费尽功夫擦了脸，就想着还是画上眉毛和眼线吧，待到后来熟练了，总觉得脸色惨白，就问自己应该还是要擦个腮红吧。然而等到腮红都有了，眼影就显得更不可或缺了。于是每天上班时眼睛里总在暗暗观察，给每个人打分，这才发现，原来素颜派除了她以外就寥寥无几，只不过是过去自己全不在意罢了。有时她洗手时照镜子，简直不能想象过去蓬头垢面的日子。关于这样的心理变化她从未向阿武提过，只是她会在心里暗自雀跃，假如即使是那样子阿武也能爱她，那想必一定是因为她的其他的美。

而那其他的美到底是什么呢？她自始至终都没有问过，她本来就不是那种会拿这样的问答缠人的类型，况且，她也早就不在意答案了。

"想什么呢你，"拉门猛地被人拽开了，门外是那日的灯光下曾令她灼热难当的人，"吃黄焖鸡行吗？"

"关上关上，干吗啊你！"她赶紧关了水拉上门。

"我问你好几次了你都像聋了似的。"他吃着紫色嚼益嚼，也生气地说。

"水声太大我没听见啊，你大点声不就完了。"她几乎是冲着镜子翻了个白眼。因为刚才关了水觉得身上有点发冷，这让她更觉得有些烦躁。

"你吃不吃？"在再次响起来的淋浴声中，他说。

"你看着办吧，我什么都行。"她答道。

对，就是因为这样。镜子里的裸女说，就是因为这样我才不在乎的，不在乎他是爱我什么，不在乎他觉得我美不美。就算曾经觉得又能怎么样呢？你看现在，迟早都会消退的，曾经觉得新奇的、为之深深吸引的东西，等看清了之后就发现也不过如此，到头来也还是要每天为了是吃鸡还是吃牛吵，为了是黄焖鸡还是盐焗鸡吵。

阿武是从什么时候起变得这么不可爱了？面对裸女灼灼的质问，她的视线有些躲闪了，眼珠子转到右边，落在刚被自己拆下坐垫的光秃秃的马桶上。那一瞬间她回忆起许许多多事情，她想起小时候曾经一度觉得马桶很神圣，因为想到，不论多有名的人，总是要上厕所的，而一上起厕所来，大概全天底下的人都是一样的丑陋、面部狰狞。想起上中学时学校组织旅游，因为在经过休息站时睡着了错过了下车时间，之后足足在大巴上忍了两个钟头的事。而在那林林总总的回忆中间，自然少不了那天的洗手间，那个夜晚的马桶。她看见那时的自己站在一平方米的空间里，手已经扶上了腰间准备解扣子，心里却有些迟疑。

那是几年前的同一个夏天，一样的令人皮肤发黏的热度，一样的迟迟不落的夕阳，是为了什么原因她已经不记得了，只是那一个星期她每天都必须留下来加班，当然不止她一个人，除了他们编辑部门的几个同事，还有网络工程的两三位技术员。几天加班下来，一起等电梯，或是在休息室碰见了，来来回回出现的就是那么几张脸孔，本来不熟悉的人之间也不得不看了个脸熟。然而那天是星期五，旁的人都尽快早早赶工出去度周末了，她因为当时感冒了，又是刚从小地方上调过来没多久的新员工，本来进度上就有点拖沓了，等到了周五，更是全都压了下来，所以等到了九点多，一百多平方米的办公室里就只剩下她和一个技术员。她自然是知道对方名字的，但因为从来也没说过话，现在无端开口也就更觉得没什么好说的。整个空间里只有两个人各自打字的声音，空调机制冷的风声和他一下一下扣响鼠标的咔嗒声。

中途陈木樨起身去上厕所，她起立的时候也尽可能地小心，轻轻地把椅子抬起来再放下，因为她总觉得有点害怕引起对方的注意，好像一点点噪音都能破坏这秘而不宣的和谐。然而等她走到洗手间，却发现灯黑着，摸出手机找开关，上上下下按了十几次，却仍旧一点反应也没有。她想着，要不就这么进去吧，但最终还是胆怯了，因为觉得恐怖。光是想想一个女人开着手电筒坐在马桶上，就感到寒意从背后不请自来了。

"灯坏了吗？"蓦地，身后有个声音说。

陈木樨结结实实地尖叫了一声，那个人好像也着实吓了一跳，因为在黑暗中能感觉到对方往后弹开了一步。

"好像真的是坏了。但下班时还有人用来着吧。"她说着，又象征性地按了两下开关，像是要证明自己说的话似的。

对方沉默了片刻，在那寂静的十几秒里陈木樨脑子里闪过了好几种剧本，既然是玩电脑的，可能电器类的也在行？还是他会说，这楼里其实另外有总的控制开关？或是本来每天过了九点以后，大楼里的一部分区域就会自动断电，好节约能源？

然而还没等她的颅内小剧场设计完毕，他的戏就已经开演了。

"这样吧，你进去，我在外面等你。"他说。

她电话上的手电筒还依旧亮着，亮光不知道该对焦在哪里。微弱的光线把他下颌骨左侧的痣映得一览无余，T恤衫反射出一点点星星似的亮光。

"你要是害怕的话我就玩会儿游戏，音乐一直开着。"黑暗里的人影把手机举起来晃了一晃，再次向她确认道。

站在一平方米的隔间里，面对着马桶里粼粼的波纹，陈木樨手放在腰间，觉得膀胱就要爆炸了，而裙子却迟迟脱不下去。她脑袋里反反复复地想着，这里这么静、离得又这么近，恐怕小便的声音也会被听个清清楚楚吧？然而已经走到这一步了，什么也不做就出去了岂不是显得更奇怪？小单间里的空气眼看着要爆炸了，然而几米之外走廊上的气氛却丝毫没有受到影响，格外有节奏感的战斗音乐一刻不停地传来，吵闹得要把整栋大厦都惊醒了。

像是受到了那曲调的鼓舞，她心一横，屁股一沉，"扑通"坐了上去。

那是她人生里最长的一次小便，陈木樨想。明明短短的几十秒，时间感却因为紧张而成倍地增长。那种度日如年的心情她觉得自己常常有，一直以来就是。不论是上学时，在讨厌的课上等下课的时候，自己在笔记本上画了一个时钟，每过五分钟就把分针擦掉，重新前进一格；还是许多年后在公司面试上等着叫到自己名字时，明明也不过二十几分钟而已，站起来的时候裙子却已经因为出汗牢牢地粘在大腿上了。

现在她偶尔会怀念起那时的心情，那样的燥热，那样的心急如焚。因为现在完全是吃了退烧药的生活，熄了火的砂锅粥，断了电的热水器。他们之间平凡的爱情被平凡的人生充斥着，而那平凡的人生也无外乎是由一顿顿平常的饭菜构成的。在莲蓬头下仰起脸，回忆生活里的细节，她发现自己许多事情都忘记了，就唯有对吃饭这件事记忆非常清晰：今天早上吃的是好利来的丹麦红豆面包，她给自己用微波炉热了一杯牛奶，阿武起得晚，吃的是她剩下的另外一半。昨天晚上吃的是人均十五块钱的凉皮外卖。前天早晨吃的还是面包。大前天早上是星期日，两个人都是过了中午才起来，躺在床上的时候就叫了外卖，傍晚的时候，一起走到电影院去看了场电影，用团购软件买的票，出来之后觉得肚子饿了，在回来的路上买了一份加了香肠的烤冷面和都可奶茶。为了多喝一点奶，阿武还特地要了不加冰的。

那一路上他们说过什么话吗？她对于电影说了点什么吗？阿武呢，他说了点什么吗？

她想起来的只有模模糊糊的空白，就好像每天洗澡时热水不仅带去了头发上的泡沫和污垢，而且连大脑皮层里名为"记忆"的汁液也一并冲走了。

从浴室出来的时候阿武还在打游戏，她裹着浴巾去卧室里找换洗内衣。她一向对于这方面很是上心，哪怕一个月里不添置一件新衣服，但内衣裤总是要定期买的，而且她通常都成套成套地购买，或是买相近的颜色自己回来搭配，有蕾丝花边的，有镂空设计的，有绣花图案的，不一而足。为此，她时常觉得自己的内在远比外在要来得精彩得多。她不知道阿武有没有曾经注意过这些细枝末节，因为他从来没说过，于是她也不知道自己这么做了有什么意义。但她这次还是按部就班地换上新的藕荷色刺绣花边内裤，同色系的乳罩放在床头柜上，预备明天穿。尽管她心里很清楚这些美丽都是无望的，无望得如同她自己本身。

完成自己像煞有介事的仪式后，她重新回到客厅，坐在沙发上一边擦头发一边检查手机。

17:37

胖子：

[发呆表情] [发呆发情]

[偷笑表情] [偷笑发情]

18:15

胖子：

所以你还是没说晚上吃什么了？吃饭了吗？

　　她正要开始打字的时候，余光瞥见男友也拿起了电话。他右手操纵着鼠标，左手迅速地解锁，点开未读信息。陈木樨从沙发上弹起来，假装去厨房倒水。从电脑旁边经过的时候，她迅速把脖子一低，看了一眼他的手机屏幕。——具体内容倒是次要的，光是靠着黄色的辛普森头像她心里就有数了。那是他们以前公司里的同事，过去倒还不觉着，阿武辞职后几次跳槽，到现在在家待业，在这段颠沛的时期里对方却反而主动了起来，仿佛是因为距离产生美了似的。陈木樨从来没有当面问过男友，但她心里都明镜儿似的。对方明明知道她和阿武的关系，也自然知道他是为了什么辞职的，这一来一往还做得这么明显，她可不信什么"好朋友之间的友谊"那种堂而皇之的解释。每每想到这里她都有点生闷气的意思，她既生气辛普森那样的女人，以为自己顶着天真的头像打着好哥们的名义就能演得了无辜好人了吗？同时她也生阿武的气，露出失意男人寂寞的皮相，无形之中也抹杀了她的自尊。

他们之间已经进行到哪步了，陈木樨没有明确的证据，她获得信息的渠道，就是阿武洗澡时手机锁屏上的信息预览和那位女性的微博——她每天发了什么照片做了什么事情，谁发了什么评论，陈木樨每天都能看个好几遍，由于查看得过于频繁，为了避免自己手滑点赞，她还让自己养成了个左手看微博的习惯。尽管阿武从来没有在社交网络上和该女子互动过——不知道是因为的确有猫腻才不得不避嫌，还是因为真的是还没有深交到那个地步——但总而言之，这个让她觉得自己十分卑小的习惯，她至今都没改过来。每天洗完澡后吹头发的时候，每天吃过饭把碗泡在水池里等待清洗的时候，每天早上在安检之后等待一号线姗姗来临的那几分钟几百秒，她常常都是熟稔地通过以前同事的关注列表，找到辛普森的头像，戳进去看一看，有时她甚至觉得自己早就完全忘记了当初之所以做这件事的动机，由监视男友忠贞度的理性偷窥，变成习惯性的顽固恶习。

她把自己这样的行径解释为，她根本不在意阿武是不是出轨了，他还爱不爱她，是不是仍能发现她那未知的美，她全都不在乎。她本来就不是那种一厢情愿地相信"我这辈子只有和某某在一起才能幸福"的人。但如果这里面有什么是最让她难过和愤怒的，那一定是其中暗含的，那种让人无法反驳的失败感。

"所以你找了胖子是吗？"陈木樨在厨房里喝水时，杯子里虚虚晃晃地映出她的脸，那水面上支离破碎的女性，这么平静地质问她道。

　　胖子是她现在任职的小学的体育老师。那年企业里人事调动，本来同期和她一起进部门的人，明摆着是她的各方面都更出色，工作也绝对是她更有成绩，但最后对方托人找了关系，留在了总部，她则要被调动到天津的分公司去。那时她已经和阿武同居了，那天从经理办公室里出来，她一刻都没在楼里多待，因为她知道总有一小部分人是在等着看她的戏呢，所以她径直走到自己的桌子前，收拾了手机和笔记本，拿起包就走了。当时才不过下午两点，她从公司出来，独自坐到木樨地站，然后去买了足足一百块钱的绝味鸭脖，在炸鸡店买了只甘梅味的炸全鸡，在老北京包子铺买了十个猪肉三鲜包子，最后在"7-11"买了一塑料袋薯片啤酒可乐。等阿武下班回到家时，她正偎着马桶一边哭一边呕吐。

　　她佝偻着身体，背对着他，感觉他似乎是拉开门看了自己一眼，又再次穿上西装出门了。再回来时，他给她买了江中健胃消食片和味全原味乳酸菌。

　　陈木樨有时也在想，如果当初没有贪心，一门心思想要从小城市调到北京，也许自己还能拗在旧的地方，过着旧的生活。但她的习惯是这样的，每当因为什么而感到后悔时，她都问自己，如果回到当初，自己是不是还会做一样的选择？她每次的答案都是"是"，所以她常常说，自己是个从来不会后悔的人。

不知后悔的陈木樨一天也没有浪费，下岗的第二天就即刻着手找工作了，甚至还专门花了一百块钱拍了新的证件照。照片冲洗出来的时候她觉得对方PS过度，她简直都不能认出自己了，但心里却暗自认为这也许是个好兆头，焕然一新的意思。后来她还在阿武的皮夹里也塞了一张，并且还会时不时地检查那照片是否还在，甚至连摆放的位置她都格外上心，唯恐他为了什么理由曾经把它拿出来之后再假装什么事也没有地塞回去——但她的生活的确是改变了，一周以后她就重新穿着一样的套装去一家小广告公司上班了，工资肯定是不比以前，所以她又经人介绍，在一所小学找了一个教版画的活，一周一次课，兴趣班的形式，一次上一个半小时。

她高中的时候偶然在美术课上学了木版刻画，她一向是个不太会被注意的人，但在这件事上却得到了美术老师的大肆赞扬，被在全班同学面前说她有天赋，手工细腻，尽管根本没有人会在意这样的评价，但她心里还是记住了。上了大学以后因为想获得加分，也加入了美术社团，每周一次活动，但说白了就是找了个名目吃吃喝喝，认识新的人，但陈木樨是很上心的，她自己去买材料，每周都能完成一张画。旁的人都以为她当真是个专家，一个货真价实的爱好者，但她谁也没告诉，她只是希望别人这么觉着，觉着她是个版画爱好者，觉着她在这方面小有特长。另一方面，就像游泳运动员不能长时间离开水，不然再次下水时就会动作生疏，她总是害怕自己有一天会忽然忘记这门技术，再也当不了那样的"会制作版画的人"了，再也不能在每天来来往往的人群里觉得自己多少还有那么一点不同。所以只有更加诚惶诚恐地练习。

在所有那些因为这项艺术而多少觉得她拥有神秘感的人之中，就有小学的体育老师，胖子。其实他人并不胖，相反，是个瘦高个的30岁男子，胖子其实是以前公司一个男同事的外号，她和阿武都认识的。她想借此隐瞒一点自己的精神出轨，另一方面，大概也是对于辛普森的报复。

她一点也不喜欢胖子，当然了，这里说的是小学的假胖子。倒不是因为她心里已经有了一个阿武再也容不下别人这么戏剧化的理由，单纯就是不喜欢，提不起劲来。胖子那方面也从来没表示过什么，没有说过喜欢她之类的话，她呢，也从来没提过自己有男朋友这回事，胖子也没问。但两个人像有种默契似的，以岸边倒插进沙子里的某只死蚌为界，虽然每天潮涨潮落，但海水绝对不会漫过那只蚌，就算是一路上升前进，在就要碰到那只死蚌冰冷的壳的一瞬间，也就停了，退却了，又变成一望无际的平静的水。

陈木樨倒也没有问过别的老师，但她猜测胖子已经结婚了，也没有什么理由，她只是单方面觉得他发的信息里透露出那种只有已婚男子才有的气味，而且他从来不发语音。

她曾经对胖子说起过，自己从高中开始，每次手受了一点伤，或是脑袋一不小心撞了门，她都会马上找个机会画画。

"因为非常担心，担心这么一撞，自己就忘记了这个才能了。"她说。

胖子回复道，他上学时数学特别好，每次有个发烧感冒，或者有什么磕磕撞撞，他就立刻在心里算数。

"一般都是，从两位数的加法算起，比如十七加十七，三十四加三十四，六十八加六十八。就这么一直加下去，一直算到六位数的加减法。"胖子说道，他就是这么来向自己确认，自己有没有被剥夺数学的才能的。

"但现在不会了，和你不一样。当了老师以后，好像这个习惯就自动消失了。"他说。

"那我现在问你，13264+19803等于多少，你能马上回答我吗？[阴险表情][阴险表情]"她这么俏皮地回复道。

两个人也并不是没有一起出去过。那次倒也不是特意一起出门的，只是因为学校要办家长日，小孩子们要展示才艺，他们本来就各自要去采购画具和新的足球羽毛球，于是那个周末下午两个人约着一起去了央美一带。地点是她挑的，主要还是考虑到离家远。出发前化妆的时候，她像是挑衅似的，问阿武，她要去买东西，他要不要也一同去。虽然她心底里已经料定了他一定会拒绝，但另一方面却又想着，万一他答应了，她就跟胖子说临时有点事，以后再说。然而事实上阿武最后并没有剥夺体育老师这次约会的机会。

在地铁上的时候陈木樨心想，其实世界上的一切事情都有因果，只不过有时明明种下了原因，愚钝的自己却毫不自知，非要等到有一天树长成了，才开始哭起来，说，怎么会突然这样呢？其实哪里突然，就算是情侣分手，一方觉得诧异得不行了，但另一方心里可全都明白，就算他的脑细胞想忘记，他的心他的手他的眼，他全身的肌肉和器官，可全都替他记着呢。纷纷纭纭的小事，一样都没忘，像一颗颗夹在心岩上的小沙砾，平时只是偶尔会硌一下，只是后来积攒得多了，恰巧在某一天，犹如无数个汹涌而来的既视感，一齐冲上心头，方才突然惊觉：原来我已经不爱了啊。

为什么我不爱阿武了呢？在去和胖子约会的路上，陈木樨看着车门玻璃上映出来的剪影心想。

"那理由太多了吧，因为你现在正在生气，所以我一下子能想出好几百条。"影子说，它兴奋地伸出手指，像是要一条条地核对账目。

"因为今天没陪你出来吧，还说最近要找工作了，但其实你知道根本没什么要紧的。昨天下班的时候看见他只点了一个人的外卖，说什么见你没问他还以为你吃过了。新剪了刘海，明明都那么短了，他却像没看见似的。先回别人的信息也不回你的，过马路时自己就先走了，上周一起吃饭还点了青椒肉丝——居然连你不吃青椒都不记得了？你说给小孩上课嗓子都喊哑了，他倒是一点反应也没有。你想换情侣头像，他说卡通的太幼稚了，这是什么意思，那辛普森就不幼稚了？还到处露出小市民的样子，吃自助还总要拿个水果回来，和谁打电话的声音都那么大。"影子越说越气愤，简直就要从窗上跳出来了。

幸而一号线再一次救了阿武。换乘站到了，她的影子还没来得及说最后一句，就随着车门开启的声音一并消失了。

陈木樨混在人群里下了车，拿出手机一看消息，是胖子发来的。

12:47

胖子：

我已经到了。

你吃了饭来的吗？我买点喝的？

她低下头，回复了一个猪头的表情。

东西买完之后，两个人不约而同地没说告别，就拐去了一家连锁咖啡店，坐定了之后，胖子问她要什么，她说随便，几分钟之后他端着两杯饮料上来，还有一小块原味芝士蛋糕。

"一个是冰的一个是热的，你没说想喝什么，就买了两种。"男子一面用纸巾简单地拭了一下桌子，一面平淡无奇地说。

陈木樨心下一动，她想起来自己以前和他提过，有一天因为排队买一家芝士蛋糕，八点多了才到家，因为太累了也不想做饭，就一口气把蛋糕都吃完了。"肯定要胖了，这下。"她当时在信息里这么写道。然而实际上是，那天晚上阿武也没吃饭，她回来以后说不想做饭了，他就去厨房煮了两包酸辣粉丝，两个人围着茶几看了一集《欢乐喜剧人》，一边就着方便面吸吸溜溜地分了蛋糕。

一抬头，白家粉丝换成了冰拿铁，胖子在桌子对面喝着咖啡，说着学校里的事情。她笑着听着，用小勺子一点点削芝士蛋糕来吃，心下却觉得有些甜腻得索然。

那一个瞬间她觉得自己原谅阿武了，不管是在饭店点了青椒肉丝的事也好，还是换了发型没发现也好，至少在那个下午的那个时刻的那间咖啡店里的陈木樨原谅了他。因为她发现自己也不过是个骗子，在很多方面上都是。她甚至连辛普森都再也不想追踪了，也不想再偷看阿武的手机，不想知道他们的一切细节——她觉得害怕。她害怕发现他也不过是和她一样寂寞，一样丑陋。

那天和胖子告别回到木樨地的家后，她手脚麻利地做了几个清爽的小菜，还叫了炸鸡的外卖，从冰箱里拿出两个人都爱喝的柠檬茶。六点多的时候男友从游戏下线，他们一块吃了晚饭。他提议说看《澳门风云》吧，她心里不愿意，因为她一向都不爱看这种的，但嘴上还是答应了。她唯独觉得那天的晚饭特别好吃，还不知道从哪里生长出来一阵平实的惬意感，甚至连阿武本身，她都觉得他变得好看了。尽管那样的魔法显然没能发挥多少效力，因为第二天当她下班回到家后，发现阿武已经买了烧烤回来吃而且早就吃完，便又不禁觉得悲从中来了。

那回是她和胖子唯一的一次约会，那以后两个人对见面的事几乎都是绝口不提，甚至有时她去上课，偶然在学校里碰见了，也不过是像普通人一样，彼此亲切地打个招呼。然而在线上却每每都能聊得深入，谈得热络，就像电影里迫于现实压力而不能相见的情人。似乎有一种心照不宣的气氛萦绕在两人中间，并且他们都确信另一个人也这么觉得：对方只有在变换成手机上一行行的文字和表情时才显得尤其可爱。真的人，唯恐一碰就幻灭了。

黄焖鸡送到的时候，阿武趿着拖鞋去开门，她把茶几简单收拾了一下，去厨房的时候发现垃圾已经攒了三袋子，前天或是大前天的碗还都好端端地码在水槽里没洗——她知道阿武这一点，他有时看不过脏碗碟乱堆，就把它们在水槽里摆放得整整齐齐的，但就算是这样了他也绝不会主动去洗。陈木榍心里觉得可笑，又有些凄然。她一方面生气阿武现在待业在家，每天荒废时间，也完全不帮着做家务，另一方面她也知道，自己是不能怪他的——她知道自己不能的。

两个人和每天一样围着低矮的茶几坐在地板上，各自打开自己的一次性饭盒，阿武说想看游戏直播，她没反对，说反正她本来也打算一边吃饭一边看开会要用的稿子的。虽然实际上她并没这么想，现在这话也是故意说的，因为期待着他的下文，然而等来的仅仅是他从饭盒里扒了一口米饭，就着香菇吃了。她心里也就跟着木木然的，把打满密麻麻字的A4纸摊在腿上，汉字也都快不认识了，英语单词也全都分了家。直到后来"啪"的一声，一粒黄色的雨落下来，把纸上的字都连带着晕上了色。

"你嘴是不是漏？"她绷着脸说，赶紧抽里抽纸，"这么远都能弄上油，我特地坐远点还是叫你给我弄脏了。"

"不能全怪我吧，"阿武试着帮她把地上摊开的其他文稿拿开，"吃饭就吃饭，谁让你一边吃饭一边干别的了。"

"那我干什么，和你一块看这种东西？"陈木榍冷笑道。

场面冷却了几秒，只有和那个停电的夜晚一样的音乐、一样的格斗声在他们中间回旋。但恐怕已经很明白了，一切早就不一样了。

阿武一度放下筷子，又再次拿起来继续吃饭，说："我不明白你这么阴阳怪气是要干什么。"

他那不上不下，甚至于没有表情的表情在她看来反而是种深深的刺激，她心下一横，却道："我就想问你什么时候上班，天天这么混日子什么时候是个头，你出去打听打听这么大个人了哪个男的在家啃老婆，反正我是没听过。"

阿武没作声，把筷子一撂，饭盒盖子一扣，站起来就往厨房走。她看着更觉得刺痛，也跟着一步步上去，追问道："这么长时间我说你什么了吗，每天什么也不干。"那一瞬间她猛然想起了一句小时候常听见的经典台词，因而立即补充道，"你为这个家做什么了你说。我阴阳怪气，活得好好的谁想阴阳怪气！"

"我以前的工资卡不是都给你了嘛。"他冷脸转过来，说。

他就是这样的，骂也骂不得，吵也吵不起来，扔过去什么都能给你闷闷地弹回来。

她不由得抽起嘴角笑了一声，"就你那点钱。"

她话虽是这么说，但给他这么一问，心里还是有点虚，旧工资卡里的存款虽然早就提完了，但之前他在外面打的零工和接活挣的钱也给了她相当一部分当作家用，自然比不上她的收入多，但好歹也算是交了份子。但她最厌恶的不还是他这种软软塌塌得过且过的态度？那一刻她甚至想起了胖子，那个同时给她买了一杯冰拿铁和一杯热咖啡的体育老师。一这么想着，她就忽然觉得自己又来了底气。

"我不跟你吵，"他看都没看她，只是用蓝色睡衣的背部对着她，一把把方便筷子插进就快要溢出来的垃圾袋里，"我本来以为以前那些还能撑一阵呢。我明天就出去，不为别的，就为了不在家看你这张脸。"

"你话都这么说了，那咱们还在这儿委委屈屈地凑合在一起过什么呢，取暖吗？"陈木樨笑道。

"我懒得理你。"阿武扔下一句，越过她直接回了卧室，把门一关。

她低头看见垃圾袋里露出来的筷子屁股，觉得眼泪就要上来了，她用力一吸鼻子，打开水管，用冷水揩了揩，就坐回去继续吃饭，这回她把电视开了，随便看了个中央三套的小品回播，嫌坐在地上委屈，就挪到了沙发上。米饭越吃越冷，鸡肉越嚼越有股子鸡味儿。隔了一会儿，她听见卧室门又打开了，她循声转过头去，看见阿武就站在门里面。

"嗳。"他在昏暗里这么低低地叫了一声。

她知道那是什么意思。上学时她看三岛由纪夫的小说，里面有这么一段，女主人公的丈夫死后，出于许多理由，她和公公之间发展出一段情。她每次好端端地在家里待着，只要看见了哪天公公在房间里戴上了一顶小棉帽从她身旁经过，她心里便明了了，带着点晦涩。那便是不成文的暗示，是一成不变的生活给他们养成的恶

绝味

习，那就意味着她今晚要到老人的房间去，翌日早晨才能出来。

她知道这声"嗳"也是同样的意思。电视里正在演陈佩斯吃面条，他一根根地吃，一口口地吃，仿佛受了他的感染，她继续低头吃饭，很轻地说："我不说了吗，今天特别累。"

阿武没说话。

"而且你每天能不能想一点正事，还那么多事没做你就不着急吗，还弄这些有的没的？"

"就你一天天做的有意义！"阿武也跟着大声起来，"吃吃吃，你吃饭就有意义，别人的事就都没意义。"

他说罢就回去了，把房间门一关。

客厅里再次只充满着她一个人，电视上的观众平白地笑着，仿佛他们都是看在眼里的，看着她穿着起了毛球的家居服坐在皮子磨亮了的沙发上，闻见已经凉了的便宜鸡肉味，看见米饭上鸡油渗出来，黄澄澄地沾了一盖子。他们甚至已经看透了她脚趾上脱落了的红色指甲油和睡衣下面成套的藕荷色花边儿内衣裤。

那么放肆的嘲笑声始终在狭小的天花板下头"呜呜"地回响，她知道他们笑得没错，如果说她看不起他是个低级的人，其实她自己也不过是个低级的人，这并不是因为她多了一张工资卡多交了一份医疗保险就能够改变的。如果说他在日复一日的日子里一寸寸地蚀了下去，那她自己也还不是一样？每天重复着一样的路线，每天在手机上做着一样的角色扮演，用左手偷窥着别人一样的生活，每天的麻木都是一样的，每天的困惘也都是一样的，然而每天的麻木其实又都是新的，混杂着昨日未解的谜题一起，伴随着十几节车厢里一样困惑的人群，将她无声地吞没了。

陈木樨直接在家居服外面套上薄线衫，穿着夹趾拖鞋就开了门走了出去。她是无目的地走，无终点地走，她只是想小小地冲破在一边冷眼旁观的生活，往外面的世界走。然而她知道外面里面也都是一样的，她想冲破的其实是木樨地这一存在本身，是涨价了的地铁，是每天洗澡时用的屈臣氏洗头膏和碗橱里越攒越多的一次性筷子。她一面哭，一面在心里想象着三岛由纪夫的那部小说。她曾经想过，如果她是女主人公，那样的苟合，她真是想死了。而她现在甚至不由得羡慕那女人，因为她就算是那样地在活着，她的故事也好歹是被千千万万人看着了，被引用来作为正面或负面的典型。单从这一点看，女人就比她要伟大得多。

她走出十几分钟，才发现自己不自觉地就走上了去地铁站的方向。于是她哭得更凶了，口袋里有两声信息提示，她也完全不想管它。她很清楚那是体育老师来的短信，他每天这个时候都得说上几番似是而非的话，恐怕是因为每天这个钟点都是他们一家人刚吃过晚饭，他老婆去洗碗和整理厨房的时间。

毫无意义。街边一间间牌匾的灯光交替映在她脸上，烧烤摊子的炉烟一丛丛扑在她身上的时候，她心里都明白，她做的这些毫无意义。她和体育老师能去哪呢？她和阿武能去哪呢？她一个人又能去哪呢？她现在只想花钱，吃很多东西，再大腹便便地坐下来，一味地刻上十张木版画。

是时手机铃声又"嘟嘟"地响了，这回是电话，她拿出来一看是阿武的，当即就按掉了。泪眼模糊地扫了一下消息栏，发现刚才果然是体育老师来的信息。点进去一看，是他分享了一首歌，王心凌唱的《当你》，又发了一个小雨伞的表情。她用胳膊抹了一把脸，正想着要回什么的时候，阿武的电话就又打进来了。

"嗳。"他叫了她一声，接下来就是长长的沉默。

她突然觉得那声音好像久违了，那样的电话里的沉默也已经久违了。因为他们已经太过于熟悉了，这样的场面不适合他们。

陈木樨在地铁站旁边一个小饭馆门前停下了，等着男友开口。那是一对东北夫妻开的饭店，她和阿武总在这吃锅包肉。外面有六七桌吃饭的客人，暗戳戳的灯光底下坐着，一边说话一边吃烧烤。在夹着羊肉香味儿的风里，她记起以前这样的沉默只有两回，一次是那天她被通知要调去天津，提早下了班回家的路上。一次是阿武辞职的时候，他在中午吃饭的麦当劳里给她打了电话。

"他们欺负你，我每天去上班都觉得生气，还不如不干得了。"在嘈杂不清的背景音里，当时的她听见他说。

她觉得好气又好笑。"你这样算怎么回事，你不干我就能回去了吗？这回好了，两个人都失业了。"

他在那头沉默了很久，最后咕哝了一句："反正都这样了，以后我肯定会想办法的。"

挂了电话以后她不知道该哭还是该笑地伫立良久，大概一开始是哭了吧？为了很多原因哭的，但最后却又还是笑了，因为那一个原因才笑的。

"你在哪呢？"两个人都没说话的几十秒后，听筒里突然低低地振动了起来，"我去接你吧。"

她本来还是想哭的，但转念又觉得哭了也没用，就算今天有用了，到了明天魔法也还是要消失的。于是她轻轻吸了一下鼻子，在一片沾着花蛤腥气的敬酒划拳声里说道："我在木樨地地铁站。你带点钱来，车站这儿的绝味鸭脖不能手机付款，我想吃了。"

再见江舟

来 年

1

十年了，我二十四岁。这些年后我再一次见到江舟，我们一样穷困潦倒。她是个吃不饱饭的画画的，我是个忙忙碌碌的小记者，我们坐在一起，都没有互诉这些年我们过得怎么样，也没聊起当年，就这么坐着，费劲地磨着眼下的这点儿时光。

我喝醉了，因为我觉得喝多了可以让我放开一点，能因此好过一些。然后我开始说话，就像当年江舟刚开始陪我在操场上跑步，我没话找话说。我知道，没话找话就是一种讨好，当年我讨好她是有求于她，让她陪我跑步，让她帮我拿高分，现在讨好她是觉得有愧于她，良心上过不去，我还想让她原谅我，她原谅我一分，我的内心就好过一分。

虽然可能她并不知道我真正觉得有愧的地方在哪，也许她生气伤心的只是我这些年的冷漠，说不联系就不联系，但是不管是什么，只要她能原谅就好，对我来说就已经是很好了。

我说："江舟，这些年我过得不好。因为我觉得是我自己太笨了。有那么多人可以通过各种办法过得很好，可我就是不行，我只会用蛮力，和初中的时候一样，觉得自己跑得慢就在操场上一圈一圈地傻跑。但是初中就是个用蛮力的地方啊，可是现在不是了，用蛮力只能越混越差，但是我不知道除了用蛮力我还会做什么。

"有时候我特别想找我妈，我跟她说：'妈呀，你看我就是这样啊，就是这么笨啊，将来怕是什么都做不好了。'我也老大不小了，没有脸说自己一事无成是因为年纪小了，我就从现在开始平躺下喘气儿，不去用劲儿不用担心以后，就这么过完这一辈子不行吗？如果遇到什么过不去的坎儿，'嘎嘣'一下就地死了不就行了吗？别去使蛮劲了，别去努什么力了不行吗？'努力'这两个字才是这辈子里最大的谎言呢，我就别再这么用力地自取其辱了不行吗？就他妈的不行吗？"

努力，真不是什么好词。我想起来，我的编辑让我站到他的电脑前，打开我的稿子问我："你写的是什么啊，这是你写的吗？原来觉得你的文字没问题啊，怎么就是不行呢？"我想跟他说，因为我已经好几天没睡觉了，通勤的时间比睡觉的时间还长，我趴在桌子上写这篇烂稿已经写不动了，我想说"他妈的我已经写不动了啊，我只想写完而已啊"。但是我很自觉地就把语气放轻，我说："那我再改一遍吧，不好意思，麻烦您再等我一会儿，我再改一遍。"

"但是我特别怕啊，特别怕我妈说：'好啊，你回来吧，我养着你啊。'因为我知道，这个压力不在我身上就在我妈身上啊，我不能让我妈去替我承受啊，我这才知道我为什么总是要用蛮力啊，我用的这些蛮力就是为了把这个压力给抵消了啊，自己跟自己较劲啊。这太难受了，我不能让我妈去受啊。"

我感觉我要哭出来了，但是我没有，我周围的光那么暗，而我早就已经习惯在这样又脏又暧昧的光里面找到栖身之地了，于是我放松下来。

说着这些话，慢慢放松，我觉得我把自己打开了，我想，江舟，我都把自己打开了，接下来就该换你了吧，换你打开自己了，你快也把自己打开了吧，然后你就原谅我了吧。

可是江舟不说话，她的眼神很飘，最后停在眼前寿司卷里一粒一粒的鱼子酱上，好像是在听你说话又好像不是，看得那么认真又不带一点食欲，不知道在想什么。她还和原来一样。

"你啊，"江舟哼唧了一声，还是开了口，"你还是和原来一样。"

2

江舟的自行车后座又硬又冰凉，每次到家我都会赶紧从车上跳下来揉半天的屁股。那辆车是她爸不骑了的，一辆庞大又老旧的男士车，深蓝色，有横梁，土里土气。从初二的某一天开始，每个傍晚放学都是江舟送我回家。

江舟很瘦，没有几块肉挂在她的骨架上，她喜欢把车骑得飞快，在风里冲撞，因为车太大了不好把握，江舟要很用力地把整个脊背弓起来发力，肩胛骨那里会形成一个盆地一样的凹陷，我把脑袋塞在这个凹陷里面，一下子就明白了"嶙峋"这两个字是什么意思。

然后江舟会和我在我家楼下聊天，有时候我妈妈下班回来，会带些炸肉、绿豆饼、烤玉米之类的给我们吃，然后叮嘱江舟早点回家，说天黑了不安全。我会笑我妈说，江舟长得跟猴一样，有什么不安全的。

江舟说："你妈挺好的啊，干吗人们都怕她？"

"可能是她在学校里比较凶吧。"

感觉我妈应该做好饭了，我就拍拍手把吃的碎渣抖掉，跟江舟说："回吧回吧，老江。"

"好嘞，拜拜老姜。"

"拜拜。"

每次拉开单元门都会发出巨大的"吱呦"一声，把整个单元的声控灯喊亮，我爬到三楼会往下看一眼，江舟还在楼下，一只脚点着地，仰着头看我，我笑着摆摆手："拜拜拜拜。"

江舟也笑起来，亮亮的牙齿在沉下来的夜晚里一闪一闪的，然后跨上车，弓起背来，飞快地从我家单元楼前的下坡溜走，风把她170号的校服吹起来，像鼓起的船帆，像风里自由自在的塑料袋儿。

回到家，我妈会问我："和江舟都聊了些什么呀？"

"什么都聊，瞎聊，江舟特有意思。"

"初一的时候没听你说过她。"

"嗯，就开始和她一起跑步才熟起来的嘛。"

刚上初一的时候，同桌特兴奋地靠到我旁边，让我回头偷看一眼坐在后排的江舟："你猜这个人是男生还是女生？"

"女生……吧？" 江舟又黑又瘦，小眼睛厚嘴唇，不整齐的短发就像生命力旺盛的杂草，她的骨架特别宽阔，个头本来应该很高，但是总习惯驼着背，一点儿坐相都没有，看起来就是我们印象中的男孩子。但我觉得如果真的就像表面看起来的样子的话，同桌也不会让我猜。

江舟能跑能跳，喜欢穿男生踢球时候穿的黑色疙瘩鞋，同桌让我看江舟的时候，她正在教室的过道里跳凳子，好几个人围着江舟，把四五个木凳子排在一起让她跳过去，江舟也不用助跑，一个没什么章法的起跳就腾了空，落在地上也只有"啪"的一声，轻快干脆。旁边的人欢呼："江哥，厉害啊！"江舟也不说话，低下头抹抹鼻子。

我朝他们喊："都别闹了，很危险知不知道。"

"班长不让我们搞体育啊。"几个男生嘻嘻哈哈地问我。

"要搞出去搞，你们弄得教室里很吵不知道吗？"

"哦……"他们开始起哄，"班长不愧是教务主任的女儿啊，爱学习，服了服了。"

我把头扭回来不理他们，但我记住了江舟。

"之前我对她都没什么印象哎，感觉都没见过她。"我悄悄跟同桌讲。

"对啊，平常都不怎么跟人讲话的，不知道为什么今天那帮男生去招惹她。"

"确实挺像个男生的，我之前见过像男孩子的女生是表面像男生，仔细一看还是觉得秀气，但是她……怎么看都不像女生。"

"是吧，我也觉得。而且她这个人这里也怪。"同桌皱起眉头，点点太阳穴。

除了像个男孩子的外表，江舟性格上确实也有些奇怪，我之前见过"自闭"这个词，觉得江舟似乎就有点像。不是指她话少，而是说她很难表达清楚自己，老师点她起来回答问题，她的表达总是颠三倒四，念课文的语气也总是很奇怪，好在她自己好像并不觉得窘迫。

在人群面前，每次想笑的时候江舟总要控制自己，不让自己"哈哈"地笑起来，嘴唇扭曲成奇怪的形状，眼珠倒是在眯成细缝的眼眶里兴奋地转来转去。她很少主动跟周围的人说话，不知道是不是太害羞的缘故。

在初中这种喜欢抱团的年纪里，班里也没什么人跟江舟一起玩，倒是每次江舟被点到起来回答问题时，全班会惊喜地扭头看向她，期待着她说的乱七八糟的话能让人发笑。同桌也经常在江舟回答问题的时候问我："你看她是不是傻啊。"

我也以为，江舟的智力可能有一点问题，所以才常常连讲一句完整的话都这么费劲。但第一次月考成绩出来江舟是班里的第八名，让我感觉蛮惊讶。

每一学期运动会江舟都会代表我们班女生跑一千五（百米），那是所有比赛项目中最累人的，也是体育委员最难动员的项目，只有到这个时候才是江舟在我们班存在感最强的时候。

"幸亏我们班还有个江舟，整整五圈我看着就觉得晕。"我跟体委说。

我对所有运动项目都有种恐惧的心态，每到了运动会的时间，我都会坐在主席台上播音，念各班投来的广播稿，一遍一遍，好像很激情澎湃地念："运动健儿们，加油！"

"你读得太过了，太有感情了，就没什么感情了，运动员听了都不想跑了，我可害怕听你念广播稿了。"后来江舟告诉我。

"我没那感情，江舟，我不明白大家为什么都这么认真，一个运动会而已。有时候得了奖也开心，但也不至于那么开心吧，那么光荣，那么紧张吧？我说不上来，但是我怎么就没那么开心那么紧张呢？"

"你是班长，也没有？"

"说实话，有一点吧，但没到那个程度。你说我是不是太自私了啊。"

"我也没有到那个程度，但我觉得我应该知道为什么他们会那样。"

"我觉得我对这个班里的人有感情，比如说我跟谁谁谁关系好，但是对整个班的感觉就……没那么……那种感觉，我会觉得一个班这样的概念对我来说是很虚的，不如与某个人的关系那样实在。"这是我第一次跟别人说起这种话，我总觉得我这么想是不对的。

"没有也无所谓吧，谁说非要有的。"江舟说。

"当班长的话还是要有的吧？"

"最好有？但我觉得还好吧。"

江舟跑起来的样子也和别人不一样，就像一只挣脱绳索的野狗。手臂不怎么摆动，脑袋往前伸着，上半身往前倾斜，整个人像是要横过来，让人担心她随时会摔倒。她的迈步频率不快，但是步子迈得特别大，耐力尤其好，全程都没有减速，最后半圈还会冲起来，最后总能超过第二名大半圈。

初二上半学期的秋季运动会，我还是坐在主席台上，视野极好，整个操场上挤满了热闹的人群，我看着江舟在操场上跑了一圈又一圈，每次路过班级的人群都是一阵剧烈的欢呼，那个时候人们仿佛忘记了她就是那个平时说不清楚话的傻子，而是变成了整个班的英雄，也许这就是人们在十三四岁时候的单纯吧。

越过最后的终点线，她也没有像其他班的运动员那样叉着腰没完没了地喘着粗气，仿佛在所有人面前炫耀着自己的疲劳，而是一脸羞涩地钻到了人群里头。奖状都没被仔细看一眼就被贴在了班里的墙上。

3

从那次运动会之后，体育课加大了训练强度，我知道一件让人恐惧的事情越来越近了。

等到毕业的那年，会有体育中考，是在中考前的一个月进行，满分70分，占数学总分的一半还多，其中我最害怕的就是八百米长跑，也是体育中考中占分数比例最大的一项。我害怕长跑，害怕跑到中间缺乏氧气，被人从身边超过去的时候感觉特别无能为力，长跑的过程是让我感觉最接近竞争本身的时刻，大家都用嘴巴喘着气，面目狰狞，没有一个人会停下来说"别着急，我等等你吧"。而且最恐怖的是不跑完全程没有办法放弃，我曾经尝试过跑完一半停下来，装肚子疼，但那一次并没有感觉到轻松，因为我知道我没有完成全程，这种可以中途停下来的机会没有几次，我最终还是要完成。它让我不得不面对一个人的无能为力和孤独。

之后我找到江舟，问她："我想拜托你帮忙，陪我练跑步吧，行吗？"我想让江舟每天下午放学先陪我在操场上跑三圈再回家，我得练练。

"我要早回家，那个……"

"耽误不了你很多时间的，你看平时咱们考试要求就是八百米三分半钟嘛，对吧，顶多五分钟就可以了，没人带我的话我怕我坚持不下来，行吗，拜托你了。"

"可是，那个……"

"你考虑考虑吧，拜托你。"我怕江舟不答应，得留点时间给自己再想想其他能劝她的话，毕竟我在班里看了一圈，没有谁再像江舟那样对跑步没那么讨厌的了。

然后第二天，江舟过来跟我说："那个……可以。"

"嗯？"我有点没反应过来，迟疑了两秒，"真的吗？什么时候开始？"

"都行。"

"那就明天开始吧，好吗？"

"行。"

从那以后，我每天放学都会和江舟一起在操场上跑三圈，一开始江舟完全按照我的速度，跑完之后她的面色和气息都没什么变化，但我需要扶着操场上的国旗杆喘个没完。

江舟问我："你没事吧？"

"没事⋯⋯下次你稍微快一点⋯⋯我得练练。"

"行。"

后来，我慢慢喜欢上了放学跑这三圈的时间。那个时候的操场很安静，哪怕经常有北方干燥的大风吹起来，却依然让人感觉空旷宁静。学校旁边农贸市场的点心店里的烤面包出炉，炒鸡店的烟囱喷出白色的烟，有时候操场中间足球队在踢球，一颗球不要命一样地从我们眼前擦过去，然后江舟会开心地追过去把球截住，再抬起脚给他们踢回去。

一开始我会跟江舟没话找话，我发现江舟是愿意听我讲话的，也会接我的话。我发现她的语言、逻辑都没有问题，只是她的思维太发散了，跳脱得太快，再加上她在很多人面前会觉得紧张，所以表达起来总是颠三倒四的。

慢慢地，江舟开始在我面前哈哈大笑，她可以从班主任芬大妈的一句口头禅扯到外星人和神秘组织，有时候插播一两句新闻里孤儿院的大火，然后再唱起柯南剧场版的主题歌，最后还能回到芬大妈身上，然后我们笑起来，昂头看看太阳和月亮同时挂在天上。

渐渐地我意识到，放学和江舟独处的这一段时间，是我一天里最放松的时间，在江舟面前，我感觉我不是班长，不是教务主任的孩子，我只是老姜。有很多东西我敢告诉她，并且知道我不会被审判。

我喜欢江舟的想象力，我发觉我也想让人知道，我就像一个刚出炉不到一分钟的蛋糕一样新鲜、香甜，而不是蛋糕身后的厨师，需要担心保质期是多久，有没有客人来买。

再后来，我跑步的姿势也和江舟越来越像，像极了要摔倒的野狗，但速度确实是越来越快了，也有了些耐力，呼吸没有那么困难了。在初二到初三这一年我长高了五厘米。

班主任和级部主任又一次找到了新的在全班全年级面前夸我的理由："你们看看姜唯，知道自己的弱项就开始努力，人家从初二就开始锻炼，就比你们这些从初四才开始的多了两年的时间，到中考的时候就没有那么狼狈。不是我非要夸老师的孩子不可，你们要是有人家一半勤奋……"

"还有江舟，人家江舟帮姜唯练体育，姜唯就会帮江舟学习，这就是互相帮助。"这次江舟也"引人注目"了一次，是因为我。我担心她会觉得不自在，好在她说没有。

之前跑完步，我会和江舟在操场说再见，然后江舟回家，我去办公楼找我妈方主任一起回家。过了段时间，江舟问我以后送我回家呗，我说行啊，我们就开始在我家楼下聊天。

有一次，方主任说要谢谢江舟，请江舟到家里吃饭，方主任不太喜欢我带同学回家玩，这是上初中以来的第一次。方主任前一天下班之后在家里打扫卫生到很晚，把大理石地板蹭得锃亮，我跟方主任说，没必要吧，江舟不在乎。但方主任不肯，非要打扫，说："我不能让人看见我家里这么乱，多不好。"

我之前去江舟家玩的时候，她家都是乱糟糟的，特别是江舟的房间，堆满了她做手工的材料。她也从来不跟她爸妈打招呼，她爸妈回家见到我也没什么反应，就很自然地说："姜唯来啦，留下吃饭吧。"

方主任问我："你打算怎么跟江舟说你爸为什么不在家？"

"就说出差了呗。"

"你要提前给她说，还是她问你再说？"

"她问再说就行吧，难道还要提前打招呼吗？"

"你没跟别人说过我跟你爸离婚的事吧？"

"没，跟谁都没说。"

"其实我觉得你跟江舟在一块玩儿挺好的，感觉你没有以前那么焦虑了。"

"嗯，她让我知道了这个世界上还有另外一种人。"

"你愿意做像江舟一样的人吗？"

"嗯……我可能已经做不了了吧。"

想了想，还是害怕江舟万一当着方主任的面问起我爸会让方主任觉得尴尬，我还是提前装作不经意地跟江舟说了一声"我爸去了北京出差"，江舟"哦"了一下，也没放在心上。

每次在操场上，跑到第二圈时我已经没什么力气了，江舟会放慢速度，朝我笑起来："快跑啊老姜！"

然后颇为认真地鼓励我说："老姜你有进步的，你现在的速度都能让我感觉有点累了。"

在后来的青春电影里面，在所谓爱上一个人或者煽情的时刻，大量使用在夕阳里背光的镜头。在我的记忆里面，江舟使用完了我青春里所有份额的夕阳下的背光镜头，那是每一个傍晚的操场，江舟在操场上连跑带跳，回过头来对我说："还有一圈儿啊冲起来！"

有时候我想，一个年轻的孩子可能会做的最蠢的事是什么？也许就是把未来看得太有希望了，总认为未来会遇到更好的，所以现在牺牲掉什么也不觉得可惜。也许我早就应该意识到，我现在班上的体育委员就是我这辈子里能碰见的最帅的男孩子了，我未来的身材比例也绝不会比现在更好，农贸市场的老奶奶包的粽子就是最最最好吃的，这些东西没有了就是没有了，不像麦当劳的可乐，扬手打翻也能再接一杯新的。

4

初三的一个课间，班里有个男生突然告诉我："班长，你爸来学校了。"

我的脑袋"嗡"的一声。

我问他："在哪儿啊？"

"我看见他在你妈办公室。"然后我赶紧把手头上的事扔了就往办公楼跑。

虽然办公楼与教学楼是连着的，但是一脚迈进办公楼就和教学楼是两种气氛了,办公楼阴阴的,安静得让人发毛。妈妈的办公室关着门,我不敢进去,试着扭了一下门把手,发现门已经被锁住了。想趴在门上听,又怕被走廊上经过的人看到,于是我就这么贴在办公室走廊的墙壁上一动不动,听不见一点声音,脑子里全是我妈着急地和他争吵,又要压低声音怕人听到的样子。我觉得我快要窒息了,真是个漫长的课间。

突然门打开了,我意识到我还没准备好面对他们的表情。我脑子里的"嗡嗡"声还在,眼前出现一个亮点儿,就像一只长着金色翅膀的苍蝇在灵活地乱飞,我控制不住它,让它带走了我所有的思绪。

但门里面出来的是一个我并不认识的男人,他脸上堆着笑,说:"方主任,那以后我们再联系。"

我妈看到我有点吃惊,也惊了一下:"你来这里干什么?"

"我……我来找你一趟。"

"有什么事吗?"

"没……"这时候上课铃突然响了,"我去上课了。"

"快去吧,快去吧。"方主任拍了拍我的背。

我松了一口气,不是他就好。我回到教室,一脚踹在了刚才跟我说"你爸来了"的男生的桌子上:"谁跟你说那是我爸的啊?"

"啊?我以为……"那个男生说不出话。

"滚!"

"今天上午那个男的是谁呀？"晚上回家我问我妈。

"一个找我推销辅导资料的。"

"哦。"

"我还没问你呢，你今天来找我干吗？"

"我以为，那谁来找你要钱，我怕他来学校闹。"

"别怕，他知道我没钱了，不会来了。"

"你不是早就没钱了吗，他还不是照样来？"

"不会了，他知道你在这里上学，多少还是会顾忌的，就算是影响我，他也不会影响你的。别担心。"

"他才不顾及我。"

"我们都已经离婚了，我把能给的钱都给他了，他已经不能再来找我要钱了，他要是再来，我这个婚不是白离了吗？你要相信我啊，不要担心。"

　

初三的下半学期，下午的课多加了一节，放学晚了一个小时，大多数时候我和江舟还没下楼跑步窗外的天就黑了。天黑之后，觉得跑起步来要费力得多，我常常还没到终点就停下来了。江舟还是会跑过终点那条白线，再跑回我身边："跑到底啊，老姜。"

我不说话，径直走向车棚，江舟跟在我身后轻轻地问："怎么了啊你？"

我也不知道怎么了，就是觉得焦躁。回到我家楼下，我问江舟："你的物理作业写完了没？"江舟乐呵呵地看着我说写完了。

"给我看看步骤，我没写完。"

江舟一边翻书包一边问我："你是因为没写完物理作业不高兴的吗？"

"当然不是。"我展开江舟的作业，江舟的笔迹潦草到让人怀疑她到底会不会拿笔，但是那几道题的结果倒是准确得很。但是她的步骤太简略了，我问她："你的演算过程呢？"

"在草稿纸上啊。"

"老师说了要写上来的。"

"有结果不就行了？"

"写不完整要扣分的，白做了。"我看着江舟一脸不在乎的样子，咬牙切齿地告诉她，可她还是一脸不在乎。

我看不懂江舟的步骤，也不让她给我讲题，她讲题总是跳跃，有时候想起来之前哪一步没有讲又倒回来重新讲。但我知道她是会做的，在理科方面江舟很聪明，让我羡慕。

但是江舟语文不好，差到一塌糊涂，要不是因为语文，江舟能考进班里前五名，这倒是和我相反，我最擅长语文。有一次江舟的语文没有及格，我有点奇怪了，我问她："怎么可能不到60分？最后一名还考了80分呢。"

我要过她的试卷来看，除了字迹潦草卷面分扣光之外，内容就好像是在乱写。就比如阅读理解题里面的一道题目类型是"如果把本文的结尾换成下面一句话，好不好？为什么？"。

"这种题你想都不要想，直接答'不好'，然后猛夸一顿原文就好了，什么'生动形象'啊，'符合原文语境'啊……你自己随便说上几个差不多就可以满分了啊。"

江舟嘿嘿地笑着，拿手指关节蹭着鼻子，眼睛眯成缝，把兴奋得咕噜咕噜转的眼球藏起来，像是恶作剧得逞了一样。但是她这恶作剧坑的是自己啊，活活把3分给坑没了。

"以后考试别这么写了啊，记住我之前说的，就那么写。"

但是江舟说不要："我就是觉得这个比原文的好啊。"

"为啥呀？"

"这个字数比较少，很简洁。"江舟的试卷上确实写着"换了比较简洁"六个字。

"你这时候不把答题模式练好了以后不怕改不回来了吗？"

"改不回来就改不回来啊。"

"这是中考啊，中考你也这么写吗？"我有些看不惯江舟对中考对分数这么不在乎的样子。

初三最后一次期末考，发试卷那天就意味着初三结束了。这天我和江舟没有跑步，直接回了家，天还没黑，我们坐在小区的花园里面。江舟说："我拿我考试的作文给你看吧。"

"你得了多少分啊？"

"31。"

"拿来我看看。"江舟每次的作文分数总是低得出奇。

那是一篇命题作文，题目是《我找到了快乐的钥匙》，我的作文是按照老师讲的模式"开头——铺垫——回忆——点题"，中间引用一点名人名言，最后说"原来，快乐的钥匙是勇敢"，然后抒发感情结尾。我拿到了48分，是我们班作文的最高分。而江舟写了一个故事。

"……我拿着钥匙来到了警察局的大厅里，这里我并不陌生，所以上了五楼到了值班室，推开门看到了值班的大叔正在看《哆啦A梦》，我就跟他说：'伙计，看到多少集了？'"我把这句念出来，和江舟一起笑。江舟说："老姜，我开始写小说了。"

"在写什么呢？"

"还不知道，刚开始。"

"像这样的？"

"可能吧，但是比这个长，长很多。"

"那写完了给我看。"

"好。"

"老江，听我妈说我们下学期就分班了，因为学校对这一届初四比较重视。"

"嗯。"

"那我们很有可能就不在一个班里。"

"没关系啊，我下课去找你啊，放学我们还是一起跑步一起回来啊。"

"嗯嗯，也是，但是分班就会面对一个新的环境，要去重新适应新的环境和新的人。"

"你会怕新的环境吗？"

"会啊，特别害怕，我害怕……未知。"

"可是新的班里的人应该也都认识你吧。"

"可我不认识他们啊。"其实作为教务主任的孩子我知道我蛮出名的。

"哎，老江你看，"我打断她，向着不远处抬了抬头，"那边有两台警车。"

"嗯，我看到了啊。"

"我原来特别害怕警车。"

"害怕它把你抓走吗？"江舟笑起来。

"嗯，差不多吧。"

在方主任还没有离婚之前，我特别害怕警车，我总是会觉得这些车是来抓我爸的，他可能骗了别人的钱，或者借了别人的钱不肯还，警车会把他抓走。哪怕后来长大一点了，觉得这是杞人忧天，但每次看到警车出现，还是会莫名不安。还好，他们离婚了，我再也不用害怕警车了。

"我要回家了，老江。"

"这么早啊，天还没黑呢。"

"早晚会黑的啊，先回去吧。"

5

开学再一次见到江舟，我们已经是初四毕业班的学生了。江舟和我被分到了相邻两班，我们的好多老师都是一样的，她班主任是我们班的数学老师。我们下午放学还是一起跑步，那时候我的速度已经可以达到体育考试的满分标准了。

只不过课间操的时候我们不是站在一个队伍里，有时候我会偷偷看站在隔壁班队伍里的江舟，她总是面无表情，眼神不知道聚焦在哪里，可能是在新的班里又是毕业班，说话的人更少了吧。有时候我会叫她"老江老江！"江舟会看向我做个鬼脸，像一只短鼻子的小狗。

站在我旁边的姑娘会问我："姜唯，那个人是谁啊？"

"我原来班里的同学啊。"

"叫什么？"

"叫江舟。"

"女生？"

"对啊。"

"还以为是你男朋友。"

"哈哈！怎么会，有我妈在我哪敢谈男朋友啊。"

在新的班里，我还是班长，新的班主任图省事儿，没有重新选班长，就问同学们还是由我来做班长大家同意吗，没有人反对。

新学期开始我还是班里的第一名，和周围的人也迅速熟了起来，就像江舟说的那样，班里的同学之前大多听说过我，愿意跟我一起玩，但也没有跟我走得很近。

新的体育委员问我，快要秋季运动会了要不要报个什么项目。这应该是我们这一届学生能参加的最后一个运动会了，我忽然发现初中四年，我可能一次运动会都没参加过。

"要试试吗？跑个八百米吧，咱们班女生八百米能跑进满分的人没几个。"这让我有点惊讶，两年前我还只能跟在队伍的最尾。

那一天的下午我告诉江舟，体委建议我参加八百米，江舟说："那就跑啊，和我一起跑，这个班没人报，八百和一千五都是我。"

"不要，我害怕发令枪的声音。"我坐在江舟的自行车后座，拉着江舟的校服，"听说你也跑八百我更不能跑了。"

"为啥啊？"

"因为真的到了比赛的时候你不会等我啊，我已经习惯了你跟着我的速度跑，只比我快一点点，我跑不动了你就慢一点等等我，但是比赛的时候不行啊，你不会等我的，你只能在前面跑，很快就跑没了。"

"就一次，也不行？"

"一次也不行。"我觉得那样的感觉一定难受极了，像是被江舟抛下了一样。

"比赛就好好跑呗，想那么多干吗？"

那次运动会，我还是没有参加任何项目，待在主席台上念完了我初中里最后一次"运动健儿们加油"。

当年我们家是和现在的副校长他们家一起买的房子，那时候方主任和副校长在办公室里打对桌，还都只是比较年轻的班主任，刚刚结婚。现在方主任说，副校长比年轻的时候胖了好几圈，已经很有校长的派头了。

有一天江舟走了，我还没上楼，我看到副校长的车从我身后的方向开了过来，车灯把我眼前的那条路都晃成了明亮的黄色。我转身向副校长打招呼，她朝我招招手让我过去。

"分了班还适应吗，唯唯？"

"嗯，还蛮适应的。"

"我知道你肯定能适应，最近压力大不大？"

"还行。"其实，压力是挺大的，因为初四之后大家都很拼，特别是之前很聪明但是不太勇敢的那些人，现在变得非常勤快，就像班主任说的"瞪起眼来了"。

"同学怎么样啊？你最近都和什么人在一起玩啊？"

"新班里同学都挺好的，但我还是更喜欢和以前班里的同学一起玩吧，毕竟认识的时间更长更熟悉。"

"刚才那个是你原来班的同学是吧？我看你跟他挺好，老见你和他在楼下聊天。"

"哦，她陪我跑步来着，然后一起回家，有时候就聊一聊。"我有点怕副校长觉得和江舟聊天会耽误我学习就赶紧解释。

"一个男生，天天陪你跑步，还送你回家吗？"

"哈哈，她是女生啦。"我想校长应该是猜我早恋了，才会把我叫过来拐弯抹角地问了半天。不过，她知道江舟是女生之后也没觉得很惊讶，又跟我简单聊了几句就让我回去了。

晚上吃饭的时候，方主任告诉我，今天接到了一个电话，是江舟爸爸打来的："她爸的声音感觉有点紧张的样子。"

"哈哈哈，她爸也怕教务主任吗？"

"她爸也挺奇怪的，说江舟能跟你一起玩他挺高兴的，还说改天请你们两姐妹吃饭。"

"姐妹？"我笑起来，"你不觉得'姐妹'这个词儿用在江舟身上特别扭吗？"

"还好吧，不过是有点别扭。"

"江舟最近怎么样？"

"你不是经常见到她吗？没心没肺的，肯定是好得不得了啊。"我有点奇怪，最近怎么人们都会对江舟这么感兴趣啊。

第一学期期中考，我的成绩出了年级前十名，好几门课都发挥得不好。出成绩那天我就没去跑步，被老师留下谈话。

从办公室出来，看到江舟还没走，站在办公楼的走廊等着我，一见我出来还是会笑起来："我还以为你走了，那么久不出来。"

"如果我真的走了呢，你怎么办啊，想过没？"

"没想过。"

"江舟，你想过你以后干什么吗？"

"想过啊。"

"干什么呢？"我有点惊讶。

"可能去一座没有人的山里吧。"

"做什么呢？"

"不做什么，就自己住。"

"那你吃什么喝什么呢？"

"我可以种地啊，种果树什么的。"

"到哪里去找这种山啊，早都开发成旅游景区了。"

"也可能不能很快就去，但是最后的话会想去，应该会找到的吧，肯定有这样的山没被发现，就像没被发现的星星一样。"

"那在你找到那座山之前，你有没有想过，你要怎么生活啊？"

"都可以吧，怎么样都能赚钱啊，比如说卖报纸就能赚钱。"

江舟告诉我她已经不怎么听课了，每天都在课堂上写小说，写在各种本子上，字迹潦草到只有她自己才能看懂。之前从没想过，江舟会写得这么起劲。她也真的拿给我看了，还让我拿给方主任一起看。她的想象力足够，但是语言表达问题太大了，特别是落到纸上就更明显了，目前来看只能说是她自己写着玩儿的东西，还不能说是作品。

那个时候，我没有想过，在后来我也会开始写东西，甚至以此谋生。但是我喜欢在晚上动笔，最好是大家都睡着了。夜晚安静，凌晨人们绵密的呼吸声织成被子，让人安宁。然而江舟却可以在任何时候写作，只要她愿意，她就可以随时让眼下的空间完全地属于自己。

有时候我很羡慕江舟，但总觉得，她这样子无忧无虑的状态能持续多久呢？等到有什么事情突然砸到她面前的时候她怎么办呢？她会不会承受不了呢？我羡慕她，但我并不会选择成为她，因为我太清楚，我无法承担变成江舟可能会面对的后果，就像是没法因为喜欢操场的黄昏而变成一颗摇摇欲坠的夕阳。

6

我的成绩滑落到了年级的三十多名，每一天都觉得很焦躁，没有多久就要中考了。

"你怎么回事啊？"江舟问我。

"你要听我做我这段时间的整体分析呢，还是做每一科单独的分析？"那一刻我坐在江舟的自行车后座上都想往下跳。这段时间有太多人问我"怎么回事"了，我妈方主任、班主任、各科的任课老师、学校里其他的任课老师、班里的同学。但我没想到江舟也要问。

"什么？什么分析？"江舟问。

"你不是问我怎么没考好吗？"

"不是，我没看过成绩单啊，我不知道你考得好不好，我就是看你最近……特别不对劲。"

"哦，我这次考得特别差。"

"能有多差？"

"考出年级前三十了。"

"还行啊，反正能考上实验不就行了嘛。"

"万一考不上呢？"其实我担心的不只是能不能考上实验，我总觉得中考对我来说是个答案揭晓的时刻。被全校的同学和老师关注了四年，被夸了四年，我总觉得有太多人都在等着看我中考的成绩，给我一个结论，是"真厉害"还是"吹过了"或者说"很可惜"。我更担心方主任会觉得丢脸，毕竟这些年，能让方主任稍微感觉到安慰和骄傲的也就只有我了。我明明知道，茶余饭后的谈资大多是不带恶意的，也很快会被忘记，然而我仍然觉得怕。那是很浓很浓的雾气，让我觉得呼吸有些困难，它让原本黯淡的日子更加黯淡，而那些明亮的快乐也被包裹在这浓雾里而变得模糊。在那个年龄我还看不懂命运，却很早就习得了畏惧。

级部主任下了硬性规定，现在有越来越多的人下午放学在操场跑步，操场上没那么安静了，跑道变得拥挤，操场边有很多休息或者偷懒的女生围成小圈聊天，有时候我觉得她们在看着我和江舟，不知道在聊些什么，但好像又有点兴奋。

"在聊什么？"我去看台拿书包，随口问了一句。

"没啥嘛，瞎聊。班长你快走嘛，你看人家在等你。"我看到江舟已经帮我把书包拿过来了，我接过来，有点疑惑，还是跟她们说了再见。

江舟骑到我家楼下，正好方主任回来，我从江舟的车后座上跳下来，去接方主任手里买菜的塑料袋。

"我听章老师说他们班有个原本前十名的学生，现在上课也不听讲了作业也不写了，成天写小说，就是你吧？"方主任眯起眼睛来问江舟。江舟有点不好意思，又带着点笑意地缩起脖子，拿手蹭蹭鼻尖。

"你们章老师一说，我就说'我知道她是谁'。"方主任有点得意，然后她问江舟，"不能中考完了再写吗？不怕耽误时间？"

"不怕，我都不想上学了，不想中考了。"

"为什么呀？"

"觉得特别没意思，现在都是复习课，老师上课也没意思，都是做题。"

"可是你之前都上了三年半了，最后半年坚持不下来？"

"之前是因为没想过不上学啊，觉得上学还可以啊，不能说是在坚持。"

"那你爸妈呢，知道不知道？"

"知道，我跟他们说了。"

"他们也同意？"

"他们当然是不同意。"

方主任和我一起笑了起来。

"前两天吧，我在学校巡视，看到江舟在做值日，她还跟我说她觉得卖烤地瓜也不错。"上楼梯的时候方主任告诉我。

"是吗？她都没跟我说过。"

"她说她现在就想去打工赚钱养活自己了，她说她都去实地考察过了，星期天下午骑着车到处找烤地瓜的摊儿，看人家怎么烤，问人家炉子是从哪里买的，能不能自己做。"方主任笑着说，"从来没见过江舟这样的孩子，我觉得她太特别了。"

"如果我也想像江舟那样，你会觉得好吗？"

"我当然是希望你过得好，将来也过得好，所以如果你想像江舟那样生活，我可能会阻止你一下，因为觉得如果这样将来会很辛苦，也可能是我太悲观了，我不想让你也这么悲观。"到了四楼，方主任已经有点喘了，楼道里很昏暗，各种小广告把墙壁粘得乱七八糟的，我的眼光越过方主任的肩膀，看到走廊屋顶的墙角有两只蛾子在打架，它们的影子被放大，翅膀也显得很有力量，我回到家，关上门，眼前还是它们翅膀扑棱棱的样子。

回到家，方主任换了拖鞋就去做饭了，我跟着她到厨房，拿过窗台上的几瓣蒜剥皮，然后把掉在地上的蒜皮扫进垃圾桶里，方主任的厨房一向是很干净的，她告诉我真正讲究的人会一边做饭一边收拾，饭做好了厨房也收拾得差不多了。如果想要了解一个人的性格和习惯，可以看他做一顿饭。方主任说，如果将来我找了男朋友，一定要带回家来让她看着做一顿饭。

"唯，"方主任扭开灶台的火，"今上午副校长找我来着。"

"嗯，干吗呢？"方主任把葱姜沫还有蒜片用菜刀铲起来丢到锅里，"嗞滋"地响。

"她跟我说……经常看到你和江舟在一块。"锅被爆香之后，方主任把肉片放进去翻炒，肉片切得很厚，五花肉被炒得油光闪闪的，再淋上酱油，"她今天跟我说了一下……关于性取向的问题……就是说……江舟有可能是喜欢女生的，你能理解吗？"

再把青椒倒进去，青椒块上还带着水珠，开大火，翻炒，她继续说："副校长跟我说，怕你被带的……就是你这个年纪比较容易……"

"她什么意思呢？"

"没什么意思，就是好心，想提醒你一下，我也就是转达一下，没有说一定要你怎么做，如果你听了之后，有你自己的判断，就可以了。"方主任最后往锅里撒了一勺盐，差不多可以出锅了。

微波炉里热的昨天剩的汤也好了，发出"叮"的一声，方主任把青椒炒肉倒进盘子，说："好了，吃饭了。"我却觉得没什么胃口。

7

在那之后，我便听懂了那些女生围起圈来的笑声，而我和江舟被她们围到了中间。我从没想过我会以这样的方式进入这些闲言碎语，甚至是一件我之前完全模糊的事情。

"最近，我听到有些人在说……"我靠在门上，看方主任在炒菜。

"说什么？"

"说，我和江舟……妈，我有点怕……怕他们会觉得我是同性恋。"

很多年以后，我逐渐习惯了以尘土、噪声和城市里的雾霾为食。每当我回忆往常，回忆为期不长的少年时代，我会明白，每个人都不是在某一天成长为大人的。有时我说完一句话，就会听见"咔吧"一声，少年的尾巴就会断裂出一条细缝，然后走着走着，它最终就遗落了。

第二天，方主任告诉我，江舟的班主任愿意帮我处理这件事："章老师会跟江舟说，不让她跟你玩，怕耽误你的学习，因为你最近成绩确实也有滑落，说一切到了中考之后再说。等中考过了你自己也好好想想，好好跟江舟说一说，毕竟还有几个月就中考了，眼下中考是重中之重，你觉得呢？"

"其实我跟江舟真的就是朋友，什么都没想，我甚至都不知道……"

"我知道，你现在不是怕有人在背后讲你吗？"

"妈，你说如果他们觉得我是同性恋的话，我以后就没办法结婚了？"

"我不知道，我也没遇到过这样的事情。"

"那就先这样吗？"

"先这样吧，江舟可能会有意见，章老师跟我说她会去处理，你们班主任小李也打过招呼了，让你放心学习。"

江舟确实有意见，她和班主任站在走廊上吵架，问她为什么每天一起跑步聊天就会耽误学习，说为了学习让两个一起玩了三年的朋友不见面是什么道理，这是老师应该做的事情吗？章老师和李老师看起来很专制，讲了一大堆道理，看起来是把我们两个人拆开，火力却都在江舟这边。

那天是江舟最后一次送我回家，我从车上跳下来，江舟很愤怒，没有停车，把车直接摔在了地上。

"我们能不能找一下方老师，她是教务主任，应该能管的吧？"

"不能吧，他们跟我妈已经谈过了。"不心虚是假的，但我赌的就是江舟相信我。

"那怎么办呢？"

"先这样吧。"

"什么？"

"先这样吧，老江，先按他们说的做，反正还有几个月就中考了，中考之后他们就再也管不着我们了。"

"可是，他们怎么能这样呢？怎么能呢！他们不能这样啊，这要怎么办呢？"我从来没见过江舟眼红过，像是从岩石的裂缝中渗出来泛红的江水，她别过头去，走到离我几步远的地方。

"我要去告她，她不能这样。"

"算了吧，江舟，我最近压力真的特别大，我晚上经常睡不好觉。"这些都是真的，所以我说，"马上就要倒计时一百天了，我们不管他们是不是对的好吗？先过了这一百天。"

最后江舟同意了。

我不记得她是怎样把车扶起来，又怎样从我家门前离开的。从那以后我又开始像以前一样，和方主任一起回家。我有点刻意躲着江舟。

没过一个星期，有一天早上，我在上第二节课，被叫出了教室。是江舟的班主任章老师，她问我有没有见过江舟，我说没有啊。

江舟失踪了，班主任发现她上午没来上学。给家长打电话，她爸说她早上五点多就出门了，以为是早早来学校学习了。

章老师和方主任问了我一堆东西，见没见过江舟，有没有听她说起过什么之类的。方主任说，刚刚江舟她爸给她打电话，说最近看到女儿情绪不好，问她也不说什么事。

那天是个难得的好天，阳光很晶亮绵密，照耀着一圈心虚的人，彼此面面相觑，都很着急。然后方主任让大家沉住气，说："江舟的性格我知道，不会丢的，应该是不知道到哪里玩去了，我们再等一等。"

那天他们问到我"你知不知道，江舟平时还有没有和别人一起玩"，我怔住，我没法去判断这句话的分量，我知道我把江舟抛下了。

这一上午，我在心里揣着一张明知答得一塌糊涂却一定得上交的试卷，直到江舟回来。她不想上学，去了植物园，趴在金鱼池旁边的小凉亭子里写了一上午小说，写累了就回来了。看她回来了，江舟爸爸生气地拽着江舟的袖子，让她给老师们道歉，但她不说话，眼神不聚焦，蒙蒙眬眬的。

"算了，"章老师伸手理了一下江舟立起来的领子，把它板板正正地翻下去，"先去上课吧。"

在中考前最后的一百天里，我本来想把所有的精力都集中在准备中考上，但越是紧张就越是患得患失。

中考前一个月，我们考完了体育，八百米是最后一个项目。跑完之后，感觉用光了所有的力气。我在考场外面看到了江舟，她问我考得好吗？我说，应该能满分。江舟很开心，说她就知道没问题的。

"我带你回家吧？"

"不用了，我跟我妈说好了，和她一块儿走。"

"那，老姜拜拜。"

"再见。"

初三结束的那天，江舟把她的作文留给我了。在那个故事里面，警察发现真的有人丢了那把钥匙，还把锁也送到了警察局。警察找到了那把锁，然后从负一层一个后空翻回到了值班室。随后"我"和警察开始核对是不是那把钥匙。

"快要插到底的时候，我们都有一种心脏快要停止了的感觉，由于实在也没有人敢转动一下那把钥匙，我们就把那位挂失的人叫了过来，她一转发现真的就是，我们一想，这把锁什么都没有锁住，为什么要打开它呢，那个挂失的人说：'把锁打开就是为了再锁上它啊。'"

她把锁又锁上了，锁在了值班室的门上。

"把锁打开就是为了再锁上它啊。"在那之后，我记着这个结局，一直过了很多很多年。

8

暑假放假，江舟来到我家楼下给我打电话，我下楼看到她骑了一辆新车，是一辆很酷的山地车。

"怎么山地车还买带后座的啊？"我问她。

"不然你坐在哪里呢？"江舟笑起来。

这是我二十四岁前最后一次见到江舟了，说实话我们两个都没有想到。

江舟没有考上实验中学，我也再没有坐过江舟的自行车后座。

我时常想象，再一次见到江舟，会是怎样的情境，这一次我会不会错过跟她说再见。

粉红是最恐怖的颜色

陈又津

0

一个人没有恶意，也不等于有善意。

1

普悠玛火车往南方行驶，因为山多的缘故，必须穿越许多隧道。车厢亮亮暗暗，当你的眼睛适应了黑暗，强光会闪得你睁不开眼睛，同样地，从有光的地方进入隧道，瞬间的黑暗也比真正的黑暗还深。

当车厢明亮了一段时间，年轻的乘客忽然发出一阵骚动，左边出现一抹蓝黑色的太平洋，右边连绵不绝的阴影则是奇莱群峰——山林的照片总是美得不可思议，但若是亲身经历逆向箭竹林、大崩壁，以及缺乏水源的恐慌之后，他绝对不会再进山——冥冥的年纪轻、运气好，得以走出去，换作另外一些人，可能永远走不出去，甚至没有被发现，就这样迷失在山林中了。十年来，他以冥冥这个笔名出了几本书，手上同时开写好几篇稿子。应各方邀请演讲，出席一些他不在好像也没关系的发表场合，就算遇到莫名其妙的邀约，也能想好理由让对方有台阶下，说得上是个完全社会化的作家了。

十年前的傍晚，他独自走在山林，头顶的月亮很明亮，但他身处的森林却是一片漆黑，看不见脚底的路。直到前方出现一束手电筒光，人也好，鬼也罢，是谁都行，总之他没力气了，穿着雨鞋的两脚一软，瘫坐在光照亮的柏油路面说："只有我一个人、只有我一个人——

"从山里回来。"

2

旁边的亚军有朋友掌镜直播，在典礼后发表感言，这些顶级待遇都因为他是帅气网红。像我这种肥宅，得冠军也没人关注，只能随便讲句谢谢大家，领了代币抵用券和薄薄的奖状闪人，充其量是他人英雄传说的配角——二十三岁的青年冥冥想着把这不痛不痒的事写成小说，为自己的失落找到价值，但他随即为自己不符合肥宅的定义而忧虑。首先，他不肥，可以说是瘦小，所以冥冥在一片中学生的比赛中，显得很平常；第二，他不够宅，如果宅到完全不出门，也不会出现在这吵闹的汤姆熊游戏场。

MaiMai（一款街机游戏）长得像滚筒洗衣机，周围有一排按键，中央是触控荧屏，玩家要按照歌曲节奏点击符号，像是用另一种方式演奏曲目。冥冥的准确率100%，顺利获得冠军。大多数玩家抱着交朋友的心情，淘汰以后直接离开去吃饭、唱歌、做别的事，所以真正颁奖时，留下来的人没几个。冥冥不想认输，看着网红亚军像个明星似的被包围，烦人的粉丝不知道要聊到什么时候，他不想先离开，就呆呆站在那边，不跟别人说话，也没人找他说话。

"我可以跟你做朋友吗？"

冷清会场中，穿着粉红洛丽塔服的少女站在他身边，冥冥立刻退了一步，以为少女要跟网红合照或自拍。但少女直视冥冥所在方向，这边连工作人员都没有。

如果拿自己实际上二十三岁，看起来却像中学生的情况来说，眼前的少女或许年纪也不小，只是保养良好的成果。让冥冥定义对方为少女的原因，就是这套洛丽塔服了。洛丽塔服跟一般洋装有什么差别，冥冥也说不上来，但夏天这么热的天气，普通女生应该穿棉麻雪纺材质的洋装，虽然冥冥就读科系的女生跟男生一样穿格子衬衫牛仔裤，这样说来很可能不存在普通女生这种生物。从裙子蓬松的程度来看，应该加了衬裙，更别说那双白色过膝长袜，光是要洗干净，冥冥都觉得麻烦了。她穿着白衬衫外罩粉红连身裙。冥冥想起来了，他看见过那个背影，因为打游戏的时候，她肩带一直滑落，导致他无法专注看谱。眼前的少女不管是"伪娘"还是其他生物，应该都希望被当作女孩子看待，总之，就把对方当作少女吧。

"是怎样的朋友呢？"冥冥说。这句话若是换人来说像撩妹，但他是认真的。

"普通的朋友吧。"少女想了一下，有点犹豫，本来拿着缀满水钻的手机，这时却放在背后。"普通"这种形容词冥冥不太满意，但看她放下手机的样子有点可怜，冥冥从裤子口袋里拿出手机，让少女输入自己的账号加为好友——当然冥冥对于"好友"这种不精确的称呼更不满意，但系统那样设定，他也没有更好的说法。两人就这样成为普通的朋友，或说是好友。

他低头看着少女的名字，影紫雨，头像是无法辨认特征的抽象线条与色块。

"你R值多少？"名为影紫雨的少女说。

"17.9。"平常靠卡感应，冥冥都会隐藏真实数值，但既然有人问了，他也据实以告。

"我才14.9，但是夕月有15.3。"影紫雨忽然提到另一个名字。是音乐游戏圈有名的人吗？冥冥平常也没关心这个，问那个亚军大概会知道吧。满分是20，这种成绩不错了。当然有人请代打玩家取得称号，这种人冥冥遇过不少，以为对方很厉害，跑去对战，发现根本没那个实力，他们的目标只是打打机台、拐拐妹子。不过自己现在跟影紫雨这样对话，不也是拐妹子吗？

"夕月是我最好的朋友，如果来台北，我都住她家。"影紫雨拿出手机搜寻，另外一家汤姆熊宜兰分店的结果也出来了，她指着合照中间的冠军，那是个发长及肩的女生，说不上有什么特色，而且没穿洛丽塔服。这两个人真的是好朋友吗？但这么无聊的事，应该没必要说谎吧？

"有机会一起玩吧。"影紫雨说完，向主办单位取回证件，冥冥第一次看见影紫雨的本名：沉芷娴，但那张健保卡上竟然没有照片。

"这是我在路边捡到的。"她轻轻一笑，像是恶作剧被抓到。

但路边有可能捡到健保卡吗？而且还是这么奇怪的健保卡？虽说个人资料外泄这种事很讨厌，但该不会是伪造文书吧？这个女孩怪怪的，但好像很有趣，做个朋友似乎也不错。

3

七月初，两人去一座山腰上废弃的招待所。

门口是白色大理石狮子雕像，庭院中的欧风喷泉早就没水了，窗户玻璃被打破，草长得比腰还高，但影紫雨双手一撑就翻过窗台，下来还要小心满地碎玻璃。冥冥看见门口就想放弃了，但为了面子，只能硬撑上去。

"前面有灵体。"

少女在手上缠鞋带，据说能建立魔法结界，要冥冥走在她后面。

一楼往二楼的通道，木造天花板坍塌了，影紫雨直接钻进旁边破裂的地方。冥冥想着来废墟探勘也算是取材，刻意不拍照。虽然他是生长在数码时代的人类，但他是立志成为作家的青年，如果连这点程度的文字都无法掌握，那还谈什么？结果，他走到这里，一步都动不了，是衣角被破裂的木头钩住了。

走上二楼是空旷的保龄球场，穿过几个门以后，还有游泳池，中间是塑胶椰子树。下午的天光从屋顶洒落，周围景物都泛着淡淡的蓝光。走在无水的泳池里面，只有枯萎的落叶。沿着泳池，这间招待所还有蒸气室和烤箱，后方是工作人员办公室，还留着二十年前的泛黄剪报。

"有十块钱！"影紫雨拉开抽屉，在深处找到零钱。要不是塞这样深，之前大概也被别人拿走了。开启小门前，影紫雨大喝一声，冥冥以为出现了什么动物，结果不是，她拉开手上的鞋带："恶灵已经被我击退了。"

周遭什么事都没发生。但她想做个魔法少女，那他就配合吧。她那些夸张比画的手势，如果能拍下来，应该也蛮可爱的。但既然冥冥打定主意不拍，这画面只能留在他心中。通道之后，是四排巨大的洗衣机，他们两个轮流用力拉，没有一个洗衣机能打开，事后回想，冥冥觉得打开了还比较可怕，谁知道那里面装着什么！

三楼是住宿区，每间房间都被打开了，配置是一张双人床加厕所。打开衣柜，还有很多没用过的枕头。他们随手拿那些枕头丢来丢去，弄坏任何东西也无所谓，反正这里不属于任何人。

搭火车回到台北的时候，错过最后一班捷运，听到冥冥没地方过夜，影紫雨说："要不然，你跟我一起去住月姐那吧。"

"随便带陌生人去她家，月姐一定会生气吧？"

"月姐去爬山了。"影紫雨说。

就算去爬山，也没有女生想让不认识的肥宅踏进房间啦。冥冥说："你不怕我是坏人吗？"

"没关系，我也不是好人。"影紫雨说。

冥冥笑了，大方承认自己的缺点，这样的女孩很少见。反正这时的冥冥没有什么好失去，面对这有点奇怪的邀约，一般人就算不知道背后的动机，也会本能地回避。但冥冥的本能跟别人背道而驰，越是罕见的经验，他越想亲身经历，要等到很久以后，他才会发现常识的重要。

不知道是咖啡因作用，还是这突如其来的邀约，冥冥心跳加速，几乎无法思考，跟影紫雨上了计程车。高速公路的景色飞逝，冥冥心想这说不定是人生最后的风景，那也不坏，就这样来到市区的公寓顶楼。

"我们在山里打靶，夕月的枪法很准，之前有人要把我们干掉，夕月一打三，就把他们做掉了。"

听起来像是电影场景，但怎么可能？更奇怪的是，影紫雨为什么要说这种显而易见的谎言？影紫雨越说越起劲，夕月多厉害，跟警察对决，藏身在山中几个月，翻山越岭，跟高山族人一起打猎——其实也蛮有趣的，有些细节非常真实，冥冥也服了她的功力。直到她迸出一句："你是我除了夕月以外，最喜欢的人了。"

窗外天还没亮，冥冥不能说，他要去搭捷运了，只好岔开话题："你不睡觉吗？"

"我不会跟你说，有人抱我比较好睡。"

两人关系进展过于神速，冥冥害怕了："那，我们就抱一下吧。"

影紫雨就像路边的野猫一样，窝在他怀里。她虽然没洗澡，但身上也不臭，长长的黑发有种好闻的油味。

冥冥不知道两人这样是否算是在交往，只是在心中决定，为了眼前的影紫雨，他要做个比现在更好的人。但这个成为好人的想法，某种程度遮蔽了他的常识。这个女友有时在基隆，有时在台北，有时在台中，始终搞不懂她在读书还是工作，不急，就等她想讲的时候再讲吧。

但该说的，人们一开始就会说了。接下来，你只会看到自己想看的，其他的部分等于不存在。冥冥只想着守护少女这类的事，忽视了常识，最后才会在没有水、没有食物的情况下，直奔下山，了解人到了最后的最后，在意的只有自己。

4

"这个照片，跟她的相似度是百分之九十九吧。"

冥冥拿着记者的手机，放大到不能放大为止，无论是粉红色的洛丽塔服、厚重的齐刘海，还是前短后长的姬发式、细长的丹凤眼，都是影紫雨的模样。然而记者想问的是夕月，一个冥冥只听过但没见过的人，但影紫雨崇拜她，动不动就挂在嘴边，她也是影紫雨最要好的姐姐。

"你认识的她叫作影紫雨吗？"咖啡座对面的记者问，同时打开录音笔。

"我还看过她的健保卡，姓沉。"

"叫芷娴对吗？"两边拥有的资讯对等，没什么好隐瞒，冥冥点头。记者说："夕月是她的另一个分身，职业是登山向导。"

这样就说得通了！夕月是影紫雨，影紫雨就是夕月，难怪洗手台只有一支牙刷，但冥冥认为这只是一种说法，不能证明影紫雨说谎，举例来说，就像冥冥在台北就住在吴立翔的家，因为吴立翔就是冥冥，冥冥就是吴立翔啊。总之，记者跟冥冥现在所说的，确实是同一个人。

上个月月初，姑且不管叫什么名字的她，带七十多岁老妇人去登山，一去就是十来天。老人运动本来是好事，但家人报警失踪，出动消防救难队。高山族山友在工寮找到老人，老妇人大发脾气，既然儿子媳妇都嫌弃她，与其去养老院等死，不如死在山里。如果她坚持不下山，山友不可能勉强她，警察大概也走不到这工寮。"那样带你上来的人会触犯遗弃罪，然后被关进牢里喔。"听了山友的话，老妇人才慢慢下山，路上还问他，儿子有没有生气？她下山以后还能回家吗？这种事不是第一次发生，那些老妇人总是口口声声，感谢夕月带她们散心，家属只能放弃告她诱拐。因为人都平安下山了，也没发生什么不愉快的事，就表示她有好好照顾她们吧。

——原来我不知道的时候，她做了这些事啊。

冥冥逐渐明白，难怪她行踪飘忽，在废墟又那么熟门熟路。为了答谢记者，冥冥打算说出所有他知道的部分，只要求不要写出他的名字，万一影紫雨回来，他可以装作什么事都不知道。

"我会小心处理。"话虽如此，但记者并没有答应不写。

虽然不知道对报道是否有帮助，冥冥说了两人如何认识，关于音乐游戏街机、两人去过的电子歌手演唱会、空旷的招待所，记者不断追问细节，夕月与影紫雨，两边的共同处越来越多，像是两个不同系统的资料库同步了。

"我该走了。"冥冥掏出钱包里的钞票，付清自己和文字记者的饮料钱，就算记者说可以报账，他也不想欠对方任何人情。这种顾虑完全是多余的，他才是那个没有足够收入的人，又偏偏要摆出一个大五延毕生特有的积极开朗。因为没有毕业本身，就是一种失败，为了掩饰这种茫然，他只好追求表面上的经济独立。

后来出现一则热门新闻，描述一个从小缺乏成就感的少女林雪芬，中学在山区的私立住宿学校就读，校名跟影紫雨告诉冥冥的一样，只是多了从一年级起被霸凌的细节，还沉迷于音乐游戏。她的母亲发现女儿变得不爱说话，在网络结交了一些年纪比她大的朋友，母亲担心她的人身安全，后来知道她那些网友都是老太太以后，母亲就放心了，没想到女儿竟然把这些老妇人带去山里。说也奇怪，竟然有个老太太跟夕月上山以后，从此爱上爬山，在网络更新照片，希望有生之年能完成百岳之旅。记者遵守承诺，没提到冥冥的名字，甚至也没有影紫雨的名字，全文用"夕月"来称呼她，他确实留了一小块余地给她，让她还能以影紫雨的身份活下去。

"我跟我妈吵架了。"夕月，不，该说是影紫雨传来信息。

终于来了。

冥冥立刻删掉跟记者的聊天记录和开过的网页，前往夜晚的游戏场，脚步笃定，或许比平常还要敏捷，就好像全世界只有他，才能拯救孤独的少女。

5

"夕月出事了。"

这是影紫雨见到冥冥开口的第一句话。冥冥差点笑出来，哪壶不开提哪壶，忍着听她说："我妈觉得她很危险，不准我跟她做朋友，所以就不回去了。"

影紫雨点开那则新闻，把手机传给冥冥，只有一幅背影照，配了几千字，冥冥装作是第一次看到："这样你妈妈不会更担心吗？"

"我说我跟你在一起，很安全的。"

不，知道女儿跟男大学生在一起，绝对更担心。

"夕月跟你的背影好像啊。"冥冥不想戳破她的谎言，丢出这个问题试水温，或许在这样的时刻，影紫雨会说出真相。

"我们是好姐妹，当然很像啊。"她用手指卷着头发。

会相信这种话的人，脑子一定有问题吧？但冥冥喜欢这个回答，干脆不问了。

"那你觉得，夕月为什么要带老太太上山呢？"

"她们自己说想上山，我就带她们上山啊。"

影紫雨忘了掩饰自己就是夕月，不小心说出真心话，看来影紫雨没有她自己想象的聪明——这点来说，冥冥大概也是，太聪明的人不适合写小说，所以也没什么好说别人的。

"你也想去山里看看吗？夕月姐姐说，我们可以永远待在那里喔。"影紫雨说。

冥冥本来怀疑影紫雨有人格分裂症，但这种问题根本无法控制，哪是这样想切换就切换的，所以她只是开玩笑的吧？尽管他看了新闻，但无论如何，他还是想看见她在另一个领域的模样，不透过别人的眼睛，自己进山一趟，比任何资料都有说服力吧？况且新闻写的事，一下子就会被忘掉，如果写成小说，可能会变成永恒的结晶。其实他只是不服输，心想由他来写，一定可以写得比记者更好。那人光是靠着二手资料，就创造了惊人的点阅率，那根据真人实事所写的小说，一定会更受欢迎。但他忽略了，点阅率是免费的，书本是卖钱的。

那时的冥冥只想着跟参加登山的朋友张罗装备，这一刻起，或许他可以代替不存在的夕月来守护她。

两人约定了，一个礼拜以后上山。

6

结果，影紫雨的母亲先找上了冥冥："我从记者那边知道了你。"

她推过来的信封袋里应该是钱，她说的雪芬就是影紫雨，冥冥决定叫对方林妈妈。

　　林妈妈不知道女儿为什么总要带人去爬山，尤其对方都是新手，有几次跟老手登山也差点出人命。这说法在冥冥意料之中，他早就听腻了，林妈妈跟网友评论讲的都差不多。但如果当时他认真追问，或许也不会发生后来的事。那些老太太确实不喜欢养老院，但没有讨厌到要寻死的地步，她们纯粹以为是健走，不知道进山要走猎径，野草长得比人高，等到自己想下山的时候，影紫雨觉得对方说话不算话，就跑到别的地方不管她们了。这种事每天都在发生，但在山里就成了致命的事件。

　　"我平常有锻炼身体，真的不行也会自己下来，你不必替我担心。"冥冥说。

　　林妈妈说女儿幼稚园时，她跟丈夫离婚了，小孩跟父亲，虽然每个月都有见面，但女儿一直很奇怪，十三岁时被诊断出亚斯柏格症。这孩子小时候就有点跟人不一样，但她等到女儿十六岁的时候，才能接受女儿患有这女性发作几率远低于男性的病。

　　冥冥不喜欢用标签来定义别人，但想想影紫雨的情况确实是亚斯柏格症，有时会突然躺在柏油路上，虽然深夜时车子很少，但还是有危险。后来冥冥问了读医科的朋友，但凭空诊断是非常不负责任的行为，然而冥冥只是想证实，她应该是个需要多一点宽容和空间的人。

　　妈妈鼓励孩子吃药控制，但她还是被同学排挤，转学好几次都没用。后来爸爸出钱让她自己住。但这怎么看，都像是爸爸不想跟女儿一起住啊。有时她也会回基隆找妈妈，但大多是要钱。妈妈也尽量满足她，不想让她觉得缺乏关注。冥冥听了两个小时的心得是，影紫雨很可怜，爸妈都想用钱解决问题，找到病名就好像找到解药，可以撇清不是自己的问题。

"我真的不知道她为什么喜欢爬山。"

看到林妈妈，冥冥想，或许她就跟我的母亲一样，不知道孩子为什么要写作，还对这个社会没有实质贡献，总是关注一些诡异的事。

"她约过你一起去吗？"冥冥问。

"有啊，但是我要工作。"

那现在这样算什么？上班族打混就可以吗？冥冥的脸上完全写了这个疑问。

"那要几天几夜的时间。"妈妈向冥冥解释。但冥冥不需要她的解释，她的女儿才需要。

上班族总有年假可以用吧？不然两天一夜的周末路线也很多啊。算了，要找理由可以很多啦，既然没人要跟她上山，那就我去吧。林妈妈坚持付账，这次冥冥抢不过她，再加上零用钱到月底也没剩多少。现在的他，只想赶快到影紫雨身边，对这个社会的不满，可能转化为恋爱的冲动，连冥冥自己都没有意识到，影紫雨已经成为他在这个世界上最在意的人了，所以他才忽略了所有危险的讯号。

影紫雨的母亲知道孩子有病，但是不愿意承认。记者明知发生山难，但因为没人伤亡，所以不必写出来。借装备的朋友也说，确实听过几次向导带队不力，直接下山不管队员，但没说冥冥也会遇到类似的困境。

——这些人在我出事以前，都在干什么呢？

他们没有说谎，但也没有说出冥冥应该要知道的事实，他们都知道山很危险，所以记者不上山，而是访问以百岳为目标的老太太，却忽视大多数再也没上山的网友。连亲生母亲都知道上山很危险，不想跟女儿一起去，但听见冥冥准备要去了，却没有一句阻止的话。

冥冥自己也有问题，他自以为是故事主人公，不会轻易死去，以为自己释放的善意，足以让人努力回报。但在这个世界上，每个人应该顾好的，就只有自己而已。事后来看，不能说影紫雨有恶意，因为她没有在岩石上推他一把，也没在芒草丛中踩他一脚，但放一个没有登山经验的人自己走下山，还把最后的行动粮骗走——不管怎么想，影紫雨都不像有善意，更不是欠缺周详考虑，而是打算到了最后时刻，一个人活下去。

真相很简单，他们刚认识的时候，影紫雨就说了："我也不是好人。"

不管是先走的、落后的、留下的，那些人在山林中，一定经历了同样的恐惧，不知道会走到何处。支撑冥冥走出去的，是一个没有确切证据的推论：

——如果，有人没离开呢？

7

"她该不会要穿这套洛丽塔服进山吧？"

睡在山下麦当劳的夜晚，冥冥想着这件事，因为影紫雨丝毫没有要换衣服的意思，又有什么不可以呢？这样一想，就觉得蛮帅的，反正山里也没得洗澡。直到清晨四点，影紫雨才换了排汗衣裤，看起来就像另一个人。至于进山的伙食，她只买了六个汉堡，她说高山是天然的冷藏库，就算是十几天的纵走，也从来不会坏。那听起来根本不像食物了。

总之，冥冥听了朋友建议，带了许多干燥饭和坚果，够两个人吃了。只是影紫雨不像报道写的那样背着登山包，而是带着搭配洛丽塔服的粉红斜背包。冥冥心想，驼兽就是这种心情吧？这种时候，他真希望遇到的是女向导夕月，而不是洛丽塔影紫雨。

两人骑了两天机车，影紫雨抱怨："好无聊，这哪是爬山啊。"

冥冥同意她的意见，原本以为山里没人，空旷悠闲，结果进入暑假，山里的队伍出乎意料地多。

"夕月的基地在9K小屋那边。"

听起来不远，但林道到了3K的地方坍方，据说到了6K才接回来。接下来，冥冥才知道什么叫"爬山"。台湾东部险峻陡峭，但他不知道每一步高度都只比膝盖低一点，五步七步还可以，但前方的路没有尽头，还有前人打了钉子绑绳子，登这种山不像河边烤肉那么惬意。到了相对高点才早上九点。根据报道，这是夕月带着老太太第一个晚上过夜的地方，但那些老太太能够爬上来，冥冥其实很佩服，希望自己到了那个年纪也可以。

影紫雨竟然说按照这个速度，还要爬三天，才能走到9K小屋。自己太小看山了。还在喘息时，影紫雨翻弄旁边三个大黑塑胶袋，那不是路人随手丢的垃圾，垃圾才不会这么多，而是"夕月"的补给品。在来来往往的路上摆着，里面就是一些很普通的保温瓶、锅子、瓦斯罐。难怪她说山里什么都有，这不是一种修辞，是真的把生活用品都带来了。

但说真的，虽然才早上九点，冥冥已经觉得体力耗尽，一般人到了这里，就算看到一堆东西，大概也不想翻，就算是尸体大概也不会被人发现吧。

"我可以拍照吗？"冥冥问。

"当然可以啊。"影紫雨一点也不急。

冥冥拍了照，上传成功，不管最后走到哪里，这都是人生难得的成就了。

接下来的路，不像前面那么陡峭，但每一步都要扎实踩下去，需要集中注意力，否则低海拔的湿气加上密集的树木，随时都会滑倒摔伤。

"如果受伤，直升机也进不来喔，要走到空旷的地方才能垂吊。"影紫雨说。

从这边开始，是相对平坦的林道，甚至还能看到轮胎的辙痕，他们走走停停，即使是晴朗的天气，路面的泥巴也能吞进整个雨鞋脚掌，到时要花更多的力气拔出来。如果是雨天，这条路绝对是地狱。难怪爬山的朋友说，第一段路就很"硬"，不行就下来吧。冥冥也很惊讶，自己埋头苦行竟然就走完了。

来回都走同一条路，就算是跑步，冥冥也讨厌绕着操场跑，但朋友先说了，后面那段真的太难走，双手要抓着废弃铁道前进。冥冥上网搜寻以后，确定那不是努力就能过去的路。为了避免走不动，退不回，还是保险一点，反正这趟重点是陪她，不是登山。

第一个晚上，两人在一块大岩石底下过夜，连续剧中有这种画面，但实际上是天暗了，连取水都很困难。到了营地，卸下背包，两人戴头灯拿着影紫雨的水袋下探，影紫雨说有水的地方因为连日艳阳高照，只剩微湿的地面。

"我听到有水声。"

冥冥在山里，耳朵变得特别灵敏，不放弃找到水源的希望，因为他的水喝光了，嘴里有铁锈的味道，他怀疑嘴内有血，但顾不上这么多，在无法辨别方向的森林中，弯弯绕绕，在岩壁发现一条水流，咕噜咕噜喝了，才发现忘了带自己的水壶，只能装影紫雨的水袋。算了，喝水会上厕所，明天路上再想办法吧。更糟的是，他装完水后，发现自己忘了营地的路，脑中一片空白。

"往这里走哟。"

影紫雨指了指上方，打开头灯，照亮有限的前方，领着冥冥回到营地。冥冥在心中发誓，绝对不能让影紫雨离开视线，因为他就算找到水源，一定也认不得路，无法回头。同一条路，从不同的角度来看，植物生长的方向和枝条都不一样。

看着满天星星，围着营火，讲述少女的心事——这种画面只会出现在偶像剧。真实情况是，林相茂密，根本看不到完整的天空，倒是很担心头顶的岩石会崩塌。营火因为捡来的木柴太湿，总是冒烟，没多久就熄灭。不到八点，天全黑了，影紫雨躺着，举起手机追剧："山里很无聊，我下载了好多部。"她还带了太阳能板行动电源，等到了空旷一点的工寮，就能充电了。冥冥根本忘了第一天晚上是否说了什么，就在缺水的不安中睡着了。在山中缺水是非常严重的事，有经验的山友宁可背了水下山，也没人敢让自己的水壶见底。

第二天的路，其实比第一天容易。收拾营地，出发不到半小时，冥冥发现昨天大腿肌肉累积的乳酸全爆发了。他往上走的时候，脑中全在回忆从岩石到林道，再到三个垃圾袋，直接下山——现在回头还来得及，自己一个人下山应该没问题。休息五分钟到了，冥冥放下背包，竟然没办法提起来。他说："我走不下去了。"

"我来拿吧。"影紫雨说，毫不犹豫提起背包，调整背带长度，再左右绑起手帕，增加额头的支点，往前面走去，她笑着回头看冥冥，展现出跟先前完全不同的气质。那就是夕月吧，冥冥心想，脚步不自觉地跟了上去。但他全身没了重量，每一步还是走得艰难，其实是前一天太逞强，别人用两天来走的路，他硬是用年轻的平衡感撑上去。也幸好他们这时交换重量，否则后面的路更难。

狭窄的林径中，迎面走来的四个大学生穿着短袖，警告他们前方有芒草割人；十几个阿公阿嬷组成的大队伍则是步伐神速，纷纷笑着招呼，但也重复叮念，后面的芒草很可怕。冥冥当然知道芒草割人，但他没想到没完没了的上坡还没完，等着他们的是逆向芒草坡。

刚才遇到那些人，把芒草全撞往一个方向，影紫雨和冥冥必须逆着这方向前进，脸上、手上全被密密麻麻的芒草割伤。冥冥看不见脚下的泥地，本来就不稳固的烂泥，被大队人马踩塌了，但还有野草的根覆盖，冥冥踩空好几次，双手拉着草、靠着胸部向上还不够，膝盖必须硬爬回地面，如果有谁踩他一脚，或是草断了，他必然会滚下山崖。如果他这时有背包，一定会意识到自己有多危险，早日打道回府，跟那些素不相识的山友一起下山算了。但他不会知道，刚才就是他这趟行程中，唯一也是最后一次，见到其他人类的时刻，错过了就没有了。

以近乎吃土的姿势回到路面，影紫雨早已消失在芒草之中，只要距离三步以上，芒草就会弹回原位，只能靠手机音乐找她。眼前是茫茫的绿色，脚下是不稳的泥土，冥冥只能这样努力前进了。这一段的心理压力，远胜过一开始的路程。影紫雨不像他这样狼狈，但同样被芒草坡挡住方向，走错了路，不得不折返，音乐越来越近，冥冥才跟上她的脚步。后来看到大片的碎石坡，就算真的没踏好滚落，冥冥也觉得是个了断，至少不像逆向坡那样磨人。

再回到林道，林木盘根错节，有些腐烂了，地面不像前面那样湿滑，长满青苔和蕈菇，踩起来软软的，膝盖也不那么痛了。冥冥轻松跟上影紫雨，相隔不到十步的距离，这才有余裕欣赏山有多美。

"上次是这样走的啊。"影紫雨说出这话，就跟找不到水的时候一样，冥冥发现，这下找不到路了。沿路辨认黄色的路条，才接回6K林道。

路边有一台废弃的红色农用车辆，这台车当初开上来，没想到会下不去吧，只能这样丢在路边。到了下午，雾从山谷升起，像在追赶什么一样，淹过了山拔起的斜角，不到十五分钟，便过了他们所在的海拔，速度之快，让影紫雨决定在林道扎营。这次水源很近，只是因为水流很小，人要在旁边待着。装满一袋水，竟要等上半小时，但在山中，冥冥根本不急，晚上的时间都是多余的，烧开了水，干燥饭吃起来也像高级料理。

明天，不知道还有多险恶的地形在等我，每天都觉得是极限了，但还是走过来。冥冥不知道自己可以这么努力，为了一个不会对自己说真话的人，努力到了这地步。看着打开手机追剧的少女，跟窝在房间做一样的事，但自己能付出所有努力，让她开心地过日子，似乎也没有什么不好。

第三天，林道出乎意外地平缓，如果路没坍塌，这段路其实很容易。途中经过一处很不对劲的营地，没拆下的帆布，散落的几个铝锅，最诡异的是一只绒毛玩偶，拟真风格的西施犬，淋雨受潮后看起来更恐怖。怎么会有猎人把这东西带上来，又不带下去？旁边也有大垃圾袋，但影紫雨没停下，甚至加速走过了。冥冥觉得奇怪，把东西丢在山里的人有这么多吗？里面不知道有什么宝物？但冥冥不觉得自己能承受打开的后果，还是别开了。

走在山路上，两人几乎没说话，周围只有手机的电子音乐。

"到了。"

那是一座地基流失、三分之一悬空的工寮，门口有一把斧头横着嵌入树木，想拔还拔不下来。进去以后，有左右对称的房间，木门能拉动，但后方屋顶残破，要睡觉的话只能在走廊铺睡垫。到了少女的基地，影紫雨像是回了家，拿出太阳能板放在屋顶，等待之后就能充电。

这里就像是有人长久生活一样。榻榻米房间里散落有笔记本、纸张、扑克牌、联络资料、学生证、背包、假发、假牙，还有针筒。"为什么有针筒？"冥冥问。

"为了抽血画魔法阵。"

"要抽满整个脸盆？"冥冥大惊。

"不用啦，一两管就够了。"

冥冥认真想过，这个游戏太夸张了，他绝对不玩。但除了针筒，还有一个小小的白色棉布袋，那是冥冥最熟悉的——游戏场代币？

"对耶，怎么会有呢？"

如果不是你带来的，还有谁会带来？到底有多少人来过这里？先前太高估自己，其实如果愿意用时间来换，在她的带领下，谁都能走到这地方。当影紫雨翻看笔记本，冥冥回头去装水，确保水源已经成了他的习惯。到了这么冷的地方，水摸起来是冰的，想洗澡的愿望冥冥也打消了，连洗脸都算了，喝水就好了。不管怎么样，这里就是终点了。

　　影紫雨还要往上走："你真的不来吗？夕月姐姐在前面等我们喔。"她取出粉红色的攻顶包，往根本没路的针叶林去了。那斜度堪比第一天的陡坡。

　　"我在这里等你。"

　　冥冥一个人待在原地，忽然意识到，看来空旷的山，其实是密室。到了这里，冥冥不可能记得下山的路；他只能祈祷影紫雨顺利回到工寮。这是整趟旅程最不用担心水源的地方。不用下切，不会迷路，还能看着雾从山谷缓缓升起。冥冥哼起歌来。

　　回到工寮，冥冥看了笔记本，那是一个阿伯的日记，他戴上假发逃离养老院，按照好心女孩的建议，从巴士转搭火车，再到网友的家——原来影紫雨带上山的不只是老太太吗？旁边扔着制服和学生证，或许还有更年轻的人上山？过了很久以后，冥冥才后悔自己没顺手带这些东西下山，这是诱拐的有力证据。

　　冥冥四处探索歪斜的工寮，从榻榻米底下抽出一个夹链袋，里面是白色结晶。他猜，是盐巴吗？但这种天气连泥巴都不会干，角落长了香菇，盐巴一定会结块。冥冥忽然想到有人会在山中交易毒品，会不会是谁放在这里，过几天有另一个人来拿。赶快丢回去好了。他决定装作没看到。

天黑了很久以后，影紫雨回来了，她的攻顶包塞满东西，像是中国结、护身符之类的杂物，怎么看都不是山中生活需要的，算了，她依约下来就好。这是旅程的最后一天，两人约定明天六点出发。

清晨五点，天蒙蒙亮，冥冥戴着头灯起床煮热水，没刷牙没洗脸，慢慢注入干燥饭的铝箔包。影紫雨没有起床，毕竟她昨天走了那么多路，冥冥休息了整个下午，就让她多睡会儿吧。但闹钟响了三次，稀饭煮好了，她还在赖床，之前都是十点才出发，身体也很难适应吧。拖到天色大亮，将近七点，冥冥帮她装了一大碗稀饭和半盒面筋，影紫雨拖拖拉拉接过稀饭，窝在睡袋里吃。

冥冥必须催促她上路了，因为两人没有任何存粮，只有一点行动粮，而且过去三天的路程要在一天内走完。其实这趟行程已经比预定慢了一天，山中没有手机信号，如果借装备的同学报警，出动救难队，让他上新闻就好笑了。冥冥连声催促影紫雨，收帐篷、收睡袋，当他们收好全部物品，已经八点了。

启程没多久，影紫雨说她脚痛要休息，但她的样子不像在休息，而是拿出手机玩游戏。每次都是冥冥说，我们走吧，然后影紫雨说要休息，又直接坐下来，玩在家也能玩的宝石方块游戏。一分一秒在流逝，时间真的太久了，冥冥忍不住开了好几天没开的手机，发现每次休息都是十五分钟起跳。

过了容易迷路的森林，那个诡异的营地还在，再穿过顺向芒草坡，已经不像上次那么困难了，回到林道，出现往另一座山的路，但现在没人有心情去捡山头。这里竟然有手机信号，冥冥赶紧发给朋友，说他虽然慢了，但一切都平安，今天晚上就下山。到这里，最困难的都过了，只剩下一半的路，顺着走就是了。

　　"我们下山去吃大餐吧！"冥冥盘点市区好吃的餐厅，只要走得快一点，晚餐时间要吃牛排、烧肉、火锅，什么都可以。

　　"你只想下山，那当初干吗上山？"影紫雨说。

　　"我担心朋友报警，他听我第一次爬山，叫我下山的时候一定要跟他讲。"

　　"有人知道你上山？"她说。

　　"当然有啊。"冥冥答。

　　"我就没有。"她说。

　　剩下的路，两人再次陷入沉默，只有电子音乐，午餐只简单吃了消化饼和营养口粮，反正带下山也没用，不如吃掉减轻重量。

　　"还有巧克力吗？"影紫雨问。冥冥干脆只留一份，剩下全给她。

　　过了中午以后，影紫雨的步伐更慢了，她在山林间筛落的阳光下听歌、玩游戏，这时下午三点半，登山老手通常都抵达登山口了，但他们现在的路程还有一大段，阳光很快就要消失了，雾气也会迅速地从谷底上升。

　　人不可能比风快。

温度会瞬间掉下来。

现在是暑假，我却要在山上冻死吗？怎么想都觉得好笑。如果上了新闻，一定会得到"大学生就是蠢"的评价。现在冥冥坐在路旁的草地，屁股早就湿了，身体逐渐冷下来。

"你看过粉红色的雾吗？"影紫雨说。

现在这个位置，顶多只能看到眼前十米，看不到更深的山谷，全被树木挡住了。就算真的起雾了，也会不知道自己在雾中吧。

"雾可以把所有烦恼都带走喔。"影紫雨在该赶路的时刻，说她记得中学拿到第二次月考成绩单，回到潮湿的宿舍，洗完澡，爬到上铺，看着油漆剥落的白色天花板，露出灰色水泥，她伸手剥了一块、两块，让本来就要脱落的油漆落在床铺上。这样比悬在那里要掉不掉的干脆。

虽然以前拿第一名也没人热烈称赞，但如果第一次月考是失常，没人会说什么，第二次月考还拿到这种成绩，就只能说是实力不足。有什么事根本改变了。同寝的室友没人觉得自己考得好，但玩手机的玩手机，看漫画的看漫画，在下一次轮回以前，偷一点自己的时间。

睁开眼睛，看着考题解不出来，等于是瞎的。按照学校作息活着，也等于是死人。学校宿舍的铁门总是关着，但从窗户看出去，其实开着一条缝，警卫常常跑到校内的树后抽烟。这样抽烟被学生看到，不是更明显吗？

——因为在他们眼里，我们根本不算人。

道理很简单。学名是"未成年少女"的生物都出现在社会新闻，而且打马赛克，你看过《未成年少女勇夺数学奥林匹克》这种标题吗？那种生物理所当然是"天才少女"或是那人的名字，会出现的标题是《校舍恶狼性侵未成年少女》才对吧？

　　所以说，不用翻墙、爬过铁丝网，只要在警卫抽烟的时候，走出大门就可以了。

　　但走出宿舍和学校，外面是山和海，天然的密室。

　　当初学校盖在这里，远离城市和人群，就是要让我们无处可逃。去山里的机会多一点。只要离开柏油路，摄影机就没用了。人们只在意路的方向，不关心其他。所以十四岁的她穿过路挡，头也不回，垂直往上，等她回头看，底下的路全部都不见了，脚下弥漫粉红色的雾。她觉得有人轻轻托着她，几乎垂直的路，走起来一点也不辛苦。雾中有个女生的声音问她："你想永远留在这里吗？"影紫雨说到这里，笑得很开心："后来在山里找回来的人，都是那团粉红色的雾喔。"

　　夕月、沉芷娴、影紫雨——这些人难道不是虚构的名字，而是真的存在过吗？冥冥无法确认这是真相，还是影紫雨幻想的故事，他只能希望，这故事最好是假的。

　　"如果你想回去的话，就自己回去吧，我要留在这里。"

　　眼前的影紫雨，是人还是雾，现在都不重要了。重要的是，没人管你，没人救你。山，就是这样的存在。

8

——既然我能上山，就要能自己下山。

这个冥冥第二天就发现的道理，没想到真的要实践了，现在是下午五点，他必须和天光赛跑。后来他终于知道，影紫雨中午为何要骗走他的行动粮，因为她根本就不想下山，也不在意冥冥的死活。

"那我先走了。"

冥冥在平坦的林道走着，这样的路在几个转弯以后，就剩下自己一个人了。没有行动粮，只有快要没电的手机，一定要在天黑以前下山。

下山是走过的路，走起来一定比较容易吧？一点也没有。

冥冥埋头往前走，因为岩石间落差太大，脚趾尖端要承受全身的重量，拉绳则是为了滑溜的岩石存在，问题是这些拉绳不知道弄了多久，谁知道会不会松脱断裂？当头顶的月亮出来，月光照不进密集的树林，森林要变成彻底的黑色了，黄色路条失去标识的作用，跟黑色的树叶没两样。听到哗啦哗啦的声音，可能是车流，表示能遇到人，自己走的方向是对的。但如果是河呢？常有人说，山难都是因为当事人往河谷走，走着走着就迷路了。

没有人知道前方是什么。

是路，还是悬空。

山羌突然鸣叫。

谁知道黑暗中有什么。

安静也很恐怖。

走在无尽的之字路，看不见下一步的时候，用屁股移动虽然缓慢，但比较安全。远远地，能看见黄色路灯的公路了。冥冥松了一口气，那至少不是陌生的河谷。但公路看起来，只有一个手掌大，意味着路还很遥远。

接收不到信号的手机，电量迅速下降，必须调成飞行模式。

更糟的是，这时起雾了，刚才看见的公路模糊了，开头灯也没用，每一步都更可能踩空。冥冥只能停在原地，望着无边的雾想着，大家都说少女个性单纯，只是带人散心，每次都把人好好地带下来了，但大家都忽略了，首先要有家属通报失踪，再出动警力和山友来搜索啊。这时我们应该反过来想，如果有人默默上山了，却没有被发现呢？

——如果有这些人存在，请你们带我下山，我会把你们的故事带出去。

冥冥这样发誓。

树丛传来声音。是有动物迅速移动，因为登山队伍的脚步沉重多了。山羌？水鹿？还是熊？冥冥停下动作，也停下呼吸。树丛后，忽然出现一个老人，穿着浅蓝色排汗衣和雨鞋，身上没有任何物品，难怪这么快速地移动。

"有烟吗？"他说。

"没有。"

"好想抽烟啊。"

他说他叫老雷，自己好几天没碰到人了。他回头拿装备，刚刚听到人声，不顾一切丢了东西就往前奔，难怪脚步那么轻。他要从另一个方向下山，但现在起雾了，一时动不了。

"这种雾等一下就散了，我们先来吃饭。"老雷说，吃饱了再摸黑上路。

那顿晚餐，是冥冥这趟旅程吃过最好的了。

怎么会有人把山下的东西都带上来呢？洗菜、切菜，还能爆香快炒，三菜一汤，还有满满一锅的米，盖上铝箔炊熟煮白饭。

忍不住烟瘾的老雷，一直走出去又走回来，他的手甚至开始发抖。冥冥拿出他本来想写心情的笔记本，撕下好几页，给老雷卷芒草，但要用什么来黏呢？用饭粒。点燃以后，烟味蛮像的，但是很呛，想来是因为没滤嘴吧。烟焦油全部都吸进去了。

雾不知不觉散了，老雷说他去收拾东西，这条路他很熟了，叫冥冥先走，他晚点就跟上。过了几个弯，冥冥没听见老雷的脚步，倒是看见登山口的吊桥，远远地有一束手电筒光。

"是你叫车吗？"

穿着西装背心的计程车司机说，他念出来的号码，正是冥冥的手机号。但冥冥根本不知道花莲的计程车行资料，到底是谁叫的？

"我帮你提背包，"司机打开后车厢，"还有其他乘客吗？"

可能是有太多疑惑，或是体力透支，冥冥一时说不出话来，只觉得自己竟然活了下来，刚才遇到的老雷或许是一样在山中迷失，但没他这么幸运的人吧？穿着雨鞋的他两脚一软，瘫坐在光照亮的柏油路面，反复说，只有我一个人、只有我一个人——

司机替他开了车门，拉了冥冥一把，开了一个小时的路，将冥冥载到花莲火车站前的青年旅馆。隔天，冥冥很早就醒了，匆忙搭上第一班前往台北的普悠玛号，那天晴朗得不像话，看不出平地前几天下了大雨和冰雹，相较之下山中晴空万里，简直是奇迹。当冥冥终于坐在车上，随着列车行进，山脉在左边，大海在右边，不用迈开步伐，身体就能确实地离开恐怖，返回现代文明。

9

几天后，冥冥的脚拇指甲整片发黑，他想该不会是皮肤坏死，需要截肢吧？皮肤科医生说，只是脚趾瘀青，趾甲会整片剥落，过了半年自然就好。一个月后，冥冥去朋友家还装备，朋友笑他第一次登山就上奇莱，当然会累，但以后就会爱上这种感觉，约他下次要不要一起走南三段。朋友还说，那个夕月登山队，之前有人说过，领队走太快，根本不管队员的体力。

——既然这样，你怎么不早点告诉我？

冥冥说，他差点就死了啊，没有水、没有食物，还遇到浓浓的大雾，根本走不出去。但就算同学那时候说了，冥冥大概也听不进去吧。记者省略了山难的风险；少女母亲不提诱拐罪如何和解；影紫雨把他一个人丢在山中，还骗走所有食物，她即使没有恶意，也绝对说不上是善意。仿佛以山林为界，影紫雨跟冥冥彻底断了联系。算了，反正冥冥都下山了，对于下山的人，大家只想听他追寻与勇气的故事，在山上的困惑与危机不过是一场小小的转折。过去冥冥只听不说，现在他也有了这样的故事。

回来的冥冥再也不打MaiMai，储值卡点数无法赎回，他也没再去登山、旅游，或主动挑战冒险。他平凡地拿到毕业证书，过着平凡的日子。光是平凡的生活，就有许多平常看不见的暗流，当人们照常说话时，冥冥一样专心听着，但留意他们有什么话没说。他们通常没有说谎，但也没说出全部的实话。有时他们说了工作，不说薪水，说了爱情，不说婚姻，说了兴趣，不说存款。有时，干脆什么都不说，冥冥也不急着打破沉默，就想象自己是一座山，看着一个人，在天光将暗的时刻，走在无尽的山路。

一家之主

洪明道

"妈妈今天去台北找你。"

"一定要来吗？"

"一定要。"

"什么时候？"

"现在。"

电话里，棋轩的声音时有时无，像在地下室又像是在有风的地方。信号不好，陈慧恩想。

她向公司请了假。这一天她在脑中排练了好几回，终于到来了。

陈慧恩在旅行社上班，办公室在省道边上，是这座小城市的边缘。路上的货车、机车都不会刹车，高速地朝固定的方向冲去。路旁庞大的建筑物裸露着结构，连庙宇的样子也特别夸张。但没有人会去注意这些修车厂、加油站、保龄球馆的美丑。

只有她关心这一带的风景。先生给她和孩子的公寓在一座大楼里，当时这样的大楼还为数不多，从窗户往外看是一片一片树荫。这几年窗景渐渐被这些工厂填满，陈慧恩骑车去办公室时总要小心风把沙吹进眼睛里。

在这之前她认为只有透天厝（小型独栋楼房）才是厝，大楼都是养不起宠物和小孩的人才住的。先生安慰她："我们那栋有保安和物业服务，可以不用自己倒垃圾也不用自己收信。"但这几年，附近渐渐盖起同样有保安室的大厦，而她在把机车的时速提高到六七十时不再感到害怕，也不再去注意道路两旁的建筑物。

刚到公司的那段时间正是营运最差的时候，如果不是离家近，陈慧恩也不会来应征。但也只有这样的公司会接受一个没有工作经验、待在家里二十几年的主妇。课长人不错，对她十分照顾，让她不用处理机票、旅宿、保险一类繁复的事，只要在柜台卖折价券就好。作为回报，她曾在早晨为他祈祷。

"我只相信人的脑袋。"

当课长问她为什么不用计算机时，她这么说。她还漏说了一项，她相信主。

后来他们公司靠着贩卖折价券勉强撑到现在——打折的电影票、打折的温泉饭店住宿券、打折的五星级餐厅自助餐，许多人为了以便宜那么一点的价钱取得高级享受，来到这条没有红灯的马路上。折价券一张一张排在透明桌垫底下，她最喜欢沿着虚线把它们撕下来的那一瞬间，纸张绷断时会带来一阵快感。昨天她为自己撕下一张旅馆的抵用券，这是她第一次使用自己的产品。

就像去上班那样，陈慧恩一如既往地坐在机车上，挺直了腰，从车少的地方移动到了车多的地方。穿过地下通道后，她不得不慢下来，在公园附近绕了几圈。

陈慧恩之前都没有注意到原来客运站就在这附近。车位并不好找，早知道就叫计程车了。她还想到上台北后，停车费就要在计价格子里毫不疲倦地累进了。

发现那件事之后，她一直假装若无其事，也不和先生说。但她着实受到惊吓。有那么几天她又开始化妆，烫了一头电棒卷，课长发现她和平时不一样，问她是不是要去喝喜酒。自从先生到大陆做生意，她就很少上妆。并非先生要她这样，而是陈慧恩想让先生放心。

今天出门前，她在镜子前花了将近一个小时。主要的麻烦是唇膏坏掉了，唇膏这种东西竟然会过期，尝起来有鲔鱼罐头的味道。她还穿了一双百货公司买的新鞋子，当初她坚持要便宜五百块才买下来，最后柜姐臭着脸把鞋子给她，到底是她胜利了。

"我现在就要去搭客运。"

好不容易她找到了一个没有划车格也没有划红线的地方，既不用花钱又不怕被拖吊，一切都准备妥当。

"怎么不事先告诉我？"棋轩的声音让她耳朵痛了起来。

"怎么了，有事的话我就不去了。"

"下次你得提早说，让我有些时间准备。"

棋轩告诉她下车之后不要走远，在出口处等他就好。她才又觉得儿子是个好人。

卖车票的男子也是好人，他问陈慧恩怎么只买单程。她反问，连回程票一起买有比较便宜吗？卖票的男子点点头。

这让她迟疑了一下，但后面排队的人实在太多了。

"不，我住台北，其实。"

"我觉得……不像。"

"是的，我是本地的，但我家人现在都在台北了。"

她小心翼翼地回答，其实也没有说谎。

"我就知你是本地的，台北人不如咱这里人漂亮。"

卖票的男子露出一颗金牙。

"车来啰，我不和你说了。"

她向他挥了挥手，踏上游览车的台阶时，她才发现这双鞋子并不合脚。柴油味提醒着她时间不多了，得赶快跟这座城市告别，向着远方快乐地进发。

她打开先生从大陆带回来的皮包，确认里面有一罐晕车药之后，这才放心入座。

现在的客运怎么都没有随车服务小姐了？否则她一定会请服务小姐来看看按键是不是坏了，椅背上的电视怎么都打不开。司机大哥就别去打扰他了，开长途车是件累人而重大的事。车上的这种细碎小事还是需要一个随车服务小姐来做的，客运公司真不该忽视了这点。

只能看风景了。上高速公路以后，窗外是延展的路和一整片的树，神造的一样。陈慧恩总觉得客运外的风景特别不同，也许是车身比较高的关系，原本司空见惯的铁皮屋顶、长满杂草的荒地和交错其间的宫庙，看起来陌生了，也美极了。

即使隔着玻璃窗，她也能够感觉到外边的风在奔腾。她想起牧师说，在希伯来文里风就有灵的意思。风随意而吹，你听见风声，却不知道它从哪里来，往哪里去。所有由圣灵所生的，都是这样。

陈慧恩要棋轩每天睡前听她念一段经书。刚信教那段时间，她和先生在谈离婚，两人分开得实在太远了，她想念大学时期他在学校里骑脚踏车载她的日子。但除此之外，她也想不起还有什么激昂情绪的时刻。以前约会都是一起自习，事实证明他们两个都不是念书的料，双双回到南部找工作。结婚前后两人回家倒头就睡，没有什么能让她记得的事。反倒是因为先生和阿母不和，为这段关系添了一些起伏。

养成祷告习惯后，同事说她变了一个人。除了不用计算机这点没有改变之外，课长夸她灵巧了许多。那阵子卖折价券的数量是平时的两倍，她相信这也和祷告有关。

和先生的事她看淡了一些。她不再要求先生每晚和自己通电话，也不再在夜里把棋轩叫醒要他听自己说话。就像牧师说的《旧约》故事，她得相信一切会变好，然后改变自己。

牧师是个好人，真正的大好人。他身形高大，看起来年纪比她小一些，也许才三十出头，但说起话来却让人觉得非常可靠。回到空荡荡的公寓，她的脑海里总还回响着牧师的嗓音，偌大的房间也就不显得那么安静。她想起做礼拜时牧师穿着白衬衫，凸显出他胸膛的形状，让她很难不去注意。

看到那件事后，她真的不知道可以跟谁说，牧师是第一个知道的人。她好不容易才挤出力气讲述那个意外的场面，也不知道自己说了多久，只知道擤鼻涕把面纸都用完了，牧师从口袋里拿出一球皱缩的卫生纸团给她。

"要相信……"

牧师拍拍她的肩膀。她预感牧师会说出什么了不起的话。

"要相信神爱他们比你爱他们更深。"

这句话实在太长、太拗口，她像挑战绕口令一样地重复了一次，才多少有些领悟了。

牧师理了理他的领带。领带上有一小片颜色较深的水渍，她为此感到抱歉。

他说起《旧约》里摩押国被以色列人入侵的故事，那是一场残酷的战争。摩押国王用礼物聘请先知巴兰，要巴兰诅咒以色列人，唱衰他们的战事，把他们赶出摩押国。

国王命令人杀了七组牛羊，筑了七座法坛。全部的人都站到燔祭旁边，等候先知巴兰的诅咒。

教会离省道也不远，却把引擎声都隔绝在外。牧师问："你想接下来会发生什么事？"

巴兰诅咒了以色列人吗？不，正好相反，巴兰接受到神的指示，非但没有诅咒以色列人，还为他们祝福。

"就这样了吗？"

陈慧恩坐在椅子上抬头问，像是被留下来上辅导课的孩子。

"是的。"

她又坐在椅子上想了一会。牧师又告诉她，不可以太快拒绝棋轩，我们还是得包容他，听听他想说些什么，才能引导他回归正途。

"我们虽然都是罪人，但上帝依然无条件地爱着我们。"

也许是她祷告得还不够，是她的错、是她的错，她无法停止这样想。

不知道是棋轩自己跑出去的，还是她赶他走的，也许都有。

后来他还不是又回来住了，一直到他上大学为止，至少在家待了半年。他们住在十五楼，离地面有些远，离天上又不是那么近。先生买了公寓之后只住了三年，就说要去大陆做生意。起先几个月回来一次，然后半年回来一次。后来先生老实地告诉她公司状况实在是不行了，她便找了旅行社的工作，晚上接着去餐厅洗碗，帮忙缴一些贷款。

当初是棋轩鼓励她进教会的。那段时间她还有煮粥给儿子当早餐吃的习惯。她是个每天早上会煮一杯咖啡的母亲，想让孩子觉得她不虞匮乏，和她自己的母亲完全不一样。

她形成了早上六点起床的生物钟，即使棋轩离开之后也是如此，这样她才有办法悠悠自得地煎一些蛋或萝卜糕。"亲爱的，起床吃饭。"这是她每天的第一句话，无趣、重复但标准。

"别叫我亲爱的。"她以为棋轩只是在说笑。

"干吗这样啊宝贝？"

"也别叫我宝贝啦！"

他们在高悬的公寓里哈哈大笑，棋轩总是太过用力地把手拍在餐桌上，铁汤匙把瓷碗敲得咯吱响。即使那时因为对洗洁精过敏洗得手脱皮，她不得不戴手套煮饭，这仍是她最为怀念的母子俩同舟共济的时光。

那段时间，她会在前一天晚上就把半杯米两杯水倒进电锅里。电锅闸在大半夜跳起来，"嘣"的一声回响在他们居住的电梯大厦里，像个蹑手蹑脚的小偷。她总被这声音叫醒，感到自己的身体空荡荡的，没有人能看见她，好像内脏都被人偷走了一样。

她走出房间，米蒸熟后的温暖气味围绕着她。她的嗅觉一向很好，也因此才会闻出先生带回来的衣服有新的古龙水味。她在公寓里晃荡，仿佛不用踏着地板。她想不到有什么事可以做，于是打开棋轩的房门，看她的儿子睡了没。而棋轩总是睡得很好，她还真不知道他是怎么办到的。

她把孩子摇醒，告诉孩子她经历过的苦痛，希望借此让孩子疼惜现在的幸福，让他意识到生活并不像看起来的那么糟糕。她从孩子的奶奶为了要让儿子念研究所，让她肄业去工作讲起。她讲到她曾到夜市摆摊，被警察和城管追着跑。也说当初家人是怎么反对她嫁给孩子的爸，故意在婚礼迟到一小时让亲家丢面子。她不是个说故事的能手，常常在关键时刻找不到词，不断重复讲过的句子，但棋轩仍听得入神。公寓里只有她和她的孩子，黑暗显得很广阔。

后来棋轩塞给她一张传单，说是在校门口拿到的，她也许可以去试试看。

她才发现原来礼拜堂离家不远。人多得让她害怕，她选了最后面的位置。一开始，牧师就拿着麦克风说让我们欢迎新伙伴。人人都从位置上站起来跟她打招呼，几个年龄相仿的妇女还给了她拥抱。

她这才发现同一栋大楼里的吴太太也是教友，此后她们常常相约出门。有时候她的确觉得自己十分接近神。礼拜一洗衣服，礼拜二扫地，礼拜三自己做饭吃，礼拜四去便利商店缴费，礼拜五去大卖场看家里缺什么。每天都创造一点点东西，并在重复中获得一些平静，这些都是她可以掌握的，脱皮的双手就不再有痛觉。

唯一有意见的就是阿母，她问陈慧恩，怎么会拜起耶稣来？以后自己的祖先没人拜了要怎么办？

"祖辈我们后生不也都在祭拜？"陈慧恩这么回应阿母。

她知道她没什么资格向阿母抱怨，人是她坚持要嫁的，孩子是她自己要生的。

阿母时常吵着要来拜访她，央陈慧恩带她到市中心的医院就诊。阿母说医师开的安眠药效果不好，在床上总是感到小腿酸痛，不下来走走人就不舒服，但是若下来走，又整夜不用睡了。她已经好几个月都如此了。人是需要睡眠的，像她这样不睡觉岂不是要死掉了？

在诊室里，阿母重复同样的话。医师省下问病史的时间，讲了几句换了新药就让陈慧恩带阿母回去。其实阿母也没有按时把药吃完，她一直认为吃西药伤身，已经好几个月没睡好了，还天天吃药，这毒害愈强。

阿母一直就是酸苦的样子，长久下来脸就像皱缩的果核。她抱怨女儿都嫁出去，孙辈对自己爱搭不理，连身体也要背叛自己了。陈慧恩带她去送院时，老母亲的脸才稍微舒展开来。

但问题总是老样子，阿母持续说着失眠的事，每次去医院都没有得到真正的解决。余下没有吃的安眠药，陈慧恩就都替老母亲收了起来。

游览车在水泥搭起来的盒子里面逡巡，巨大的轮子在地板上滚动，她也跟着震动。玻璃门的一边是等待出发或刚落地的旅客，玻璃上的她眼袋浮肿，还好睫毛让她精神了许多。当其他乘客在排队等行李，陈慧恩已经很快整理好自己的头发走出自动门。

她一下车门就看到一个穿宽松T恤的男子，袖口起了波浪，陈慧恩想要替他熨一熨。衣服底下的骨干锐利，在肩线上戳出几个棱角。他不曾这么高瘦，她知道那就是棋轩，即使他被打肿了脸理了平头甚至是被抓去关，她就是知道他是她的儿子。他有她的眼睛，随时都像要流眼泪，老母亲说，就是这种眼睛带衰尾。

"妈！"是他先叫住她，"怎么了？怎么突然说要过来？"

"想要看一看你。"

"有什么重要的事？"

"一个妈妈难道不能看看自己的儿子？"

不，这不是一个好的开始，也不是一个好的结束。两个人安静了一段时间，棋轩就自顾自地往前走，踏上自动扶梯。陈慧恩跟在他身后，像是小时候她在追着他短小的身影跑。

即使站在下行扶梯的前一个阶梯上，棋轩的头还是高过了陈慧恩的眼睛。以前一家三口去逛小城市里的百货公司，棋轩总是缩在自动扶梯前面，迟迟不愿意踏出第一步。什么时候一个害怕搭自动扶梯的孩子变成了这样？

"你瘦了。"

"对，我有在运动。"

"看一下下我就要走了，不会太久的。"她想要暗示棋轩这段时间的宝贵，不知道他明不明白？他明天也许就会知道了，也许后天。

"最近过得好吗？"她问。

"好得不得了。"

她早该知道，她在他的身上嗅出一股不寻常的气味，一开始她没办法分辨出来，只觉得像有东西烧焦了。她问棋轩有没有吸烟，但他说没有。

一楼、二楼、地下室，哪里看起来都一样，就连广告看板看起来也都相像，头上的标示牌画着荧光色箭头，前后左右到处都有路可以走。他真的长大了呀，在这样的地方不会迷路。

下到地下层搭捷运的自动扶梯几乎是她看过最长的。两侧贴着巨大的横幅，竟然是一罐一罐的防晒乳广告。她趁机站到棋轩身旁，想凑近他身上刺探那股怪味，脚踩得电梯发出咯吱咯吱的声音。

"站过来。"棋轩指着她。

"什么意思？"

"站到后面去。"

"为什么？"

"这样挡到后面走路赶车的人了。"

她这才看到身后站着一个穿着紧身西装拿着公文包的男子，使尽力气地瞅着她。

"干什么呀！盯着人看盯成这样子。"

陈慧恩在他走远的时候才说。

"这边的人都是这样，在自动扶梯上都靠右边站。这是习惯。"

"也许他们该改变一下习惯。"

陈慧恩特别看了棋轩一下，好像这句话是针对他一样。

"有些习惯是改不了的。"棋轩像是宣读参考书后面的解答一样说出这句话，非常确定。

他会后悔，陈慧恩想，他会后悔没有好好对待自己的母亲。人都是这个样子，失去了才发现珍贵，然后他会想起和她两个人在公寓里的时光，只有他们，没有他那个不负责任又软弱的爸爸，偶尔有两三只鸽子停在阳台的窗框上。

"想要去哪里吗？"

"我又不住这里，怎么会知道有什么地方可以去呢？"她这么告诉儿子。

如果不是这个时候来，她也许会想买件衣服。吴太太每次去台北，总是会拉着一个小行李箱，再见面的时候里头装得满满的。有些衣服吴太太还没穿过几回，就装在购物袋里让她自己挑。通常是在要上教会前，她拎来一袋崭新的旧衣物，然后坐在公寓里陈慧恩先生习惯坐的位置，喝着陈慧恩准备的红茶，说只有台北的购物中心才叫购物中心。还说，既然先生在大陆做生意，总该带点那边的衣服过来送她。

反正她不喜欢那边的衣料。说这句话的同时，陈慧恩也想争取吴太太的同感。

这时候衣服一套就够了，她只想找个地方坐下来好好吃顿饭。

"不过，你要带妈妈去哪里吃午餐呢？"

在电话里，她没有说她要停留多久，也没有说要一起吃个饭，但这要求并不过分吧。

"吃午餐呀？你想要吃什么？"

"都好，都喜欢。"陈慧恩将两手握在一起，像放学后饿肚子等待上桌的孩子，只要主人回到家再次占据空着的那张椅子，就可以开动了。

在一家白炽灯泡闪耀的餐厅里，陈慧恩双手交握，手肘放在服务人员刚用抹布擦过的桌子上，额头抵着自己的拳头。在这之前是一番艰辛的路程，他们花了半小时才找到这里。如果是最后一餐，陈慧恩想吃得精致一些，就如同她常常挂在嘴边的，吃得饱不如吃得巧，吴太太也非常赞同这个观念。棋轩上大学后，吴太太偶尔会煮一锅邀请她上楼去吃。但她时常拒绝吴太太的好意，她不想要别人同情，也不想欠人情债，在自己家里吃饭是最好的。

她搞不清楚现在是在车站内，还是在百货公司里头。棋轩带着她一路在都市的"肠子"里头绕，看起来将要到底的甬道尽头，会忽然迸出几盏灯和要撞到额头的招牌。拉面店、猪排店、火锅店，上面夸张的字体像在叫卖一样，对匆匆过路的人大喊：快进来坐啊！吃饭吃面都有！

她被这些东西搞得分不清方向，还好不用赶车回去，迷路了还得了。走着走着她才发现这双高跟鞋会咬脚跟，平日不是走路去附近的菜市，就是载阿母到医院，哪来那么多机会走路。

当她看到服务生递上的DM（广告）上写着精致排餐，附红葡萄酒，她决定就是这家店了。

"有必要吃这么好吗？"

"就这么一餐嘛！"

菜单上颜色混杂，蓝的绿的黄的红的都有，分门别类大字小字叠成厚厚一本。现在连吃个东西也要搞得这么复杂。但她没有花太

147

久的时间，马上找到了她想吃的羊小排，附加A套餐红葡萄酒和面包，她就是为了这个而来的。

"你不跟着一起祷告吗？"

"我看你祷告就好。"

"唉……难怪。"

"难怪什么？"

"没事。"

陈慧恩把拳头靠在颤抖的手上，就像她习惯的那样，絮絮叨叨地感谢上帝"让我们有丰盛的食粮"。棋轩站了起来，说是要去洗手。

"我不是来和你吵架的。"回来以后，棋轩对她说。

"我也不是来找你吵架的，好好吃个饭吧！"

"对，好好地吃个饭。"

"我们已经多久没有好好地吃个饭了。"

肉排很有弹性，陈慧恩把手臂抬起来用力，刀子的锯齿磨在盘子上，棋轩觉得服务员一定在朝他们这边看。

她本来要问今天台北天气怎样，但想到他们都在庞大的建筑体里活动，就不说了。

"你爸打电话说他这个中秋节不回来了，但十一月会回来一个礼拜，他问我们，一起去吃阿美饭店如何？"

"你也知道我很忙，在台北有很多案子要接，每天都忙到半夜。"

"我知道。我说才几个人而已，用不着吃阿美饭店。棋轩他也不一定会回来。"语气之中又有一些责怪的意思。

棋轩低下头去铲碗里的饭，把嘴巴都塞满。没几分钟应该就会吃完盘子里的东西，陈慧恩却不跟着他一起加快速度。

"你知道家里有个檀木柜子，就在妈妈房间里面，梳妆台的旁边？"

"知道。"

"妈的首饰都放在那里。"

"说这个干吗？"

"让你知道一下。"

陈慧恩特别有话，说她怎么一路从家里到台北来，路途上客运汽车晃得人多不舒服，竟然有人可以忍受五六小时的车程。还得小心不要让膀胱装太多水，不然就得在颠簸之中使用车上的厕所，蹲着撞到头是多狼狈的事。更要憋气以免吸进混着芳香剂的臭味，厕所一定很久才清一次。她知道棋轩为什么这么少回家了，一趟下来真的辛苦。

"我现在已经想通了，我们有这么多值得感恩的事。你爸爸虽然很少回来，但一颗心也都在挂念家里。他不会说话，只好问你的事、你的成绩。我把你保护得特别好，觉得你的成败都是我的责任。"

"很高兴你想通了。"

"小时候我们带你来过台北，记得吗？那时候我们三个都还在一起，电视整天播报林旺（一头曾在二战期间在中国远征军中服役的亚洲象，2003年逝世）要过世了，为了这个你每天吵着要去看它，讲也讲不听。"

"我知道……"

每次陈慧恩要告诉棋轩她有多爱他，就会提起这段尴尬的往事。

"你吵着说要看林旺，日也吵夜也吵。你爸的事业正起步，想要一个人专心做事，气得抓棍子想要挥你。"

就像棋轩的父亲走路很快，他决定要去大陆后不到一个月也付诸行动了。

"然后我跟你爸说，不如这样，我们去台北一趟让你达成心愿，之后就要乖乖听爸妈的话。那时候我们还开福特的车，你爸开车开了五六个小时，载我们到动物园。"

整趟车程棋轩都睡着，睡在母亲的大腿上。给他留下少数印象之一的是，他们抵达动物园时他饿坏了。刚好动物园里有小摊贩，他吵着要吃热狗薯条，但陈慧恩不准，那太不健康了。

"结果想不到林旺刚好那一天过世，我们还是来晚了一步。大大的栅栏里只剩一面公告。你爸原本想骗你，说林旺只是去休息了，动物要上班也要休息。"

"想不到你很聪明，一直问你爸林旺是不是死了，是不是再也看不到林旺了。你爸才说是。"

"然后你跑过来说爸爸骗人，哭着跟妈妈说，下辈子也要当妈妈的儿子。"

棋轩把盘子都清空了，可能他好几天没吃这么好了。他用纸巾把嘴边的奶油擦去，嘴里含着食物说："也许那时我真的是这样子想的吧！

"我现在有在赚钱，你不必再担心了。你要多为自己想一想，对自己好一些。别人都会改变。"

现在反而轮到他说教。以往都是母亲在半夜把他叫醒，用她所承受的痛苦来说教。即使隔几天就要段考了，她仍是不停休，关于她如何把希望寄放在他身上。

"对，人都会变。你看看你，虽然是瘦了一点，现在却长这么高了。人的变化真是神奇，十年前我绝对想象不到你长大的样子，也想不到我会信主。"

棋轩等着陈慧恩把羊排卸成小块，并且通通搜集到嘴里。当盘子里只剩下血水和两三块干冷的肉，他忽然站起来给陈慧恩拍拍肩膀。

"妈，这顿我请你就好。"

"不、不，妈皮包不是白带的，妈去付。"

他们拉扯了一番，最后是棋轩胜出。这番谈话让他以为母亲这趟拜访大概就到此为止了。

"妈你买几点的回程票？"

"我还没买票，我没那么急着要回去，我还想走走。"

"这样你会搭不到车的，现在是周末连假，高铁票一定卖完了，公路又塞。回到家都凌晨了。"

"能陪我走走吗？"

"不能太久，我下午有事。"

"我可以到你住的地方看看吗？看完之后我自己去逛街。"

"其实我今天有些累了。"

"你昨晚有睡吗？"

"睡了一点。"

棋轩削尖的鼻子底下投出了一大片阴影，许多人都说那鼻子是遗传自他的美人母亲。在手机的前镜头里，他替这只鼻子感到骄傲，对着它自拍。而现在他的疲惫都在鼻子底下的阴影里。

"而且我们那里还住着其他人，不知道会不会打扰到人家。"

陈慧恩注意到他说的是"我们那里"。

"有室友才好啊，才有人互相照应。就很快看一下，打个招呼就走。"

棋轩没好的办法应付母亲的纠缠，他只有最快的方法。那就是顺应然后敷衍过去，母亲会自己找到方法活下去，例如继续上教会、交一些差不多年纪的朋友。尽管他也从旁推了一把，但现在母亲看起来有了些转变。

他们在人潮里快步走动。人只要数量一多，就会像草原动物一样遵循某种意志迁移，逃离狩猎者的追捕。这对母子显然是落单的。棋轩替母亲用贩卖机买了塑胶圆币的车票，让她握在手里慢慢地向闸门移动。

陈慧恩仍然没有搞清楚要怎么搭车、怎么转乘。她暂时放下警戒，把一切都交给儿子，这使得她在一小时后尝到非常大的苦头。

她看形形色色的人看得入迷。有个女子在捷运（地铁）上拉着栏杆，靠在自己手臂上打瞌睡，另一只手拖着皮包，在晃动的车厢里竟然不会跌倒。或许她没有结婚就会像这样子，而不是像跳探戈一样在捷运里移动脚步。这里什么人都有，不像教会里的总是同一批。没过几天她就后悔跟牧师说棋轩的事，上教会时她总觉得眼睛都在她身上，打量她这个有罪的人的母亲。后来她也就没再去做礼拜了。

在车厢里棋轩的话稍微多了一些，他说他毕业前就开始接案子练手，也赚点生活费。虽然靠着那一点还是得用学贷，但不无小补。他不奢望赚大钱，像他父亲那样做大生意，有大野心也可能面临大失败。他只想做自己喜欢的事，画点东西，好好把握当下。

她是真的好奇他住在什么地方，过着什么样的生活，只要看看就好，不一定要在他的生活里扮演什么角色。但当棋轩带她到那扇门前，她就开始浑身不对劲了。那是一扇长满铁锈的门，外墙有水爬行过的痕迹。

进到那房间之后，她就打定主意要取消原先的计划，同时了解了在棋轩身上的是什么味道。也许一开始她就根本没有下定决心逃离这个世界，只是让自己有借口来见儿子一面。

她并没有依照预想那样，抵达折价券那家星级酒店，从一只戴白手套的手上接过钥匙，独自一人走进床头柜放着保险套的房间。也没有睡在她想象中十分柔软的大床，在上头肆无忌惮地撒野不用担心叠棉被的麻烦。现在，不用这样她就可以睡得很好。

"先说了，里面有人，等一下记得打声招呼。"棋轩走上楼梯，踢了几块烟蒂下来。

"是什么样的人？以前的大学同学吗？还是工作的同事？"

棋轩咔嚓一下打开门，假装没有听到她的问题。只见贴着塑胶皮的地板上放着一张麻将桌，桌上放着空饮料罐、矿泉水瓶。墙的一边没有电视，只有一片称不上是电视的电脑面板，播放着像卡通一样的冒险画面，但比卡通精致多了。

"阿宇我回来了，这我妈。"棋轩说这句话的时候，把腹部的肌肉都放松了。

"妈，这是阿宇，系里的同学。"

"嗨，阿宇你好。"陈慧恩先说了。

"伯母你好。"一个男子，穿着背心，强健的手臂从侧面露出来，在折叠桌前紧抓着电玩遥控器，让陈慧恩觉得真是失礼的孩子。

"打扰了，我就四处看一下。"她不确定那个阿宇是否真的听见。

"就是这样了，现在你看到了。对了，不用脱鞋子。"

公寓里面还有两扇门，大概就是厕所和卧房，液体凝固成的胶块不规则地散漫在白色瓷砖上。除了折叠桌，旁边还围了几张凳子和一张躺椅，上面都是穿过的衣服，还有一些袜子内裤，看不出来是棋轩的还是阿宇的。一时之间没有地方可以坐，陈慧恩和棋轩都站着。

"这什么味道？有东西烧焦了。"

"我没有闻到什么味道。"

"有烧焦的味道。"陈慧恩踩在没有放杂物的地方，迈着小碎步走。

"你们有厨房吗？"

"有，厕所旁边那个门打开就是了。"

"不对，这焦味真不对。"

棋轩跟着陈慧恩走动，她要求进厨房看看，棋轩照办。

"就跟你说没什么东西。"

"流理台该刷一下了。"

"好的，我会整理。"

陈慧恩问房间乱成这样子，要不要留下来帮棋轩整理一下。如果棋轩忙也没有关系，就做自己的事情就好，她自己弄她自己的。地板需要扫一扫，衣服也该拿去洗了。

棋轩当然是拒绝了她。她仍然在房间里绕来绕去，想找出一些蛛丝马迹。

"你们都没闻到吗？有股怪味，我头都晕了。"

那个叫阿宇的男子也放下手上的遥控器站了起来，问她有没有哪里不舒服，是不是搭车累坏了，需不需要休息一下。

她为自己没有善待棋轩感到抱歉，那时她连自己也抓不住了。如果没有棋轩推她认识了一个信仰，她还真不知道要怎样回到生活的轨道。

她打开房间的门，意外看到了棋轩和那个男同学。后来棋轩走出来，跟她说他得送同学下去。他拿了钱包和钥匙，轻轻地阖上不锈钢外门。那天晚上，她在沙发上等棋轩回来等到睡着了，再后来的几天，棋轩仍然没有回来。

但棋轩的生活不该是这个样子，他值得更好的。现在换她来帮他一把。

"要我送你回车站去吗？"棋轩用手指点了点她的背。

"不用了，我想我可以自己搭车回去。"

"从这里搭回台北车站只要转一次车，先搭橘线然后转到红线。迷了路随时打电话给我。"

"好的我会记得，我脑子还行。"

"也许我们可以偶尔见个面吃饭。"

"会再见面的。"

陈慧恩又穿起高跟鞋，这时她才发觉每走一步都会痛。

走下楼后，她抄下棋轩住处的门牌号码。回程比她想象的还复杂许多，太多数字、颜色和代码，还有两边的方向要搞懂。搭捷运她还能慢慢跟着指标走，但找车站实在是难倒她了。

到底什么人会做出这样的选择，住在大城市边缘的漏水旧公寓，而不回到小城市熟悉干净的电梯大厦。她的脚在发抖，但仍持续向前走。刚才竟然还低声下气说要为他们清扫房间，真是不可思议。

她把手指放在地图上，试着厘清自己待会要左转还是右转。以前她才不看什么地图，直接找个人问路是她熟悉而且快速的办法。但她硬是站在红标蓝标之前歪着头对墙面看，努力把方向转正。

一个和善的年轻人过来问她是不是迷路了，是不是被困住有十分钟了。她说有，她刚刚就花了同样的时间在理解地图。

"那太好了，谢谢你愿意停下来听我们说话，现在这样的人不多了。"

"我想要去搭客运，你知道客运站在哪里吗？"

"我清楚，我会和你一起过去。事实上我不赶时间，我现在还在念书，自己缴学费，靠着这个打工赚钱。"

他从挂在腕上的塑胶袋里拿出一支一支色彩缤纷的笔，笔上印着铃铛、白羊、耶稣和圣诞拐杖。

"就是这个，可以支持我一个吗？我需要大家的加油打气。"

"我得赶快去搭车了，这边对吧。那个多少钱呢？"

"爱心无价，笔本身两百块而已。"

那些笔看来是特别为节日制作的，但表面却糊成一团，有两三个图案叠在一起。平时她会认为几百块钱没什么，早个几小时的她或许更加慷慨，但现在她完全不想要把皱在手上的纸钞花出去。

"客运站是这个方向吗？"

"是的，就往这边走。"

十二点前她就抵达目的地了。尽管那名卖笔的男子真带她到客运乘车处，她仍狠狠拒绝了他。场面有些难看，他对她说了一声没爱心，故意让旁人都能听到，收起笑容掉头回去。她原本还担心没有买的话，他会带她绕路。是他找错时机了，早个几小时她真的会买。

客运停在一片宽阔的水泥地上，和她上车的地方不一样。司机告诉她上下车处本来就不同，沿着公园走回去就好。她还是喜欢狭小的街道，熄了灯火的城市，和头上有星星的天空。她找到了停放的机车，后座的握把上没有任何一张缴费单，这是另一个小小的胜利。

一回到熟悉的公寓，她就闻到一阵甜甜的香气，来自她常用的衣物柔软精，平时她并不会感觉到。她没有脱下鞋子，鞋跟一路敲着地板到厕所。双腿一贴上去，随后就传来落水声。她托着下巴坐着，从皮包里拿出旅馆折价券，她得小心地把它放回抽屉里去，顺便从柜台里抽出几张一百块。

马桶泛起清澈的漩涡，把今日的厌恶和不适都冲得一干二净，老母亲留下的几十颗安眠药也一并在里头翻滚。过期的药最好还是不要乱吃。

过去的都过去了，她现在有了补救的机会，也许接下来会辛苦一点。陈慧恩还真希望儿子跟车站里遇到的那名年轻人一样能吃苦，多为未来想想。

预 感

不日远游

小咏坐在家明对面，脸上已经有很多泪痕。等到她眼泪都化开了眼影留下黑色泪痕，家明才发现，在他们断断续续的对话里，小咏也一直断断续续在哭。他一直看着她的脸，被她脸上硬撑的表情所吸引，忘记了她在哭。家明想，小咏受了委屈，在这个明亮的便利店里，毫无疑问只能是家明说的话让她受了委屈。但是家明知道，是他话里的某些东西让她想起了连日来的委屈，或者是积年累月的委屈。所以她会这么一边说话一边缓慢地流眼泪，以至于家明都没有发现。

家明想，那些眼泪是和自己无关的，她哭得越多，家明就感觉自己越无足轻重。她在为过去发生在自己身上的每件事情哭，也许也在为离开她的人而哭。如果眼泪里面有一点点家明的原因的话，就是她越来越明确他不适合她。家明不禁感到十分抱歉。

家明伸出手去擦擦她的眼泪，家明说，好了我们不说了。这是一条他们从没来过的街，一路越走越荒芜，他们找不到咖啡馆和酒吧，最后只好拐进了路边这家全家便利店。他们面对面坐在一张小方桌前，桌子上有一些零食和玩具。他们刚才在零食架前蹲下来，在最底层挑拣，买了一个装满糖的皮卡丘。家明已经很习惯这样的事情，他觉得小咏也很习惯。他们经常一起做一些幼稚又好像是浪漫的事情。每一次都好像是下一步就应该由浪漫进展到商讨未来与柴米油盐。可是却一直是原地踏步，一直在制造这些微小的浪漫。

家明想，他们都习惯了原地踏步。如今，家明也不知道怎么往前走了。可是这些挑选玩具的时刻又总是过分愉快，于是他总想见她。家明想，小咏也很喜欢这种走着走着就走进一家酒吧或者便利店然后就坐下来的夜晚。家明想起来，上一次他们见面，他们在延安路天桥下的购书中心看完了一本儿童绘本，那个绘本讲的是一只骄傲的狮子总也学不会哭，于是鳄鱼就教狮子怎么哭。鳄鱼教狮子去想那些悲伤的故事，这样就会哭了。

那时还是盛夏，他们乘扶梯上书店二楼，小咏站在他上一个台阶，她回过头可以吻吻他。家明每次坐在小咏对面，总以为自己知道得更多。家明每次遇到一张迷茫的脸，总是很想弄明白他们出了什么问题。但是也许家明只是单纯着迷这样一张脸，像向日葵不由自主地旋转。而且只要稍微清醒一点，家明就会醒悟过来，他并没有知道得更多。他也不知道他想把她带到什么地方去，他只是想拥有这个人。家明幻想如果他们拥有彼此会给对方带来的改变，家明幻想他们可以一起建筑的生活，一个新的房子，新的街道，新的旅行的城市。家明不确定那究竟是怎样一种生活，但他确定无论是什么样的生活他都会很喜欢，就像他会很喜欢在书店和她坐在一起看一本儿童绘本，在便利店零食架的最底层一起挑一个装满糖的皮卡丘。

家明感觉，小咏也会很喜欢那个他幻想里的生活。但是那和小咏的设想不一样。也许问题就是，小咏有一个设想的未来，有一个设想的人物原型，在小咏的设想里，那个坐在自己对面的人，并不是长家明的样子。所以哪怕他们很开心，小咏也觉得，这好像只是一道路边的风景。但是家明对未来从没有设想，于是他遇到小咏，小咏就成了他的全部设想。

家明不禁又想，他的确是比小咏知道得更多，于是也更伤心。主要就是，家明无法向小咏说明白这是怎么回事；或者也许是，家明害怕如果自己解释清楚了，小咏会更执着地去寻找她设想里的人物原型。于是家明只好和小咏一起又多逛好几条街，喝多一些酒，然后走进便利店挑一些玩具。轻拿轻放，好像《绿豆》那样从来不会叫喊的港剧。

即便是这样，小咏也会突然就哭了。小咏哭着哭着突然就毫无征兆地拿起背包往门外走，小咏说我要走了。这已经不是第一次了，家明发现，如果小咏无法忍受一个时刻，她就会不计代价地即时即刻就要从这个时刻里离开，多一秒也不能忍受。她以前离开时会说，你要等也行，不等也行，反正我现在就是这个样子。现在她连这些话也不说了。也许是因为她知道了，家明好像从没有想过要离开她。不过，小咏的这些时刻总是太突如其来了，家明每次都没有预料。于是他只好追出去，像夜里那些在街道上吵架的情侣一样，拉住她的胳膊问她怎么了。

家明认为自己有足够的理由可以理直气壮。家明说你每次都是说走就要走，从来没有管过我。这句话让小咏深受刺激，小咏提高了分贝冲他喊，那你有管过我吗？家明被吓了一跳，拉住小咏胳膊的手也松了下来。家明不知道小咏会这么火冒三丈，更不知道她会这么委屈。最主要的原因是，家明羞愧地发现，他的确没管。他问起过她刚换的工作，问起过刚换的房子，那通常是在饭桌上，他们面对面坐在一起聊一些不知所谓的轻松话题的时候，小咏从没有认真回答过，于是家明也就没有再问下去。家明像是掩耳盗铃一样，因为她欲言又止的强颜欢笑，他就催眠自己跟自己说她真的都能一个人搞定，其实家明知道，也许很多事情都并不顺利。家明感觉掩耳盗铃带来的愧疚感浇了他一身，就像解数学方程题时漏掉了一个至关重要的步骤一样，家明才发现他漏掉的部分其实非同小可。

家明忍不住想，也许自己比小咏更喜欢这段关系是因为目前这样看上去好像无牵无挂的样子，这样他们都可以回避掉许多问题。想到这里，家明就更愧疚了。

家明愣神的时候，小咏已经在夜色里消失了。有时候他们走在路上，小咏也会走着走着就不见了，家明晕头转向找她的时候，小咏会从一棵树后面跳出来，或者从一个邮筒后面跳出来。她好像很享受看家明晕头转向，其实家明也很喜欢转过身看到她躲在某个角落里，看她因为骗到了他于是很开心，那时候她的笑容总是很明亮，像小孩子。但是家明知道，今天他往前走也不会再找到小咏了。

小咏没有再回复家明的信息。但是就像知道他们没有结果一样，家明知道他们还会见面。两周之后，阴天下午的办公室，家明和编辑部的小组人员一起开会的时候，在卡其色的上衣口袋里摸到一张白色糖纸。开会的间隙，家明问同事们最近有没有人给自己吃过糖，大家看着家明拿在手里的糖纸，全都茫然说没有。家明无论如何想不起来这段时间谁给自己吃过一颗糖，等到会议结束，好像是一段走失的回忆突然回来了一样。家明想起来，这颗糖是他们上一次走出火锅店的时候，在中山路上，小咏给自己的。家明想起来的感觉遥远又陌生，好像小咏不是现实里存在的人一样。这张糖纸令家明心碎，小咏令家明心碎，因为家明想，还会有谁走在路上递给自己一颗糖呢。

家明发现，他已经把小咏当成了一颗糖，他们一个月见一次或者两次，吃饭喝酒逛马路的永恒的套路，他却永远能感觉到愉悦，家明每次见她都会感觉，他们第二天就要谈恋爱然后一起生活了。甚至是小咏半路离场的那几次，家明也觉得整个过程里有许多愉悦。家明想小咏也是，她也是很开心的。他们是两个各自很痛苦的人，可是等到见上面，他们各自身后的整个人生就好像消失了一样，只剩下包围着他们的这个夜晚，就连走路抬手也都是快乐，像酒流淌进喉咙。

家明过去经常问她，我们在一起吧？在他们面对面坐在餐馆里的时候，并排走在马路上的时候，或者是亲吻的时候，小咏不是没有说话就是摇摇头。然后他们就会一起笑了。家明想，也许小咏也看出来，家明问这句话时的样子，简直就像是在问她要不要私奔，听上去就很不靠谱。

小咏再次出现在家明面前，是拉着行李箱来的。那时候家明带着小猫在医院治猫癣，小咏拖着行李箱走进医院时，家明正帮医生按着小猫给它涂药，她穿着白衬衫和西服，拖着行李箱出现在诊室门口，像是刚下飞机，风尘仆仆赶来的小猫的另一个主人，不过实际上，她拖着行李箱是准备出门。小咏像以往每次一样，自己的任何决定都是以通知的方式告诉家明的。他们走出医院回家明住所的路上，她才告诉他，她要赶明天早上六点的飞机，去成都出差一个月。家明忍不住说道，没事，反正即使我们相隔五公里，一个月同样只会见一两次。

宠物医院离家明的家有两公里，他们一人拖着行李箱，一人拎着猫包，走了一公里已经觉得有些累。家明指着路边的一个咖啡馆说，这就是我跟你说过的咖啡馆，我每个周末都会在这里待一个下午。小咏只是望了一眼，并没有说什么。家明不太明白，他们为什么如此难以进入对方的生活，家明分析自己的原因，他其实是非常切实地不知道怎么介入，他不太清楚她每天都在干什么。那小咏呢，她也是不知道说什么吗？还是她对他的生活，其实真的不怎么在乎？

他们经过拐角处一个卖长沙臭豆腐的摊位，于是两个人纷纷放下行李箱和背包，买一盒臭豆腐站在路边吃。小咏和摊位师傅攀谈起来，她指着"长沙臭豆腐"的牌子问他，是长沙人吗？师傅说不是，他说每天都有人问我这问题。家明吃了几块小咏送到嘴边的臭豆腐，他又觉得这个夜晚很好。他想真是完蛋了，这个摊位每天晚上都在这儿，以前他周末晚上从咖啡馆回家都是平平常常地路过，以后岂不是每次经过都会想起这个晚上。行李箱和猫包放在地上，家明和小咏站在拐角路边，路上有很少的人经过。

他们把小猫和行李箱放回了家，洗完澡两个人又觉得好饿。他们都觉得等不了外卖，于是跑到楼下全家去吃方便面，那时候快十二点了，他们冲了两盒方便面，面对面在桌子前坐下来。小咏说，我们得聊一聊。家明说，我怕聊到一半你又要哭着跑了。小咏说不会的。小咏说，我们要这样循环下去吗？于是，家明一边拧开一瓶柠檬水一边说，我们可以在一起。方便面还没有好，小咏在两盒方便面上面压了两包小熊软糖。隔着两盒方便面，小咏仔仔细细地看了会儿家明的脸，小咏说好啊。家明很平静，就好像小咏以前每次面对这个问题都是微笑着摇摇头时，他也是很平静。

他总是觉得他们之间的每件事情都是理所当然，就像盛夏里他们见面，小咏有一天晚上给他带来一个便当。那个便当盒巨大，他们拿着它逛马路，穿过斑马线的时候小咏说你要知足噢，两个月前你能想得到我会给你做便当吗？家明走在她后面说，想得到啊，这有什么想不到的。小咏转过头，脸上是疑惑不解的表情。家明很喜欢看她的这个样子，纯粹的迷茫。大概家明寻找躲在邮筒后面的小咏的时候，脸上也是这个表情。家明想，也许是因为他们的差异如此巨大，他们才会不断给对方制造出一些陌生又惊喜的时刻。不过，家明的确是把一切都当成理所当然，特别是每次当他们的关系更进一步的时候，家明就感觉更加理所当然了。所以此刻，家明听到她说好啊，就像夏天从她手里接过一个便当盒一样，他觉得是一件很平常的事情。

　　夏天他们见了很多次面，经常都是小咏在当天下午一两点钟，突然在微信上问他，晚上要一起吃饭吗？然后家明就会说，要的。家明很喜欢那天下午剩下的这几个小时，因为几个小时之后就可以见到小咏，他会觉得剩下的时间都很安心，好像有一份礼物在等着被他拆开，于是接下来的几个小时就可以心无旁骛地做事。他们每次都约在西湖区见面，家明那天下班就会走和回家相反的方向，坐四五十分钟的地铁去赴约。有的时候家明感觉，他喜欢这等待的几个小时要多过实际见到小咏的时候。

　　如果我们能够对家明进行透视般的分析的话，其实是家明第一次见到小咏的时候，就像看到了一个会属于自己的人。因此他虽然对他们的模式感到十分奇怪，其实却是不急不缓地在等着他们会是最终的一对，就好像一张网在等着小鱼游进来，家明感觉，不管过程如何分叉，他们最终会游进同一张网。不过他不明白为什么，小咏似乎是在无限地延缓这个过程。现在好了，家明想，他们可不就是游进同一张网了嘛。

他们仰天躺在床上，家明说，那我们得换个房子。小咏说，是的，得换。家明说，我能在这个月里找好房子。小咏说，行。小咏说，不过我有些时候还是想从自己的身体里离开。家明说，我也是的，不过我会试着不离开。家明转过身吻了吻小咏，好像是给小咏加油打气，又像是给自己加油打气一样说，我们是可以在一起的。家明说，我们可以像两个新生儿一样重新开始，就像那些顺其自然走到一起的情侣一样，你看，我们走了漫长的一年，好像才走了别人一个月的路程。小咏说是啊，走得很慢。

家明早晨醒来，小咏已经走了。家明在明亮的秋天早晨里，想起来三个小时前，四点钟的时候，小咏在微弱的黄色台灯下整理她的行李箱。家明问她，你是去成都出差吗？灯光太暗，家明还是感觉，小咏在离他一两米的地方摇了摇头。但是家明太困了，他模模糊糊中感觉小咏吻了吻他的额头，然后小咏就拖着行李箱离开了。家明醒来后才意识到，那个吻过分留恋，因此显得有点危险。

家明穿好衣服，洗漱完毕，把电脑包放进背包，给小猫换了水倒了猫粮。然后他才去看那张放在书桌上的写着字的纸巾。他在想起那个额头上的吻的时候，就已经知道纸巾上写着什么了。就像欣赏她的每个行为那样，家明看着纸巾，心想，很可爱哦，大家都已经不会在纸巾上写字了。

家明把写着道别的纸巾扔进垃圾桶。纸巾上小咏写她要离开这城市了，不知道几时回来。家明想，是的是的，他并没有真的准备好去找那个他们会住在一起的房子。但是家明想，小咏总会回来，家明预感小咏会回来，到那时他们能住在一个房子里一起吃饭拖地谈恋爱。

狮子之死

曹　栩

那些鬣狗，围成一圈，啃着一只角马的尸体。有些鬣狗占到好的位置，嘴巴用劲嚼着肉，我听得见他们急于吞咽的声音。有些鬣狗所在的位置只能啃到骨头。他们的头挤在一起，不时低低地吼叫表达抱怨。

我小步跑过去，好让他们把我看个仔细。我吼一声，他们毫不迟疑全部逃窜。鬣狗的决定是正确的。他们的数量太少了，但多了我也不怕。现在鬣狗们躲进草丛窥伺我，希望我离开时会留下一点肉渣。

当我拨开苍蝇，把嘴凑近那块齿痕犹存的肉时，草丛里传来一阵吠叫。我抬眼一望，他们黑色圆瞪的眼睛，因长草摆荡，在草隙间闪闪烁烁。他们是弱者。然而，那些弱者的眼神，弱者的食欲，在我面前却更加执着，简直牢不可破。

我老了，所以我细心嚼着。让近乎腐败的肉，缓缓沉进我的腑脏深处，然后它们会被我吸收，变成心跳、力量，流向我的四肢、

169

爪子、眼睛、嘴巴、牙齿，还有吼声。我感觉吃饱后，又比吃饱前强了一点。不过我没有吼叫，雄沉的吼叫是很美的，我不滥用这种声音。

我慢慢移动，听到身后的鬣狗往残骸聚拢上去，不过我没有回头。我走到河边舔水，顺便用水沾沾脸。草原上，苍蝇的光临是无法拒绝的。倘若我不这样用水洗去血渍，大群苍蝇就会以一种异常的顽固黏附在面前，变成一块僵硬又不时跳动冒烟的蝇绿色脸皮。

一条鳄鱼游过来。我明确瞪了她一眼，证明我不是没有防备。她将尾巴一摆，游了回去，爬上另一边的岸晒太阳，吓退了刚接近水边的瞪羚。

我踱回离河岸有一小段路程的草窝。那里干爽，草新鲜，离我的出生地很近。我的母亲不费什么力气，在这里生下我和我黑色的兄弟。我的母亲是一只非常好的狮子，她几乎跟雄狮一样壮、一样骄傲。她的奶水充足，我和我兄弟把她奶头一咬，奶汁便滚滚落入我们的喉咙。而我的父亲，当然配得上她。他的鬃毛威风漂亮，在我兄弟诞生前，他是草原上唯一一头黑狮。我兄弟的毛色是他在夜晚的时候，舔舔我母亲大了的肚子，特别赠予的。

我在幼年期还有几个异母的兄弟姐妹。虽然我和我的兄弟不同颜色，但一眼就知道我们是同一对父母所生——我们的体型比同岁的狮仔魁梧了太多。以至于我们在和他们嬉闹时，倒更像是在凭借体型欺负他们。到最后我只能和我的黑兄弟扑打玩耍，让那些小狮子在旁呆望。

尽管如此，我和黑兄弟的乳牙并没有提早更换。我成熟后才明白，这样的过程对任何狮子都是好的。自从换牙后，母狮们带领小狮子尝试肉的滋味。我的黑兄弟不动声色，其实满肚子不高兴。他告诉我，那些专给小狮子吃的，也就是公狮母狮依序吃完的剩肉，说穿了，吃多了只会长成一只鬣狗，营养绝对不够一头好狮子长大。他喜欢强壮的味道，他愿意与我均分我母亲以及其他母狮的奶水。我一看见母亲对我们龇牙咧嘴，扭头吼叫，立刻打消了这个念头。但他不死心。他利用母狮们吃完肉不久，在草原摊开四肢、昏昏欲睡之际，跑去偷袭母狮的奶头。接连几天他一再达成目的，直到我母亲从一次午觉中骤然觉醒，暴跳咬他一口，他才悻悻然确定小狮子吃剩肉长大，还是可以长得像我母亲一样凶猛的。

我们吃完肉，跑跑跳跳一阵就卧在母亲身边。草原上通常很凉爽，只要稍微觉得闷热，往往就有一股风，压低长草，拉开长线，从我们身上扫过。那天也不例外，却是我有生以来，第一次认真注意太阳。即使远方的山影清清凉凉的，草的阴影也是清清凉凉的，只要瞄太阳一眼，眼睛里立刻冲进一道道碰撞、裂开的灼热。"我是狮子，"我想着，我那时挤眼睛，皱鼻头，"我一定要看得清。"

痛苦忍了几秒，眼睛中浮现一个模糊轮廓，我再也无法忍耐，低吼了一声，转头避开。眼睛里留下一大块紫黑带金的斑纹。我的黑兄弟跟着叫了声，原来他不明就里学我凝视太阳，现在同样获得毒辣的教训了。黑兄弟用前掌捂住脸，全身扭来扭去；我趴伏不动，非常害怕那怪异的斑纹，闭上眼希望它赶快消散。一会儿，我听见我兄弟安静下来。再睁开眼，虽然我还看得见残余的影子，但异状缓和了很多。我转头朝向黑兄弟，发现他也盯着我瞧。

我问："你知道天上的那个是什么？"他推推旁侧熟睡的母亲。我母亲一动也不动，黑兄弟伸出爪子，用力扎她肚子。她闷着声回应："干吗？"

我对母亲说了一遍问题。她微微仰起头来听，不过眼皮连一道小缝都没有打开。突然间她露出上排的利齿："怎么，你们终于跟太阳干上了吗？"

我们赶紧答："当然没有。"

"好呀！那就好！"她翻过身，朝另一面睡去了。

我的黑兄弟挨过来，声音放小："我想，那个叫太阳的，一定是一只公狮子。还是最强的狮子。"他舔舔嘴，一脸认真的表情。

我说你怎么知道？

"我听到你叫的时候，有看到他发亮的鬃毛，然后他一脸得意朝我扑来，捆了一掌。"他说，"我想躲都来不及。"

我点点头，虽然那瞬间没见着太阳的脸孔，但他恶狠狠的力道，我可是确实领教到了。

在不服气中，我非常小心与快速地瞥了太阳一眼。

"也许大了后，我可以好好揍他一顿。那我就是最强的狮子了。"我脱口而出。

"嘿，那等你打败太阳之后，我会打败你。"黑兄弟兴奋地开始吼叫。

太阳徐缓变了颜色。这时注视他，眼睛里不会被砸下爪印。他要所有得以苟活的动物目送他。在今天统治结束前，他还要向我们展示他的美丽是多么宽和，他的背影将推开一切事物，像注满河流一样，草原上的每对瞳孔都是他的水面。然后太阳哈哈大笑，让黑夜突然扑上我们的眼，咬断每一根牵连的光丝。

背向夕阳，我起身朝东南方继续前进。身为小狮子的日子，我几次看见父亲选在这时候离开狮群，利用夜晚长途跋涉，前往马赛部落。狮群从很早以前就知道穿红衣的马赛人少惹为妙。他们很有技巧，常常勾起我们的贪念。尤其是那些马赛男孩，他们总是诱骗最先遇到的公狮子，假装自己是一顿会迷路打转的午餐。当我们跟踪他们，迫不及待想品尝滋味，他们却抓起长矛，猛然扭身，把长矛捅进我们的脖子。接着他们拔下我们的牙齿，如愿成了男人。

父亲回到狮群，总带着或大或小的伤口。他穿过小狮子，走到离我们有一小段距离的草丛倒下来睡觉。母亲说他杀死的是马赛男孩。她由我父亲的表情看得出他饿着，那几个马赛人不是他爱吃的肉。

有一次，我想他被打败了。他停在远方，成为一个小小黑黑的点。我们担心他，走近数他身上有几个窟窿。那时父亲睡不着了，伏卧在地上眨眼，眼皮一动，窟窿里的血泡就微微变色，接近破裂的边缘。但他仍然活了下来。我想是因为他没骂"浑蛋"这两个字。狮子最坏的，也是仅有的脏话是"浑蛋"，通常临死前才说出口。我的父亲总共花了三天眨眨眼睛，然后拖着身子，走到河边把母狮们新杀的斑马吃掉。我的父亲不太说话，很少透露他做了什么或希望什么。不过这次他却主动告诉我们，他遇见了一个勇猛灵活的男孩，真正像头好狮子一样的男孩。

从此以后，我的父亲不再离开狮群。他变成一只普通的狮子，或许更普通了。他每天睡懒觉、吃好肉，替我们赶走意外闯入地盘的雄狮。我发觉他的毛色渐渐被一层肮脏的尘埃掩盖，除了他看着我黑兄弟的时候，偶尔会记得抖擞一下让皮毛迸发一点光亮，父亲似乎不在意我和其他土黄色狮子怎么看他。

我们越长越大，父亲日益焦躁。才满一岁，我和黑兄弟体型已经追上母狮，参与狩猎，和母狮们一同进食。普通的年轻狮子还只有吃剩肉的份。既然我俩率先挑战狮群里父亲独大的规则，不用多久，父亲就要赶我们去自力更生。与其被父亲咬一口，睡午觉时挨一爪，我们情愿早点离开。

我们离开的那天清晨，空气是湛蓝的，连带草地也蓝得像水一样。我们悄悄滑着步伐出去。虽然大部分狮群成员，包括我们的父母，都侧耳察觉到了，不过没有谁抬头一望。我们走了一段距离，忽然发足狂奔，一直跑，全身乱颤，沿河道没命逃跑。我们决定大吼，两旁的风景仿佛堆在鼻尖再从鼻尖被风吹散开似的。冲上草原后，前方有角马、瞪羚、野牛，我一边冲刺一边呐喊那些食草动物的名字。我兄弟喊的尽是河马、犀牛、长颈鹿、大象，这里根本没有瞧见。那些动物看我们俩从大老远杀过来，也跟着没命逃散。我盯上一只角马，就一路追他。我们俩猛力跑着，放任自己，完全不采取夹攻的方式。不知跑了多久，那只角马倦了，我跳上他的背，我兄弟扑上我的背，那只角马就垮了。我们玩弄角马一会儿，撕裂了他。

食草动物四处迁移，我们随他们移动。等待鬃毛长齐的两三年时光，我们在草原上流浪。我和我的黑兄弟饿得非常快，长得也非常快，我们都有一只半的雄狮那么大，牙齿比母亲更长更硬。除了大象、长颈鹿、跑得太快的猎豹，我们几乎杀死过每一种动物。

我记得我们杀散过一整群鬣狗。那时我们发现小土丘上一具旋角巨羚的尸体，稍后，引来为数众多的鬣狗。他们包围我们，发出鬣狗特有的尖声狞笑逼我们离开。我的黑兄弟懒得搭理，转身填饱肚子。我不想落后，也动嘴享用了。看我们大口大口把肉往嘴里吞，狗群中蹦出一只焦急小狗，往我黑兄弟身上一咬，我兄弟回头按住他。顿时所有鬣狗群起而上。我们打晕了几只，其余的鬣狗立刻补上来拯救同伴，不让我们把狗颈子咬断。后来我兄弟凶性大发，我索性由他去，自己专责驱赶。很快地，数量不到一半的鬣狗奔逃回去。我们把剩下几只挣扎未死的鬣狗的头放进嘴里咬碎。

我们也杀死了河马、鳄鱼，这些强悍的动物。我们待在水边伏击。他们一身湿漉漉、光亮亮地上岸，我们冲上前重创这些猎物。鹈鹕、白嘴黑水鸭、红鹤，拍翅纷飞，掠过头上。猎物的喉咙呼噜呼噜响着，嘴巴渗出水来。他们从未设想过的惊恐全部从眼底浮现。这真好看呀！我们得意地透过牙齿、掌底，感觉猎物肌肉底层一股近乎痉挛的蛮横力量。我们把河马、鳄鱼拉离水边，他们那些目睹了一切的同类在水中掀起疯狂的水花。

随着日子过去，黑兄弟的长相越来越像父亲。但我的鬃毛长得比我黑兄弟还多、还漂亮，没想到这点我和父亲一样。长久以来我们练习杀戮，经验更老到了。不过我们发现经验的增长不能使彼此行为收敛，只会让每次冒险更容易得逞。

草原的风夹杂各种气味，我们借此寻找生病的动物、尸体、野牛群的交配地点，至于何处曾发生打斗、尿液划分地盘等草原大小事情，我们的鼻子也嗅得出来。

在一个下午，我们盯上了一队大象，因此放慢脚步，远远地跟踪着。这个象群很明显前不久才遭狮群袭击，公象母象都受伤了，排泄物散发一种刺激性、不寻常的味道。他们唯一幸存的小象是我们的目标。我们选在夜晚攻击，因为我们两头狮子再大，白天也没办法把一群护幼的成年象打退，但夜晚便不同了。

我们不需要匍匐，夜色已经把身体紧紧裹住。在背风处我们打算等象群经过时出声恫吓。接着我黑兄弟利用与生俱来的夜晚优势，绕到象群侧翼，一旦我把前头的公象赶跑，再跟他合力处理母象和小象。

出其不意的嘶吼，果然使大象惊惶失措！我们绕着象群打转，周遭空气充满我和黑兄弟兴奋的叫声，偶尔渗出几声大象不安的咆哮，仿佛他们又受到了一大堆狮子包围。这些偌大、惊惶的生命呀！只怕我们的吼声更大。我利用公象一闪神的空当，冲到他屁股后边扯下一块肉。他一吃痛，往前直奔，我追了他一段距离，等他跑远了，立刻与我兄弟会合。

小象的右前膝盖被咬伤了。黑兄弟正与一头母象对峙。其他母象虽然在不远处，但都不敢靠过来。我再次从后方袭击母象，他则在前方佯攻，逼得母象没办法转身抵御我的攻击。鲜血像小雨般洒在我的头上，甜甜的小雨。母象倒抽口气，惨叫着跑开了。

我们逮住了小象，小象害怕得拉出屎来。我扯着象鼻，黑兄弟爬上小象的背，啃着象颈子。他轻轻发出快乐的哼声，小象则辛苦地喘气。突然间，黑兄弟啃断了小象脖子上的血管。小象像鹈鹕一样发出尖锐难听的单调声音。最初他叫得很响，后来声音渐渐衰弱。我黑兄弟再用力咬出了一个肉洞，那声音再度响亮起来——却很快衰弱下去。我的黑兄弟笑了。我在黑暗中看到他咧着比夜晚更黑的嘴巴，我也笑了。他思考怎么啃掉小象。随着他扎下越来越深的洞，小象的叫声由高到低由低到高起伏了好几次。最后，他狠狠咬断小象的颈骨，小象的头一弹，往上仰，细微谦卑地叫着。接着我听见成年象大声咆哮——地面猛烈起伏，我凭本能全力跳开。一个巨大黑影，横扫巨大的鼻子，在我跳开的同时重重撞上我们。

我回过神来，已经满嘴鲜血。我只觉得五脏六腑还在震动，可以在身体里清楚感觉到内脏的形状。它们像是好几只正在受苦的野兽；母象被我杀得身受重伤，带着断腿逃走了；我吐掉嘴巴里的象肉和鲜血，只希望里头没自己的血。我发现自己的肌肉硬得轧轧作响。我害怕了。虽然我不必害怕，可是露出的牙齿怎样都收不回来。

我寻找我的黑兄弟。这次轮到他消失在黑夜中。我呼喊他。我第一次喊他喊得这么凶狠。

他的鼻孔喷气。"走开。要不我杀你。"我看见一个黑色的影子摇摇颤颤浮动在另一个黑影上面，他奋力用两只前脚从小象的尸体上爬起来。一瞬间，我明白他完了。我咽了一口口水，不再靠近他。因为他还有能力撕碎我的喉咙，而且他会。我既痛又累，打算隔一段距离待在他的旁边。但我几乎刚趴下来就昏迷了。

我好像听到黑兄弟附在我的耳边说话。他望了太阳一眼，他在笑。"太阳，每天都要见到太阳。浑蛋。"他跟我说，"不过就是太阳，浑蛋。"他舔舔自己的唇，然后舔舔我的耳朵。我醒的时候，太阳快升到头顶了。黑兄弟死了。他是狮子，所以死的时候选择伏在猎物身上；小象的头瘪了，一只眼睛颜色黯淡，望向地面，另一只被挤出来，粉红色的脑汁流到地上；黑兄弟的脊椎拦腰折断，骨头突出，经过撞击后下半身变成凄惨怪异的形状。他死得像一只虫子。

一只兀鹰降落在他们前面。他不解地侧着头。不晓得为什么狮子和大象会这样死亡。他缓缓绕行尸体一圈，终于搞懂了。原来他们都是美味的食物。于是他开始进食前的聒噪。

把黑兄弟和小象留给一群兀鹰以后，我就像现在这样走着。走了一天、两天，慢慢不清楚自己走了几天。我饿，尤其渴。像现在这样。只不过现在的我更习惯折磨。我想也许是我老了。

那时我需要一个狮群。所有狮子都需要狮群，否则容易饿死。没有狮群合作很难抓到东西吃，没得吃就衰弱，衰弱便更吃不到东西。世界一直用这种方式对待我们。这个道理古老、简单，连小狮子都知道。然而我想说的是，吃草的动物没办法懂。因为他们只要低下头就可以吃到草了。不过他们倒真的需要聚在一起。吃草的动物需要群聚的理由是——他们都相信除了自己以外，总有别的倒霉家伙会被我们逮到。

我记得那时我从一只半狮子瘦成一只狮子。但我依然强。我饿得看着自己的两只前脚，都能想象自己的肉的味道。又过了几天，我找到了一个狮群。

那只为首的公狮子双眼一对上我的双眼，他就害怕了。他的眼神不再有公狮子的沉着与专横。他忍耐着，不想在打斗前夹着尾巴。我冲过去咬他一口。他看到我满口白森森的大牙齿，有点困惑地也尝试咬我一口。可惜我先咬到他。好像啃碎了很硬的骨头。他原本的小嘴巴变得好大，但他痛得一声不吭。他半身是血，走了几步，歪歪扭扭倒在地上。

公狮子一死，所有的母狮牙齿暴露，她们紧张，不断嘶吼，她们愿意为了小狮子们和我一搏。但这没有必要，因为我已经证明了我是比较好的狮子，我的后代自然也是。我累得不想打赢她们，反正她们属于我。接下来我只需要杀死所有小狮子，让母狮子伤心一阵子——她们会了解我杀死小狮子是对的；如果她们不能了解，她们一定会忘掉。

但没有一件事比杀死小狮子更让我记忆深刻。之后，每当我又饿又渴，我就回想我怎么杀死他们，那么渴与饿好像变得可以忍耐似的。

小狮子看我穿越愤怒的母狮去杀他们，他们一哄而散。小狮子大多还太小，还在吃奶，没学会吃肉，不可能真的离开母狮。他们全部会死在出生地附近。随着我分别杀死他们，我身上的饥渴、昏沉与狮子血恶心的气味越来越强烈。我宁愿他们有十个父亲，一一被我杀死，或我被他们一一杀死。我不想杀小狮子，可是我杀了。我把他们每一只都当作成年的狮子杀死。

我扑倒一只，扼死三只，咬裂两只，挥掌杀了一对，吓死一只身体特别虚弱的。最后我追着一只最健康最聪明的小狮子。他安静地逃窜，迅速机敏，但我紧盯在后。他终于明白逃不了，于是不逃了。他鼓起勇气转身面对我，做出最凶狠的样子。他不愚蠢，他很勇敢。可是他看到我整排尖锐的大牙齿，他才晓得什么是绝望。他放弃了，表情凭空消失。他说了两个字："浑蛋。"

我吃了这只小狮子。因为他够好，他不值得留给鬣狗、兀鹰；我吃他因为我饿，我的身体痛苦。我以为吃了他可以缓解痛苦。我把他嚼烂，再大口吞下。一吞下，我知道我错了。我的肚子是肉做的，他也是肉。他在我身体里拼命反扑我，我肚子里却没有牙齿可以再对付他。我晕眩难过，好像身体内外长出了腐败的肉，沾满臭掉的血。我觉得我是一只没有翅膀的苍蝇。我的肚子非常鼓胀，却只能干呕。我想，小狮子他懂我，他一进入我的身体就不打算离开了。我强忍痛苦不愿哀号，只好逼自己转移注意力，试着听母狮伤心吼叫；逼自己感觉草原上一发不可收拾的干旱；嗅出风里面无数的新生痛苦的血腥味与死亡痛苦的血腥味，比较两种味道不相同的地方。做这些动作都使我情况好转。但我一注意到太阳，太阳正温暖和煦、惺惺作态地抚摸我的时候，我再也受不了了。所有痛苦像看准我似的，举起一个大巴掌把我打翻。痛苦变得更善变、更凶猛、更恶心、更可耻——我发现所有痛苦其实都是连贯的，永远连贯的，而太阳给我的舒适是不可忍耐的。

我呕吐。疯狂吐了一大堆黏液，吐的都是黏液。吐的量远远超过一只小狮子。我看着太阳，眼睛又被砸下紫黑带金的爪印。当我不由自主抽搐时，我一面笑了。

"太阳，为什么这样对我？"在剧烈的反胃中，小狮子从我嘴巴里走了出来，又乖乖地躺了下去。但我克制地说："我绝对不骂你，太阳。不管你怎样对我，太阳。因为你总是对的，你总是大的，我绝对不骂你。"我累得躺平了。那晚，母狮们提早发情，她们温柔而愤怒地磨蹭我。

我正在休息。一只兀鹰飞下来观察。我打了一个大哈欠，表示我没死。我就算老，但还能在这块旱地抓到一只瞎眼的老刺毛鼠，用他来打一个很小的饱嗝。我不会瞧不起一只瞎眼的老刺毛鼠。能活到今天，他远比影子还擅长躲避光线；在我嘴里，他远比饥饿甜美。我和他进行了一场真真正正又不值一提的决斗。我们照例拿反应对抗反应，智慧对抗智慧，习惯对抗习惯。这只老鼠让我想起我的父亲。我的父亲到后来也成了一只瞎眼老鼠。

我记得那时候，我已经是草原上许多狮子的父亲了。我尽责保护我的狮群，也驱逐过我的孩子们三次。我的孩子没有我好，但仍是很好的狮子。等孩子都长大了，我会选一个湛蓝的清晨，趁大家还在睡觉，看看我每一个孩子，把所有孩子从梦境中轰起来。

"我要杀了你们！"我咧嘴大叫。往最壮硕的孩子冲过去。他们总是会同时恍然大悟，各自没命地逃跑，在仓促中大声互道最真诚的再见。我相信没有比这个更棒的手足之情了。

在我第四批孩子们刚诞生不久后，我在一个下午看见了我的父亲。首先是母狮提醒我有一只奇怪的公狮子靠近我们的地盘。我一闻就知道是我的父亲。我很惊讶，一直盯着他看，他不再是我记忆中的黑狮。他很瘦，鬃毛掉得差不多了。毛皮是斑驳的老鼠色，好像他生来如此。他的双眼之间不再有光——因为他瞎了。他活像一只肮脏的大老鼠。他嗅了嗅空气，顿一顿，转身走了。

我知道他在草原上寻找我的黑兄弟。他闻得到我，认得我是他的孩子，一分辨出我不是黑兄弟他就走了。他专心找他的影子，却不晓得黑兄弟彻底成了影子。

那天我一言不发前往马赛部落。我没有多想什么。跟我现在怀着决心完全不同。一开始，我只想尝尝马赛人肉的滋味而已。

我花了一个晚上到达村落的边缘。我透过干树枝围成的墙的缝隙，看见马赛人的土房子。我隐隐约约瞧见几个穿得鲜艳的马赛女人正在劳动，三个穿红衣的男人刚走出土房子，有几个小孩子在广场上嬉戏。我不会从入口强行冲进村子，否则我的对手就是所有马赛人了。我想我很难脱身。我也不想惊动他们养的狗，所以我很快离开墙边，到远处的草丛里埋伏着。

村子里走出一对父子。最初，我看不出这对父子的好坏。人的身体比吃草的动物脆弱得多，却能迈开坚定的步伐；人有可能打败狮子，却常常慌张地拔腿逃跑。单纯看一个人，就算知道他多健康，我还是不晓得他是不是强的。除非我能看他怎么杀，或怎么被杀。这不像分辨好的角马或坏的角马，好的野牛或坏的野牛那样，我从没看走眼过。

但一下子我懂了。我遇到的是一对好的马赛父子。父亲年纪跟孩子差了很多，他们却有一样古老的枯木嘴巴，他们的眼里像是住了同一只老鹰。父亲杀了狮子成为男人，儿子一定也有能力做到。我忽然想一次挑战他们两个。

当我从草丛爬起身时，老马赛人先看到我。他愣住了，再很快地显得狡猾——他轻轻拍孩子的肩膀，伸手往另一个方向一指，把孩子引导到别处去。他不打算让孩子看见我。老马赛人一手调整手握长矛的位置，另一手轻按在腰刀上面。他用眼角余光观察我，缓步离开。

我失望了。那个老马赛人远比我想象的更好。他一定杀过很多好狮子，他又多么狠毒，他宁愿他的孩子当个勇敢的孬种，不愿孩子逞孬种的勇敢。老马赛人告诉我，马赛人不是我的对手；我的父亲告诉我，好的马赛人不比一匹斑马好吃。我对马赛人没有兴趣了。

　　回到狮群，我变成一只普通的狮子；我的父亲则是一只最普通的狮子。他明白好的狮子像人，好的人不过像狮子。他想他只要做一只狮子就好。他也这么做了。他是我看过的最好的狮子。他期待黑兄弟像他一样活着，但黑兄弟没做到。虽然他认为所有土黄色狮子生下来就是土黄色狮子，死了也是土黄色狮子，可是我拒绝了。因为我渴望的不再是狮子。我在等，我想打败太阳。

　　我还看不见大山。也许它藏在远处的几颗石头中，或者被几根枯草挡住。前几年狮群随着食草动物迁移，我曾经远远看过大山。现在，我想爬到它的顶端，像雪一样爬到它的顶端，等太阳经过的时候，我要和太阳狠狠地见个面。

　　但一切还早。走到大山之前，我得先和一群兀鹰见面。让他们看看我，我也瞧瞧他们。他们真喜欢我，我也喜欢他们的诚实与多嘴。我知道我现在看起来很不好。我没有沿着越来越细的河流走，没有待在每天都在缩小的水塘边。通往大山的路上只有干掉的河流，见底的水塘，与一大片没办法看穿的起起伏伏的旱地。一路走来，除了兀鹰，我没碰到其他动物。

我不会因为身体的饥渴、痛苦所以迁怒兀鹰。迁怒是不对的，痛苦是我的，不是他们给我的。他们没有体谅我的必要。相反，我觉得有他们很好。在一定得忍受的痛苦中，孤独是好的，无聊是不好的。兀鹰使我不无聊。

"咿——哈！哈！"他们喜欢这么叫。

"你要去哪？"他们问。我不说话。我欣赏我自己的沉默和兀鹰不得不的沉默。兀鹰不习惯沉默，他们的眼睛咕噜咕噜阴沉地转着，表情真好看。

"去找水吗？"

"你知道什么是水吗？"

"他这么大了，没喝过一滴水——咿——哈！哈！"

"我看见他几根骨头撑着一张皮。"

"瘦得简直跟一只很瘦的狮子一样。"

"大伙对你的遭遇，可说是一半同情，一半欢喜。"

最年老的兀鹰说："这种高尚的情绪，难道不算一种感激？"

"你知不知道你快要断气？"

"你去死吧！"

但我依然强，我想着。虽然我身体差了，可是我明白我能在一瞬间击倒任何动物。什么东西都有脆弱的地方，我能很快地用我的大牙齿找到。

"狮子，透露一点嘛。"他们说，"我们想知道你为什么要去那里？"他们甚至不知道那里是哪里。

我选在太阳差点被打败的日子离开狮群。那天下午，天空干净得没有一片云，野牛们啃着草叶，狮群吃饱了在午睡。自从我确定要打败太阳后，虽然不能直接盯着他看，但我随时都注意他——我发现太阳毫无预兆地变暗了。风在短时间内变了好几次方向。太阳摇摇欲坠，但他没有倒下。他费了一点工夫调整姿势，打败挑战者，以残酷的一击为失败者留下无憾的尊严。

太阳在阴暗后更骄傲了，他这个老东西容光焕发。他的骄傲让我激动。他夸张的表情，使得他的胜利看起来得来容易。

胜利的太阳在所有动物的背上施了更多蛮力。我感觉他的爪子在我的肉里嵌得更深。但草原上的动物浑然不觉，他们依然吃着草，睡他们永远也睡不完的午睡。

我决定走了。我知道我这一刻不走，就不可能走得了。我对小狮子说："吃光你们看到的肉。不仅仅是我留给你们的好肉，最好连一点剩肉、肉渣都不要放过。"我走了。我希望他们愿意骂我浑蛋。

兀鹰成群结队飞下来。像天上降下来的黑水。他们围着我。如果只看他们不看我，我还以为我死了。

"真高兴见到你活着。看来大家还有得辛苦。"

"你没死是该死的错误。"

最老的兀鹰说："你进行的是一种出类拔萃的原地踏步？或者

这是实实在在的执迷不悟？"

"我想他颇有自虐的天分，"一只兀鹰说，"但他不可能不吃
到泥土！"

"好狮子死后总会被啄得稀烂！"

"好兀鹰死前总会摔断颈骨！"

"咿——哈！哈！"他们同声欢叫。

"你是到不了那里的！"

"你前方是走不尽的长路！"

我突然精神抖擞。我站起来从他们中间穿过。他们纷纷让出了
一条路。

我看得出来他们真诚地想带领我。

"你要去的地方在东边。"

"别听他的，你直直走。"

"你走错路了！"

"往左试试看。"

"在更北边。"

"哦，原来你要往东南。"

"事实上有好几个东南方。跟着我才不会走偏。"

"其实没有所谓的东南方。"

"也没所谓的方向。"

"你怎么不问问我们呢？"

"兀鹰，你们有没有吃过死掉的太阳？"我想问这个问题。但我没开口。

我宁愿失掉一只眼睛，被啄掉两只眼睛来换这个答案。但我明白不会有解答的。

时间一点一点过去。脚下的土壤、石头、干草踩起来仍然很有意思。跑在土壤上，得逼自己的脚硬得像石头；走的时候每一步要像干草般轻轻着地。这样才能跑得快，走得远。我很久没跑了。而我走得也够远，远到走每一步身体紧缩得跟跑一样。哦，或许我已经在跑了。

有耐性陪我的兀鹰越来越少。剩下的兀鹰正在讨论我究竟是不会死，还是会死但没啥好吃。他们决定多数决。半数的兀鹰认为我不会死，另一半则认为我干瘦得不值得吃。他们争执不停，于是他们决定再表决一次。这一次，两方各持意见的兀鹰依然一样多。不过完全没有一只兀鹰固执己见。他们全都转而支持他们原先反对的意见。

嘈杂中有兀鹰觉得自己欺骗了自己，他们愤怒地自啄。也有的兀鹰不甘寂寞开始啄邻近的兀鹰。整群兀鹰陷入混乱。

最年老的兀鹰不得不站出来说话。他粗嘎叫了几声。他说："恭喜大家！我们竟然下了这么明智的判断：他不但不会死，而且死了会非常难吃。我估计草原上还有一千万头大象等着我们，我们不该浪费时间在这种长毛的干瘪蜥蜴上面。"

兀鹰们豁然同意了。他们说："一千万头大象！"他们轰轰地拍拍翅膀，飞上天空，在晴空中像一朵冒着雷声的乌云飞走了。

没了兀鹰，周遭变得很静。我真正孤单了。

干草原非常开阔。随我脚步前进，从它枯黄色的边境，透出了一点绿色。那是让人精神一振的薄薄绿色。逐渐地，青草多了些。这些可爱的草从遥远的眼前慢慢地掠过脚旁。我知道附近有水。我看见一块白色石头不疾不徐，毫不间断地高了起来。

我看到几只不是兀鹰的鸟，飞落在一条绿草连成的长带。草丛间有一大一小两头瞪羚，他们低着头。我猜那里有条尚未枯竭的小河。我稍微绕了点路，不想惊动他们，静静地去舔点水。

那水真美。我喝了几口，就不想再喝了。我不渴，一如我不饿。我只想尝一下水的甜味罢了。

离大山越来越近，我真想一口气走到大山顶端，去找我亲爱的太阳。但我的脚告诉我，我还得做一次较长的休息。我趁休息的时候欣赏大山。大山的形状饱满，白色雪峰下面，延伸着它宽宽厚厚的山脊。它棕黑的山腰壮而挺，使它的山顶看起来高耸，很接近天空，也很接近太阳。

休息完了，我继续走着。不晓得走了多久，我才察觉没有更靠近大山，也没离大山更远。

原来我的脚没有移动。

我一个个跟它们说话，它们不肯答。大山离我很近，骄傲的太阳等着我，但我知道我走不动了。它们不再听我的，就像石头一样。我不无悲哀地想着，到不了了。

我抬眼望向太阳。他打败了我。送点爪子到失败者的眼睛里吧！我眼睛张得大大的，我把眼睛送给他杀。

但我惊讶了。我轻易地把他的样子看得一清二楚。他很强，可是他的爪子根本伤不了我。我确定太阳是一只狮子，但他也不是狮子。我懂了，我舔舔嘴唇，我在想。我又看了看太阳。等我不再是狮子，我会和太阳一样强，几乎和太阳一样强——我看见一个修长、有着亮泽皮肤的马赛男孩朝我靠来，他高举长矛，步态轻盈、优美、锋锐。

爆炸之前

陈秋韵

"我们去看大桥爆破吧。"好几天前章力天提议说。"日本桥"爆破，本周日早上八点。为此他早早在网站登记观看爆破，为此我们现在堵在了路上。

新闻里说"日本桥"要爆破了，就是那座连接布鲁克林和皇后区的大桥，二十世纪三十年代建成的考西斯科桥（Kosciuszko Bridge）。好笑的是，叫"日本桥"却和日本全无关系，本是波兰名字，不过念起来像日本读音。最早说起这个典故，是某一次从法拉盛吃完火锅，我们开车回布鲁克林，章力天突发奇想七拐八拐走了这座桥。他学人们对它的发音：ko-SHCH-OO-SH-ko、Kos-kee-OOS-ko、Kos-kee-OSS-ko，不管哪一个，听起来都很像日语。更好笑的是，关于这次爆破多数媒体通稿采用的词语是"巨大震颤"而不是"爆破"，因为后者可能会引起市民的恐慌。

事实上，"日本桥"是广东移民的坊间流行说法，你若是问住

191

在皇后区或者布鲁克林的中国移民，Kosciuszko桥在哪里，他们大多不知道，但他们熟悉"日本桥"这个诨名。这些广东话语境下的家长里短和都市传奇充满了纽约这座城市，铺天盖地的文化挪用，对我来说却比二十世纪六十年代的美国往事还要陌生。

他一大早就起床，从长岛的公寓开车到布鲁克林日落公园我的住处接我，买好了bagel（贝果）和咖啡当作早餐。"先吃，然后看完爆破我们再去饮茶。"跟他在一起后，我知道饮茶是粤语吃早茶的说法。

跟大部分我们在一起度过的周末一样，起床后去饮茶，有时候去法拉盛，有时候去曼哈顿的唐人街，饮完茶去附近的美术馆或者画廊散步，然后通常会去香港超市或食品公司采购食物回我家，以章力天煮饭结束一天。我对做饭没有喜好，也不喜欢逛菜场（哪怕是嬉皮士们热衷的周末有机农夫集市），有段时间辞职后全天在家画画，日常饮食也只是粗暴的一锅乱煮和外卖零食。"我知道，你靠艺术、酒精和油炸食品生活。"他第一次去我家时就这样调侃，然后不知道因为说起了什么发神经地洗掉了我厨房所有的餐具（我们那天甚至根本都没有煮饭）。"没办法我有OCD（强迫症）。"他后来解释。他的家和西服都纤尘不染，但我去他家有时候拥有在沙发上吃薯片的特权。

去我家还因为我不喜欢长岛。他的公寓坐落在一片高档住宅区，隔河是曼哈顿的美好天际线，四周很安静，花园一尘不染，偶尔有中产阶级白人牵着孩子和狗在河边散步。每次去我都感觉曝露在巨大的生活陷阱中。"这也是另一种美国梦"，草地房子孩子狗，"不在郊区而在城里面的那种"，我很刻薄。这跟我破落的日落公园迥然不同，章力天尊重我的居住喜好，但是他无法理解这是一种近乎恋物的选择，他不知道也不关心保罗·奥斯特曾经居住在这附近并且以此为题写了本小说（谢天谢地他的精英通识教育使他对《纽约三部曲》有所耳闻）。

　　"不过布鲁克林很适合你，cuz you are so（因为你是如此）uncivilized。""uncivilized"，不文明的，野蛮的，未开化的，他不知道怎么用中文确切表达这个意思，我也不知道。这是章力天第一次见我时开过的玩笑。讽刺的是，我们正是在一个"美国梦"的"案发现场"，我发小的乔迁party（派对）上认识的，那个屋顶平台耸立在曼哈顿最昂贵的大楼之一上。发小很早留美，现在在律所工作，她的交际圈里几乎都是我成年后没主动接触过的人。那日整晚我都感到兴味索然，在人群中却置身事外般喝了十来个shot（子弹杯）和好几杯old Fashioned（古典鸡尾酒），直到章力天鬼使神差走上来攀谈。我告诉他我正在做的工作是绘本小说，他表示还不认识做这行的人，"Graphic novel（绘本小说）？Is that like Manga（就像日本漫画）？"之后答应跟他出去又是另一桩鬼使神差，那些日子里，我的虚荣心不止一次拷问自己为什么要跟一个suite guy（穿西服套装的人）约会，大概只是因为无聊。而他也一样，我们都在某个时刻企图逃离那个言笑晏晏的顶楼酒会。

我不知道什么是uncivilized（不文明）什么是civilization（文明）。站在曼哈顿中心的高楼酒会放眼望去的就是文明吗？还是走在郊区修剪齐整的高级住区是见证文明？彼时我的生活里，放眼望去都是作品卡在手上卖不掉，挣扎在贫困线连出门喝一杯都不舍得的艺术家朋友，要么是签证问题迟迟解决不下来的"刚下船"（fresh off the boat）的一筹莫展的年轻人。但所有这些人都自认为身处在文明的中心，这一切看起来更像是幻象了。

再熟悉一点后，章力天直接审判说我对生活怀有敌意，他不止一次对此抗议。

"你知道的，这不公平。" 2008年经济危机爆发的时候他刚毕业进华尔街一家证券公司实习，处在飓风中心，亲眼看到许许多多人从美国梦的金字塔尖狠狠摔下。这场风暴给他带来的教育，远超过在常春藤联校里学习的好几年。从业之后的章力天几乎没有遇到过挫折，他对财富没有过分的野心，但是灵巧和小心翼翼使他总是拥有好运气。有时候在日常生活里我还会不经意嗅到他的这种灵巧和小心，在交往了一年多后我依然对此感觉不适应。

我也抗议，辩解我没有，没有对生活怀有敌意——我们约会的第一个周末就一起去了宜家买家居用品，第二个周末就一起去华人超市买了食材。不仅是没有敌意，这简直是带着欢快（无意识地、不情愿地）跟他一起进入生活。这是我第一次在恋爱关系里体验起床就有人准备好早餐：有时候是班尼迪克蛋，更多时候是油泼辣子刀削面。宿醉之后回家不是同样宿醉的另一半也不是冰冷地板空房间而是毛巾和热茶。有时候章力天问我："我会让你觉得无聊吗？"我们都知道他在问什么，但我什么都答不上来。朋友们都笑我进入生活里去了。

"It's a trap（这是个陷阱）"，章力天的口头禅。在认识他后我也总这样想他，或者说他给我带来的改变。

跟章力天在一起之前我交往过一个艺术家男朋友，来美国后交往的第一个人，插画家，算是同行，他跟我是一类人，我们对金钱或者现实生活都有种非理性的漫不经心，真正在意的事情在别人看起来又很虚无缥缈。我们一起相处的朋友也大多是这样的人。就算交不起房租也还会倾囊请朋友饮酒。我从前迷恋这样的人，在我看来，他们跟烟花是一种性质的事物，闪亮，浮夸，易碎，徒劳。我很着迷长途跋涉去看烟花这件事情，就跟今天我们去看爆破一样。但生活不会每天都有烟花可以看，世界上也不可能有那么多爆破需要实施，事物因其毁灭性产生的魅力是一码事，随后重建和清场的苦不堪言又是另外一码事。所以我跟插画家男朋友最终分了手。对此章力天的评价（他说是修补建议）是"或许你们应该多一起逛菜场超市"，毋庸置疑他清楚自己对此颇有心得。我没告诉他画家男友不仅不会逛菜场超市，而且看起来可以靠食用药物和空气过活。

章力天父母是二十世纪八十年代从香港移民过来的知识分子，和他其他移民后裔朋友们不同，除了工作场合，他不喜欢用自己的英文名Leon，反而喜欢用"章力天"，这个听起来颇具东亚男性特色的中文名字（想象中应由样貌清秀形似黎明的年轻男明星饰演）。还跟其他移民后裔不同的是，比起曼哈顿或者布鲁克林的中国城，章力天更喜欢法拉盛，这一点让我讶异，就像对他普通话的流利程度一样诧异。

前者原因不言自明，除了犯馋的中国留学生，和不得已流亡此地的异乡人，大约没有人真正喜欢法拉盛。因为这里丝毫没有白人眼里的东方情调（呈现为以二十世纪香港情调为主的街头审美，参见曼哈顿唐人街各种士绅化的高端fusion［融合］假中国餐厅和富有个性的小酒馆），也没有混杂的都市奇情邪典气息（参见赛博朋克影片里出现的美术场景和罗曼·波兰斯基的唐人街以及其他诸如此类的犯罪片），反之，这里平庸无奇，是纽约的一块飞地，与中美城市文明都相隔甚远，是当今中国十八线城市的海外微缩投影，可怜兮兮地承载着全城人民的隐晦鄙夷，又含辛茹苦地给他们提供物美价廉的快乐。跟他大部分爱好流连于士绅化曼哈顿下城区的移民同胞和我喜爱布鲁克林地下文化的朋友们都不同，章力天喜欢拉我在皇后区约会散步。这是他的guilty pleasure（负疚行乐）。

我们第一次约会去了皇后区的野口勇美术馆，我很喜欢的雕塑家，章力天此前并不知道他是谁，但他尝试欣赏那些形态迥异的小玩意。然后就去法拉盛。为此我起初认为他很特别——供职于华尔街证券公司的华裔精英，尽管香港人惯有的勤恳和现实在他身上体现得淋漓尽致（遗传学隔空赋予他的优良文化传承），但业余生活除了出城行山远足、酒庄品酒，竟然是跟约会的女生逛法拉盛，这件事，任谁看起来都有点匪夷所思。

至于后者——可疑的普通话技能，"一定是为了方便泡大陆女生啦。"最开始跟朋友提及他，他们的第一反应都是如此。章力天对此不置可否。总的说来，相比其他的"ABC"（美籍华裔）朋友，章力天跟我不仅直接跳过了中美文化差异的巨大鸿沟，还直接跃过了香港内地经年累月的时代背景差异。对此他的解释是，或许对父母而言，香港是回不去的乡愁，但对他而言，那只是一份无端的想象。这个他三岁以后再没回去过的地方，留在身体里的记忆除了家中客厅里供奉的观音和土地，就只剩讲话偶尔夹带的粤语（而他十八岁以后几乎没再交往过香港女生，粤语已然沦为无效工具）。中国城伊丽莎白街上的德昌食品市场和法拉盛的木兰餐厅才是他的新乡愁。

今天的出行无疑是一次投其所好的约会项目——被误译的名字，文化挪用的活体案例，爆破这种耸动的非日常事件。每一样都非常满足我这颗时刻追求刻奇的心。对于爆破这件事本身，尽管无法理解，章力天隐约知道那是我的人生终极热望，他比我以为的要了解我，对此我时常诧异，随即又对自己的先入为主对他不公平感到内疚不已。

我喜欢突然的不可控的未知力量，就像我充满小型爆炸的失败人生。就像有人罹患性瘾，有人迷恋高纬度岛屿，有人喜欢爆炸。Filippo Minelli，我在车上跟章力天介绍的这位意大利的装置艺术家，非常擅长用化学药剂做五颜六色的烟雾表演。"很漂亮的爆炸。""是吧？"专注开车的章力天似懂非懂地点头。

"说起来还没看过爆破呢。"他看起来像在调整情绪让自己兴奋起来。

"我之前看过一次。"那次"爆破"在2014年的夏天，黄浦江上蔡国强的"白日焰火"项目，是为他体量巨大的装置个展九级浪开幕所做。

我还记得那个潮湿闷热的下午，所在的平面设计工作室在南外滩的一个改造厂房，那是我刚毕业的第一份工作，做一些小的广告和装帧设计。老板从前是精英艺术家，品位优良，管理没有跟上品位，甲方也没太拿这品位当回事，所有人整天都疲惫又暴躁，苦不堪言。我那时已经快辞职出国。

事先所有人都不知道有焰火表演，直到沉闷里骤然响起一串嘈杂。"是蔡国强的装置表演。"有同事说。然后大家都涌向窗边。黄浦江距离公司不近不远，极目眺望依稀可见，印象里午餐时从窗户远望去总是雾气阴霾，当日那座桥依然模糊，盛夏的热气在江面上氤氲作一团，混杂着不明固气混合物（大概是火药），彩色的颗粒在江面上跳舞，我们凭着很低的能见度和想象力围观了一次表演。观众和演出都很用力，像是永远不会结束一样印刻在了那个夏天午后。

这份工作我干了不到两年，在后来的日子里几乎每天都是挣扎着去上班，恨不能立刻离开此地。以至于后来关于那间工作室的记忆，两年的时间被压缩到乏善可陈，只记得工作室的开窗都经过设计，墙体很厚做了改造，像是柯布西耶的朗香教堂（事实上每日上厕所是我唯一能够感受到神性的时光），以及那次模糊难辨的爆破围观，在我后来的记忆里（多少被浪漫化），仿佛成了科塔萨尔《正午的岛屿》的主人公从飞机舷窗里看到了遥远的岛屿，一种近乎神谕的启示，关于不可知和逃离。

"真好，多希望那会儿和你一起在上海啊。"他握着方向盘的手伸一只过来握住我。

章力天在上海短住过一阵子，那段日子他简单概括为"日啖红烧肉小笼包真是开心，而且好便宜啊"。我们每次去中国城的鹿鸣春他都感慨。我看到他在Instagram的照片，关于中国之旅，尽管摄影水准平平，但灵感勃发，令我想起那些二十世纪八十年代去中国旅行的外国摄影师，用一种近乎少见多怪的热情之眼，总是能够捕捉到很有"中国味道"的场景。富有生机，真实自然，每个人都自在笃定得像是"此时此刻无疑是最好的日子"。令我感到神奇的是，三十年后的章力天竟然能奇迹般地在影像里复原——那种近乎虚假的美好旧日时光气息。

"那当然，我是八〇年代男孩嘛。"他自称怀旧，是80s boy。我们一起去古根海姆博物馆看中国当代艺术，我一路冷眼吐槽，不喜欢大部分贩卖意识形态的作品，陈旧又谄媚，但是他很喜欢，尽管对艺术不甚了解。我多么尊重他的宽容（来自外行的），但同时为这种置身事外的同理心感到不可理解。

第二次"看见"蔡国强的作品，是今年春节前夕在纽约。也是一次亦真亦幻的观看，和章力天去MoMA PS1看蔡国强的烟花视频。章力天不知道为什么我们要去看视频而不是真的去人山人海里看东河上的实体烟花表演。但这不影响他对蔡国强有种相见恨晚的亲切感。因为他听说蔡来自泉州后很兴奋："那不就是华表山所在地，摩尼教最后的圣地吗？"我吃惊他中国通到对这个还有研究，也猜想这亲切跟他对法拉盛/普通话的好感如出一辙，一种很微妙的中国。但我告诉他其实蔡更像中国城而不是法拉盛："你知道他的纽约工作室是我最爱的建筑事务所设计的吗？也许是世界上最有名（收费最高昂）的事务所。"

马路上充满了同样兴致高涨的人，以至于我们花了好长的时间停车。停好车后，被人群裹挟着往临时为此搭建的眺望台走。

多年前的新年前夜，我跟当时的男朋友在威尼斯的圣马可广场旁边的小巷里也是这样，被欢欣鼓舞的人群裹挟着涌向河边的广场，等待一场盛大的焰火，那个知名的旅游小城白天除了游客几乎没有本地年轻人，仅有的年轻人当晚悉数出门庆贺。他们在街头喝酒跳舞，跟陌生人问好拥抱，然后一起引颈看那些终将消失在黑夜里的五光十色：存在于食盐中的钠会产生强烈的黄色，铜是蓝色，锂是红色，钡是绿色，钙是橙色。蔡国强正是用这些元素再现他对文明的柔情，当晚每一个在广场的人也许终将会忘记身边人是谁，忘记为什么当时会去到那个知名城市，但一定不会忘记那些划破黑夜的火光和噪音。

　　此时的人群都举止得体，人们羞于在白天拥抱陌生人。除了记者，前来观看的大部分是亚裔，这大部分亚裔里又多是广东人，我有一种去参加章力天家宴的错觉。他们家如果是很大的家庭聚会就会选在粤式酒楼，那种我此前只在港剧或旧电影（美籍华裔导演所拍）里看到过的场景，装潢陈旧浮夸，宾客热情不迭，席间粤语乱飞。此刻章力天的表情也像是在家宴里一样，带着一种对我无来由的、说不清是爱护还是抱歉的情绪（或许是抱歉要让我在一个异质的同胞文化里被暴露被检阅），紧紧揽着我像是要时刻准备给每个人介绍陈列。或许他跟我一样对这样的天伦之乐感到一丝魔幻，那种所有二代移民都会感到的魔幻。但每次看到这样的他，都会让我不能够相信他曾经是个叛逆离家的青少年（像他其他的美国青少年朋友一样），是从华尔街中产酒会逃离的街头浪子（像我那些反感资本和主流的嬉皮士朋友一样），而又是返回深深顺从伦理秩序、笃信"一家人要整整齐齐"的广东儿子，立志要把伴侣带入生活的认真男人。

　　旁边的美国小男孩在孜孜不倦地问妈妈关于大桥的事情：为什么要炸掉它呢因为负荷太重不能再使用啦；为什么叫"日本桥"呢这里又不是日本街因为这个桥的发音像是日语啦；那我们到底什么

时候才可以去日本旅行啊去年夏天就说要去的好啦宝贝希望顺利的话圣诞节就可以成行啦。

不知怎的，在人群里站立着的我开始感到一阵晕眩，突然觉得所有事情都是美好误会：西人们何以能够无障碍地欣赏蔡国强有关东方美学的况味，他们会天然对东亚和日本有一些热情的向往（以至于发明出了一个专门的词Weeaboo来形容"精神日本人"），章力天这个几乎没在中国完整生活过的香港人热衷于饮广东早茶和逛中国城超市，而我一个fresh off the boat的纽约过客兴致高涨来围观一座历史大桥的爆破。一切都看起来再正常不过，但都像是误读。

这种误读也日渐充满我们关系的方方面面，并且开始不再那么美好。于我，逛超市煮食物（依然不可避免地夹杂了高级公寓屋顶party、远足和酒庄）的共同生活乐趣在日渐消散，我怀念布鲁克林的rave party（狂欢派对），也怀念跟朋友在仓库和街头乐作一团的混乱生活。我看得出章力天的努力，他已经跟我一道看了许许多多五花八门的展览和艺术电影，知晓了许许多多不必要的艺术理论流派知识，用他的话说："像是在做一期甲方是艺术机构的咨询业务。"他许久没有再说我uncivilized，或许关于civilization他也已经没有答案。不知道为什么，在今天的爆破面前我又想起来这个带有调情意味的评价。文明是什么，眼前就有一个文明要在众目睽睽之下被炸毁，但这无关伦理和感伤，只是一次合乎常理的新陈代谢。

章力天给我介绍爆破的部署和原理，精确告诉我"等下有900多个炸药包"，将在三秒钟内实现这场"巨大震颤"。在他讲出"三秒钟"的时候，我恍惚感觉那是一种修辞。我一度暗忖跟天真的左派艺术家约会或许多多少少给他带来了一些影响，那种虚无缥缈的无用的浪漫，就像我其实经常打心底里感激他让我体会到了真实生活的温度，在我的艺术家朋友们被真实生活的长枪短炮打得缴械投降败下阵来时，我知道我（自私地）暂时拥有了一个避难所。

　　州长还是什么人讲完话，然后大家一起屏气等待那个时刻的到来。

　　今天的章力天话很少。我笑他正襟危坐。又想起来他告诉过我，自己其实是EMO boy in suit at Wall Street（华尔街上穿西服套装的情绪硬核男孩），再小点的时候看飞机起飞都会热泪盈眶，"难道你不会吗？可你不觉得那真的是人类工业文明的结晶吗？"又绘声绘色地给我讲喷气式飞机在空中写字的动人场景，已经成为一种热门的付费浪漫，他们的一个客户就用来给女友求婚（瞬间不动人），我给他说我很喜欢的一个作家也在一本书里写过喷气机写诗，我知道他可能没空看但这本书的名字叫作《遥远的星辰》。

　　我忘了那是什么语境下他说出来的话了。此时我站在这个EMO男孩的身旁，思索着他是不是真的像他说的那么情绪化——一旦我将分手这件事说出口，思索着下一次再遇到看飞机起飞也会热泪盈眶的男生（该男生还喜欢逛菜场）会是什么时候（我可真是醉心于向别人求救的自私自利王八蛋啊），又厌恶自己为什么临到此刻还再度把章力天符号化。

总是这样，这两年来的生活像是别扭的生态圈实验（我单方面宣布实验失败），我先入为主地跳进一个圈，再把他放进一个圈。我们各自在两个圈内冲着对方跳舞，我们是各自生活里的异数。而他一直聪慧谦逊、宽容好学，像此刻一样，始终紧紧牵着我的手，全然不知道我内心这阴暗傲慢的界定。

像是为了等待拥堵在路上的人群，爆破已经延迟到十一点，倒计时开始，几乎是一瞬间，沿着大桥布置的爆炸装置随着一声巨响，引爆了桥梁支撑的垂直桥墩，上面的钢结构坠入哈德逊河，掉到河面铺设的橙色浮标上，随即桥面和桥墩结构直接落入河中，爆炸产生的黑色浓烟和蘑菇云腾空而起。紧接着现场人群的兴奋尖叫声直冲上来。我疑心自己是不是听到了一声"bravo（好啊）"。

人们从各地跋涉而来就是为了看这一瞬间，和在场的所有人一样，我的感动和着刻奇心在这一刻升腾起来，多么庆幸分开之前还可以跟章力天一起看这件小小的盛事——地球上备受瞩目的城市里，一座发音始终没被正视的大桥，这跟圣马可广场的烟花一样；不同的是，白天无可避免地压制住了人们的兴奋，然而大桥最终轰然倒塌的那一瞬间，所有人还是不自禁转头跟身边的人拥抱起来。

文明是什么？我记得每一次走在布鲁克林大桥上的内心震颤，

走在法拉盛凌乱肮脏的街头，也记得走在西格拉姆大厦楼下的微风拂面，这个城市的文明都来自粗莽的开垦者和好奇的外国人，而今我们观看的这一次送别也是，纪念为战争而死的波兰士兵而建的大桥，后来成为美国华人口中的"日本桥"，他们当中的很多人终其一生没有去过日本，符号跟符号在时间的洪流里面迎来送去，我脑袋里的意象和情绪在打架，2014年黄浦江上的那次焰火表演又浮现上来。蔡国强在后来的访谈里说希望用白天焰火的形式传递伤感的气氛，表达对严峻环境问题的思索。我曾经将它看成一个神谕，一些东西在烟雾里爆炸消散，一些东西在余烬里复活重生，而眼前的境况也一样，新的大桥即将落成，引领人们通往新的方向。

"你知道'逃逸线'吗？德勒兹很喜欢用的哲学概念。"早上在来的路上我问章力天，事实上这个问题见面的第一晚我就想问他，我有点遗憾，要是能够早一些说出来，会不会今天的情形就不一样。或者我们今天都不会一起站在这里。

在《千座高原》中德勒兹定义区分了三种类型的"线"：坚硬线、柔软线和逃逸线。坚硬线是指二元对立所建构的僵化常态，比方说人在坚硬线的控制下，就会循规蹈矩地完成人生的一个个阶段；柔软线则指分子线，搅乱了线性和常态，没有目的和意向；逃逸线完全脱离质量线，由破裂到断裂，主体则在难以控制的流变多样中成为碎片。跟很多人一样，我相信逃逸线是通往自由的唯一路径，但无疑也最未知最危险。

我伏在章力天的怀里，心里忍不住遐想是不是下一秒就要告诉他分开的请求，空气里爆破的余烬看起来气若游丝，能够感觉到他胸前有什么东西在颤动，啊这个为飞机起飞而热泪盈眶的男孩，我心想他不应当被我的幼稚和情绪化所伤害，更何况是在节日般的今天，脑袋里的东西又开始打架。该怎么向他解释这看起来无端的决定呢——就因为大桥爆炸，我心里有什么东西也灰飞烟灭了吗？还是因为那些我自己都一知半解的狗屁哲学概念，就要把生活翻个底朝天？

人群渐渐散去，运输桥体的车队也渐行渐远，我们好似一动不动地站了好久。直到听到耳朵旁有声音凑上来，这声音对我说："不要走，不要爆炸。"他不知什么时候从兜里掏出一枚戒指，我抬眼环顾四周确信自己不在法国餐厅也不在私人海滩，但眼前的景象让我目瞪口呆——跟被迫黯淡的白日焰火不同，无辜的金刚石在正午的阳光下格外璀璨。

游　园

林砚秋

　　姐夫和姐姐开车来接她。南方的四月，差三分钟下午两点，天以一种惯犯般的姿态阴着。空气里的湿意欲望般向外膨胀，涨一寸也冷一寸，粘在皮肤上，让她觉得有点肮脏。方故一个人站在树下等车，过了好一会儿才感觉到有雨垂坠着开始往下滴，一辆陌生的白色轿车停下来，向她鸣笛。随后副驾驶座的车窗往下摇了一半，姐姐从车里露出半张脸，问她怎么没有带伞。

　　姐夫把车往一条找不到停车位的老街上开，让姐姐带她去试衣服。一路上，除了刚上车时的招呼和姐夫问姐姐还有什么东西需要买以外，没有人说话。方故靠左侧的车门坐，一方细窄的车窗，外面淌着雨，里面粘着雾。车载收音机也关着，只有雨刮还在忠实地劳作，隔着一块前窗玻璃持之以恒地发出很细小的声音。方故坐在后座偷看姐姐的侧脸，姐姐还是最简单的短发，只不过从前发尾染过的那一段已经完全剪掉。面上不笑的时候表情近乎严厉，笑起来却又闪着善于忍耐的温和。少女时代囫囵消逝以后的十多年里，她便一直如此。

因为没有化妆，姐姐的脸色显得不太好，再看一眼就能发现，她坐着的时候小腹微微凸出来一块，不算太过明显，但也无所掩饰。

四个月。方故想，原来就已经能被看出来了。

下车的时候方故看到远处的矮山，卡在地平线的缝隙上，几块冷调的绿，像一片灰天上被水晕开的淡青色污渍，很美丽的刺青。一时半会找不到车位停车，于是她和姐姐一起先上了楼。租赁婚纱的地方在一栋居民楼内部，一进门一片珠光闪闪的白，掺着几点火烫的艳红，全是婚纱，靠墙两排立式衣架上都挂满了。姐姐和老板娘打了招呼，说带人来试伴娘服。于是老板娘的助手把试衣间的帘子通通拉上，又从一个袋子里挖出一件珠灰色的纱裙给方故让她试穿。方故太瘦，最初预定的伴娘服有点大，云雾似的罩在身上，像画皮。姐姐让老板娘换了一件改小过的，后腰又把抽带系到最紧，这才算是勉强刚好。裙子出人意料地漂亮。

"果然还是要来试一下。"姐姐脸上带了点笑，仿佛有点高兴地对方故说，"我们俩差不多高，我还以为中号会正好，幸好今天还是来试了一下，不然等到明天才发现不合适就麻烦了。"

那笑里闪烁着一点恍惚的真心，她不知道是不是她自以为是的误读。她们身高相差四五厘米，如果一定要说，那其实也不算是"差不多高"。但这没有什么。方故一时间想起从前她和方何去逛街，那时候方何还小，旧街也还未改造，一整条巷子上都是服装店。她们有的是时间，挨个逛下来，哆嗦着从烈日下扎进玻璃门后面的冷气中，交换着喝同一杯颜色鲜艳的果味汽水，为了躲开导购员要一起藏在同一个狭窄的试衣间里，同时一件衣服也不买。这些竟然已经是六七年之前的事情了，那个时候她们一样都穿最小码。虽然这也没有什么。

姐姐伸手去摸方故的腰："太瘦了。"

方故对着镜子看看姐姐的肚子，也慢慢笑起来。

如果今天来试衣服的是方何，原来那件就应该会刚好，她穿中号。方故心里这样想。方何小她四岁，穿衣服却要比她大一码，因为喜欢运动所以身材匀称，虽然不算太漂亮，却依旧很讨人喜欢，也不会像她那样，不爱说话，瘦得仿佛要化在冷风里。

谁都喜欢方何。或者说谁都最喜欢方何。承认这一点并不是难事，方故学习了很多年，已经能够在自以为的退让中获得某种胜利般的平和。方何比方故小，然而方家两姐妹当中，方故才是体弱多病的那一个。方故喜静，如果可以，绝不主动讲话，在家和爸妈的交流也不算太多，参加家庭聚会的时候总安安静静在一旁坐着，偶尔吃两口菜，仿佛对什么都没有热情——纵使所有人知道她只是胃口不好。方故小的时候就挑食，这个毛病一直没有改过来，因此到现在肠胃都不是很好，每次体检血糖血压的指数都不达标，换季的时候感冒发烧都能连绵两个礼拜。方何却和她相反，她出生的时候方家的条件已经很优裕，从小就营养好，长得高，老师让她参加田径队，每周的运动量都赶得上姐姐方故一学期的运动量。方何的性格也活泼，小麻雀似的，上学放学路上一口气讲个不消停，听人讲话的时候总是看着对方眼睛，很认真地笑。虽然方故从小学五年级开始收男孩子情书，但是大家都更乐意和方何一起玩，请方何到家里过生日，班里男生们呼朋引伴看电影的时候，在女生当中首先想到的会是方何。从某种意义上说，生活公平得近乎吝啬。方故承认这一点。

方故一直觉得她们俩的名字取得不好。她叫方故，妹妹叫方何，不认识她们两个的人，总是会因为名字认反。这样取名的原因也很简单——因为妈妈姓何。只是这样一来，两个小孩就仿佛有了不同的归属，第一个孩子属于爸爸，而第二个则属于妈妈，在某种迫不得已的设想之下，分割她们就像分割财产一样简单。两个人的名字也是规划好的，再显而易见不过了，方故心里很清楚，如果他们不是早就想好要有方何，她或许就不会叫方故。

在这一点上她没有也不该有怨言，因为她已被优先选择，早方何四年出生，由此获得了难以撼动的命运。更何况，如果方何不是和她一样也是个女孩子，她或许也就不会叫方何。这样公正的分割不过是因为方故方何于他们而言本质上其实都一样。

她庆幸她们不是双胞胎，她相信方何也曾这样庆幸过，在她抢先一步制造的阴影之下。相差的四年让她得以快速地走到更远处去，既不至于被更多的差异和对比追上，也不至于面临孔融让梨那样心口不一的谦让。方故很小的时候就知道这种念头不正当，但是却像无法摆脱下雨天趾缝间的泥垢那样无法摆脱这一观念的幽灵。

她清楚自己凭借着某种机缘和好运而占到了便宜，没有在一开始便彻底地输掉。因此她应该爱方何，至少应该以她们的父母为范例来爱她。她带方何穿过马路去买冰激凌，给方何辅导功课，中学的暑假两个人一起去家附近的游泳馆游泳，她会把更英俊的那个教练让给方何。她将诸如此类的行为隐秘地定义为年长者应有的美德，并且坚信自己得到了成功，因为从没有人会觉得方家两姐妹之间有嫌隙。十多年来，她做出的忍耐几乎历历在目。

她站在三面落地镜前看背后坐在灰色塑料凳上的姐姐，心情很平静。她谁也不怪。姐姐坐在她身后看着她在镜子面前缓缓地转圈，方故想起小的时候她和母亲一起给方何买做花童要穿的礼服。她也是这样坐在镜子后头，提着购物袋，看小胳膊小腿的方何神气十足地在立式镜面前转来转去，头上戴着仿真花编成的白色发圈，是真的很漂亮可爱，可爱到面对店主的称赞就连方故都觉得很骄傲——为方何感到骄傲。

方故那时候约莫十岁，已经过了能当花童的年龄。

镜子里老板娘给姐姐把主纱、敬酒服和接亲的时候要穿的中式喜服提过来，塞满了两个巨大的黑色袋子。"你脸色不太好，"她对姐姐说，"办一场婚礼太累了。"

姐姐把手握成拳敲了敲后脖子，说，是。

"你让你老公多做一点嘛。"老板娘脸上带着很计较的、仿佛见证过无数对新人的表情说，"让他赶紧过来帮你提婚纱，这么多你们两个人也拿不动。"

"他很快就来了。"姐姐没什么表情地说，脸上的模样几乎有点冷淡，"等下还有东西要买。"

姐姐也不是不开心。方故想，只是因为很辛苦。办一场婚礼太累了。姐姐交了定金，姐夫来了以后他们一起把那两个大袋子提下楼，方故想替姐姐拿，姐姐说不用。他们先送方故回家，然后继续开车去买东西：一把红色的和一把黑色的伞，还有新家的塑料盆。在车上姐夫一直说自己头疼，姐姐问他吃了药没有，他便不再说话，过了一会儿问姐姐要去哪买。姐姐说了一条老街的名字，他沉默了一下，然后说，那里也很难停车。

"我头真的痛死了，"他说，"很累。"

"你妈说让我们记得下午去买的，明天接亲要用。"姐姐偏过头去看他一眼，又扭回头去目视前方，两只手交叠着放在肚子上。一把红色的和一把黑色的伞，做喜事才用的那种。

"现在就要买吗？"

"送完小故就去买吧。"

姐姐以一种判断一切的冷静姿态说道，然后把脊背紧紧贴在皮质车座上，一个教导主任式的坐姿。窗外雨点莹莹的光，破碎地落在她的脸上。

姐姐不是她们亲姐姐，但她的名字也不好。几乎所有人都觉得她名字里的谐音很文雅，方故却第一个想到"人间四月芳菲尽"，一句谶语似的、动人的诗，作为隐喻却太不吉利，总让多疑的人心里发慌。如果一定要讲清楚，那么姐姐得叫方故爸爸表舅。地方话里总是省去"表"字以显得更亲近一点，但方何和方故是心甘情愿的。在家里，方故叫方何为方何，方何则毫不相让地叫她方故，她们默契地相互忍受着对彼此的称谓，以攫取某种转瞬即逝的快意。这对方故来说很好，如果方何叫她姐姐，她叫方何为方何，这种一无所知或许会让她觉得痛苦。

幸好姐姐就是姐姐。

因为方菲在城区没有房子，又因为自小就和方故一家很亲，她和她们一起生活过很长一段时间，这段时间横渡了方故的中学时代。后来方故中学毕业去到遥远的另一座城市念大学，得知姐姐恋爱又失恋，没过多久就从方故家搬了出去，过了一阵子又破镜重圆，两个人拉拉扯扯到现在，姐姐已经三十岁，最后做好决定要结婚。

无论谁听起来，都像一段艰难而令人感动的罗曼史。

方故回到家的时候还没到晚上，但天已经快黑透了，阴云冷着脸往下沉，密不透风地裹住小城潮润的天空。她一进门，就看到母亲一个人坐在飘窗的垫子上，戴着一副样式已经过时了的眼镜，很费劲地在织一件灰色的宽松毛衣。夏天将要到了。整间屋子里都没有点灯，房间昏暗到除了家具灰黑深浅的阴影之外什么也看不清，她一边脱鞋一边摸索着找客厅顶灯开关，下一秒，光亮和安全感夺回对这间屋子的统治。

"试完了吗？衣服好不好看？"母亲问她。

"好看的。"

"有让你自己选吗？"

"没。"她把包扔在沙发上，走到飘窗另一侧坐下，"那里伴娘服都差不多，也是你这个颜色。"她伸出手揉两下绒线团和旁边拆分开来堆成一堆的灰色毛线，又问，"你这件衣服不是之前早就织好了吗？怎么现在又在织？"

"你不要把我线弄乱啦。"母亲用棒针把她的手拨开，"要是哪里打结了就全完了。"

又过了一会儿母亲才说："这是之前要织给方何穿在冬季校服里面的……我前几天打扫卫生的时候才看到，就拿出来拆了，织小一码给你。"

"如果你不要的话，我就自己穿。"母亲又莫名有点生气地说。

一时间两个人都没有再说话。方故伸出手去摸刚织好的毛衣下摆，绒线很软，虽然看不出昂贵，但是摸起来感觉很舒服。母亲织毛衣的手艺很好，曾经有人愿意花好几千块钱托她织，但她从来都是织着打发时间，很少做毛衣给外人。如果说每个家庭都有几个秘而不宣的信念，那么对于方故来说，家庭的信念就是母亲做的毛衣。她有过一件米黄色菱格纹样的，两侧肩头还缝上了米色的钩针刺绣，母亲说钩的是芍药，很漂亮，举手投足间翩然若飞，她穿了很多年。那是她最喜欢的一件，锦上添花的是，那个样式的毛衣母亲只做了一件。

母亲做毛衣，是很精细讲究的，横竖多少针，领口袖口开多大，前后衣摆留多长，用什么针法什么纹路，要不要配钩针刺绣，在开工之前都要想好问好计算好。自方故到外地念书后那几年，母亲几乎没有什么时间，也没有心情织毛衣，像是戒断那样不去理会这项手艺。方故知道这件事的时候，也并没有太大的胜利感。她想起来，那天收拾冬装的时候她发现那件米色毛衣肩头的刺绣有一处断线，纹路中出现一个不太明显的断口。一般人不会注意，但是破了就是破了。

明明无所谓，但那一瞬间，她心里觉得很难过。在博取爱意的比赛上方何让了她，也正因此，那种异形的关于胜利的渴欲，同这件衣服一并死去了。从此一文不值。

她忽然想起一件事，问母亲："你那个时候结婚，需要用到一把红色的和一把黑色的伞吗？"

"有啊。"母亲手里的棒针动得飞快，"我们这里接亲的时候都要的，还得专门去那种卖红白事用品的店里去买。"

"哦。"她说。

晚上父亲会来开车送她去乡下姐姐家，她要在那住一夜，方便明天一早在那等着接亲。母亲让她早点收拾好自己要用的东西带过去。她磨磨蹭蹭站起身，拖着拖鞋慢吞吞走到房间门口，突然转过身半靠着门框问：

"那结婚是不是很累？"

母亲抬起头看她，两根棒针一并拢在左手，右手推了推微微有点下滑的眼镜。从客厅到房间那段走廊没有开灯，方故扶着门框隔着一段淡薄的阴影望向母亲，一片光明中母亲仿佛很轻微地笑了一下。

"或许吧，"带着一点莫名其妙的，不知道是对谁的同情与平静，母亲很温和地说，"我都记不太清了。"

然后她又一次低下头，继续专心地摆弄她手上的棒针和毛衣。

父亲把车开到乡下的时候，已经是晚上十一点多了。透过楼下大门上方的玻璃窗，方故看见姐姐家还亮着灯。爸爸把她送到就走了，姐姐没有下楼来接她，正一个人关在房间里，给姐夫打电话。电话里说来说去无非就是明天那几件事。几点接亲，彩礼拿的什么，红包准备多少。姐姐把电话开了外放，又把声音调到最小，见方故推门进来，用眼神示意她把门关好。

两个人又说了一阵，声音都已经显得很疲惫，而明天化妆师五点多就要来给姐姐化妆。姐姐在电话里小声嘱咐姐夫记得吃止头疼的药，又最后清点了一遍明天要带的红包金额和数量。方故去洗手间简单洗漱了一下，换了睡衣回来，姐姐这才挂了电话，靠在床头茫茫然地发呆，从背后望着她一点点往脸上涂各种东西。一切仿佛终于各就各位。

方非的房间很旧了，好几年没有在这里住了，房间里乱七八糟什么东西都有。积了灰的电脑主机和键盘，开封后用了一半的不知名护肤品，梳齿断了一半的木梳子，通通堆放在一起。床上床单和被套也是不配套的，床头的塑料薄膜甚至都没有撕，上面也覆着薄薄的一层灰。生活大概就是如此，但那塑料薄膜上的灰就像电话里反复提到的红包金额数一样，向方故，向方菲和姐夫，向双方家长甚至整场婚礼的看客残忍地重复这一点。

他们谈了七年不温不火的恋爱。从各个角度来说，无论是最重要的家境、工作，还是稍微次要一点的学历、年龄，方菲都并不像理想中那样的令人满意。男方家长有段时间极力阻挠，或许两个人都没有一部好的罗曼史里应有的毅力，几年前他们分了一次手。一个不算秘密的秘密是，在那之前他们有过一个孩子，后来分手了，孩子也没了。知道这件事的人并不多，纵使他们并非有意隐瞒，但也终究拿不上台面。后来他们凭借着社交平台重建了联系，生活开始变得有些不清不楚，然而彼此之间没有人做到让这件事真正过去——一直到两个人的年龄都已经拖到不能再拖。然而结局却像众人喜闻乐见的"三俗"小说：男方家全款买了房子，半年前装修完，方菲又怀了孕，和他领证之前就已经搬到他家去住了。

知情人都说失而复得，称赞方菲命好，也有毅力，守得云开见月明。忍耐是方菲身上最恒久的品质，中学时代为期三四年的牙齿矫正、三千米长跑，以及拮据的、令人难堪的家庭，在毫无希望的黑天中，她能做的、擅长做的只有等待。然而这一切是经由忍耐获得的最终胜利吗？方故不知道。方菲竟然最终嫁给了他，获得了前所未有的胜利，这是方故从未想过的。从前方何一直叫嚷着一定要当方菲的伴娘，全家人被吵得受不了，每一次都用做做样子的答应来应付她。在这样的对话中方故从不插话，只冷眼旁观，一来是她从来不会像方何那样幼稚地争取，二来她其实也并不相信方菲能够真正在婚姻生活中获得什么像样的幸福。方菲会吗？母亲告诉她的关于他们恋情的传闻里，亲戚、朋友同母亲议论的时候，随着姐姐年龄增长逢年过节必然遭遇的催婚玩笑中，多得是方何这样的小孩子根本不会理解的东西。

然而如今方菲做到了。方故这才猛然发觉，她从前看到的如今仍然是一团又一团难以言明的迷雾。

所有人都尽量诚恳地说，这段婚姻是方菲高攀了男方家。每次听见这样的话，作为局外人方故都觉得很难受。她想起家里的亲戚给母亲打电话提到姐姐，说姐姐傻，男方要买车，她把她所有的积蓄都拿了出来，勉勉强强凑了一半。

"直接说自己没有这么多就好，她也太憨了，没钱就让她老公买便宜点的车嘛。小孩生了，月嫂、人情多得是地方要用钱，她以后拿什么？"

母亲站在窗口接电话，过了一会儿才说，是吧，她婆家很厉害的。

很多事情方故不明白，她至此才惊觉自己不明白。很难承认，但是真正的成人世界至今仍将她拒之门外，方故是最幸运的那种温室花朵，很多疲惫的难言的浪潮，从未真正漫染到她的身上。有两个场景幽灵似的在她心中挥之不去：一次是她第一次见到那个男人，某个已经模糊的夏夜，方何、方故和母亲从超市回来，拐过十字路口的拐角，就看到了前面走在一起的两个人。那时候方何年纪尚小，正是最顽劣的时候，刻意在背后响亮地叫了一下方菲的名字，于是方故便看到那个男人迅速地将方菲的手放开了。他没有转身。倒是方菲偏过头来，紧张地朝她们看了一眼，飞快地笑了一下，大意是在同她们打招呼。另一次就是昨天，天上下着雨，他单手搭在新车方向盘上，很疲倦地皱着眉，反复说自己太累。这一切都不够公正。方故不是方何，她理应是对这一切更加了解的那个人，然而她却没法像方何那样简单地做出祝福。真的有什么幸福不幸福吗？

方故低着头把脖子上的项链摘下来。这是方菲去年送她的生日礼物，很流行的一个款式，价格对方菲来说不算便宜。方故的生日礼物方菲每年都会送，没有一次错过，方故去外地念书以后，每年生日那天都一定会准时收到快递。她想起有一次她和一个朋友聊天说到这个项链牌子，那个朋友无意间问她，说"这个牌子现在有很多假货很不好认，你这是柜台买的吗？"

那一刻她心底勃然大怒，这种滚热的愤怒在她每次听到有人说姐姐高攀的时候都要被迫重温一次。但好与坏这样的事，从来都不是人情世故中有效的砝码，她度过的每一个生日，同姐姐一起长大的中学时代，到头来只是她一个人珍而重之的私情。

当她听姐姐说要结婚，第一感觉是惊愕。"我要结婚了。"她听见姐姐报出日期，声音很清晰，仿佛有点高兴，但又不像是那个意思，仿佛磕磕绊绊终于走上一段坦途。那一瞬间她感到某种抗拒，她没想过方菲最终能够得到值得珍重的选择。如果是方何，她或许会简单地为方菲感到高兴，方何一直都是家里的小孩子。但是方故知道方菲得到的远不及旁人想象的那样多。为了这一刻，方菲做出了一些她们不理解的牺牲。世俗眼光里头的胜利是一种难为他人言的辩证法，方故从前以为，她借先行的那四年在方何之前占据了高地，没想到姐姐走得更远。

她们谁都没有办法：无论她们曾生活在一起多少年，姐姐谈婚论嫁的时候，方故依旧只不过是她亲戚中的一个旁支，关系再怎么亲密，条件再怎么优裕，也无法让方故在婚娶的博弈当中显得更有分量，更值得珍重一些。两朵浪花分别拍向不同的堤岸，说某某在某某的生命中很重要，大多数时候，这都只是一句大而无当的空话。

姐姐又呆坐了一会儿，然后回过神来说："早点睡吧！明天还要很早起来。"她刚准备伸手去关灯，忽然又收回手往方故这边坐过来一点，发现了什么似的。

"这是什么？"

她的手指触到了方故肩胛上的一小块皮肤。

一个刺青。图案是一只笔画简洁的小羊，线条纤细，模样很羸弱，文在后颈更靠下一点的位置。方故下意识地缩了缩脖子躲了一下，姐姐愣了愣，没说话，只默默把手抽了回来。

一家人里，方何才是属羊的那一个。

她们并排躺在黑暗里，一开始没有人说话。房间的窗户开在临河的一头，暮春初夏的夜里，此时此刻，能听见很细碎的虫鸣，清脆坚韧的，一声又一声。她们沉默着躺了很长一会儿，然后方菲听见方故忽然很轻地说：

"我之前都不知道。"

"不知道"后面的话，其实是什么都可以。如果是方何，她会想问吗？方故不曾计算过，但是这个假设支撑她横渡很多困惑，替她做出决断。有的时候，她也会羡慕方何的真率。

方菲没有说话。她不知道该说什么，在黑暗中紧紧闭上了眼睛。

方故在黑暗中跪坐起来，把一只手轻轻地放到方菲的肚子上，问她："疼吗？"

"一点点吧。"方菲仔细想了想，然后诚实地说。

她把方故的手拉住，方故的手心里有汗，手指上有写字的茧。方菲也问她："那你那个呢？会不会很疼？"

方故说："不算太疼。"

过了一会儿，她又说："其实我那段时间，一直很怕方何要跟我打电话。"

那时候她时常觉得和方何无话可说，说什么都是无用功，只会持之以恒地让她伤心。她躲在一个遥远的城市，在电话挂断以后为她和方何共同的不幸痛哭。她后来也明白，她不愿意面对方何，或许是难以忍受自己的置身事外。然而，让年纪轻轻就躺在病床上的方何听她讲那些花团锦簇，这本身就是一种令人难以忍受的邪恶。她总觉得方何或许会恨她，她应该也值得被恨，恨她活蹦乱跳地中学毕业去了方何最想去的城市念大学，恨她不用每天吃药、打针、躺在床上，恨她在两个人的较量中不知不觉大获全胜。更何况这种胜利全是凭借着运气。更好的运气。

方故同样也相信，有人且必然会有人比她和方何更亲密，但是她其实也没有太多真正的、难以替代的朋友。在大学里她和室友保持着和善且疏离的关系，大部分时间都独来独往，和同院系一个男生短暂地建立过为期两周的恋爱关系，随后又毫无由头地迅速分开，原因是那个男生认为方故从始至终都只是在忍受。那时方何坚持每个星期给她打两次电话，她无意间把恋爱又分手的事告诉方何，方何问她真的喜欢他吗，她不知道如何回答，于是只是不说话。

那两年里方何和她的联系比从前都要密切。起初她也觉得局促与古怪，但是方何病了，她必须照顾方何。很多时候她不知道同方何说什么，往往都是方何兴高采烈地讲，病房里发生一点事都要讲上半天，她尽量掩饰，敷衍地嗯嗯啊啊，脑子里却全是方何生病之前一家人到机场送她，分别前方何给她的那个拥抱。她从未想过方何会真正离开，哪怕她自认为不那样爱方何，但她们之间总还是有感情。方何走的那天她跑到文身店里去让人给她画个小羊，是方何会喜欢的图案，刺在肩胛骨旁边。那过程很漫长，她清楚这是她无能的印记，她要给自己施加火烧火燎的惩罚，以逃避某种成为空话的命运。

那天她一个人走了很远的路回学校，落日从天的这一头烫到那一头，也把她的心烫出一个烟头大小的洞，里面哗啦啦漏出很多往事。她大学一年级那年，方何中考，考得出人意料地坏，给她打电话的时候，和母亲抱在一起，哭得稀里哗啦。没过多久方何病来如山倒，中考反而成了微不足道的挫折。一开始一家人都瞒着方何，母亲打电话给方故，没说几句话就泣不成声，方何却一直富有热情，还在期待什么时候能回学校，比同龄人迟一年上学会不会有点丢脸。后来方何的病情恶化，父母带她出国看医生，把方故一个人留在国内，方故只能背着方何偷偷给父母打电话。在电话里她总是哭，听到母亲哭她也哭，哭完以后母亲对她说，照顾好自己。

这话无比诚恳，也闪烁着实用主义的、残忍的光芒。她一直以来都在尽心竭力这样做，然而如今当她试图多给出一些关切，袖手旁观却成了她的命运。某天方故放学的时候看到天空中的烟，她忽然觉得那烟就是妹妹方何，忽而就不受控地飘远了，地上三两个局外人，焦躁而软弱地踱来踱去。

方故在黑暗中躺下，她看到那件红色的中式喜服搭在床边的椅背上，仿佛在昭示着某种难以名状的胜利，苦尽甘来。

"你这次也是不小心的吗？"又一阵沉默后，她问。

"不小心的。"方菲说。

方故妈妈，方菲的舅妈从前也问过类似的话，那是很久以来她们第一次与彼此交谈，方菲主动给舅妈打电话，告诉她自己怀孕了，可能要结婚。

"还是那个人吗？"舅妈问。

"还是那个人。"方菲说。

舅妈没有再说话，她同样知道怀孕不会是方菲应有的砝码。如果怀孕能够成功逼他娶她，那么他们早就结婚了，这不过是一种天真的肖想。方菲那时心里却很平静，把手轻轻放在那时尚未显怀的小腹上。几年前发生过的事早已给出证据，从前她没有以此获得的东西，如今也不可能再一次拿它作为借力。人在同一处不应该跌倒两次，虽然她并不是那样有心计的人，而这两次都只能算是方菲的无心之举。

他们之间并没有情爱的雷霆万钧之力，更像是一种安全的交付，一种温情的救助——她已经三十岁了。这种及时比任何一件事都让她觉得感激。如果一定要说她靠什么胜出，靠的是两个人的逃避和怠惰，是牵扯多年的熟稔和因此不再需要别人的执着，也是彼此之间默契的忍耐，以及她心底坚忍的对挣脱旧有生活的渴望。忍耐有一种伟大的强力，这种强力让她等到了可能是她此生唯一一次的好运。在家庭的结构当中，很少有谅解，更多的是妥协。从前他们为了结婚的事吵过很多次架，他受不了双向的折磨做了妥协，于是他们分手，她一个人去做流产，眼看着就要再去同陌生人相亲。复合以后他们几乎再也不谈这个话题，如今眼看他就要三十五岁，他母亲做了妥协，她和他领了证，搬到他家里去住。他或许也爱她，他曾打过包票说一定会给她一个交代，但从前没有，如今却又自得其所，纵使他站在人生的岸边看到的更多是自身的软弱和无能——他没有办法招架她的步步紧逼，也没有办法应付一个新的陌生的女人，柳暗花明不过生发在蹉跎之间。这究竟是不是因为忍耐得到的馈赠，那些破碎与牺牲究竟是什么，方非自身也说不好，也无所谓。这些都不算什么。三千米跑到终点，片尾字幕终于打出了，即使不问问题，生活也能平平淡淡地继续。

她心里可能知道舅妈想要说什么，但是舅妈最后并没有说，或许是因为她们同样回忆起了从前的失败。

方非没有参加方何的葬礼，那段时间她刚做完手术，还在卧床休息。手术前她已经搬出方家，东西不是她自己去搬的。方故在外地念书，方何病情恶化，家里几乎没有人，她早就想过要搬走，如今正好也不好意思再借住下去，于是也走了。离开其实是一件很简单的事。在家卧床休养的时候听母亲说到方何，她心里甚至有点儿怪诞的庆幸。舅妈失去一个孩子，她也失去一个孩子，这种残忍的共情让她不用亲自面对方何的葬礼，像逃离一个她接不住的谎话。

她心里觉得空。这种空来自某种面对失败的平静，有一点难过，但更多的是茫然。从前她借住在方家，家里为了不打扰已经念中学的方故做功课，就让她和方何睡一个屋子。方何听说她谈了恋爱，很认真地拉着她的手许愿，说"以后你一定要请我当伴娘"。那时候的话只是不成熟的愿望，她们都还觉得离她结婚还有很远，离方何长到可以当伴娘的年龄也还有很远，于是一去数年，她明明什么都还来不及做，结果婚礼也失去了，方何也失去了。她知道自己不配对此谈遗憾，只是慢慢开始觉得，方家的房子如今对她来说有些太空了。

她想起手术前她还住在方家的时候，有一天买了一小捧淡蓝色的绣球花回去。花已经不太新鲜，但依旧足够美丽。她去看方何的时候从来没有买过花，那一次却买了。

家里只有舅妈一个人在，她还是一个人坐在飘窗上，腿上放着棒针、绒线和织到一半的毛衣。客厅飘窗只能打开很小的一条缝，江风从那条缝里盘旋着吹进来，窗外的天空阴沉沉的，暴雨将至。

地上智能扫地机开着，满客厅团团转，在空寂的房间里发出忽远忽近的噪音。这天医生给方何下了病危通知，方菲在舅妈和舅舅打电话的时候听见的，他们没有吵架，但是着急地想要把对方挂断。舅妈说："我还有点事情。"但是放下电话以后她却走到方何的房间，在床边上坐了。床上粉白色方格的棉布四件套，还是中考以后方何为了高中住宿挑的。后来用在了她房间里，她却很少有机会睡。

方菲走过去，把绣球花放在矮几上。有几朵原来翻在上面的花蔫巴了，她把花束翻了个面，把那几朵压在了下面。

舅妈眼睛红着。仿佛为了掩饰似的，抢先问她："你们打算结婚了吗？"

她想了想，然后摇摇头。"我约了手术了。"她说。

一声很轻很轻的叹息。她们都觉得此时应该拉住对方的手，仅仅是拉住也会好过一点。她们相信此时此刻她们比任何人都要理解对方。但是没有人动。

"毛衣还是先不要织了吧。"她又说，也没有碰毛衣，但是两个人的目光同时都落到了那一团毛线上。"你太累了。"她解释道。

房间里的光更暗了，她们靠得那么近，也只能勉强看清对方面上的表情。颗粒状的雨开始在玻璃窗上轻轻叩击，有水珠穿过窗缝落在她们之间，那是克服险途之后的归宿。她们没有人去关窗户，但是舅妈开始把沾湿了一部分的棒针和毛线收拾到袋子里去。

"嗯。"方菲听见她这样说，"你舅舅也怪我。"

方菲想说"不是你的错"，又想说"男人根本不明白"，但是最后也没有说。这个没有男性的世界，她们试图告诉对方男人不会理解，但只不过是因为她们也不像自己以为的那样理解男人。关于爱、婚姻和各种东西，她们一旦开始讲述，便面临着温和的、软弱的伤口。但最好她们谁也不责怪。

最后她只是说："算了。夏天要到了。这也没有用。"

"我知道。"舅妈平静地说。

她们没有人再去动那束花，舅妈拎着装着棒针和毛线的袋子回了房间。她则准备出门。经过主卧的时候，她听见房间里很安静，仿佛里面没有人。

第二天方故是被化妆师弄出的动静吵醒的。

小小的卫生间里摆满了各种各样的东西，妆容的步骤多到令人惊诧，仿佛是在维护方菲最后的尊严和仪式感。化完妆以后姐姐同她爸爸吵架，姑父在楼下用本地话嚷嚷得很响，因为他嫌弃姐夫来接亲时的红包给得太小，又嫌弃姐夫开过来接亲的车不够豪华——在女儿结婚这一天的早晨，这些理由简直令人啼笑皆非。

好几个亲戚过来劝，里头也有从前与方菲母亲吵过架笑话过方菲的人，在她大喜的这一天仿佛也有了一点柔软的关照和真情，真心实意地宽慰起她来。方菲化好妆换好大红中式喜服，坐在桌旁吃她母亲做的面条，吃一口就要拿纸巾小心翼翼地擦一下眼泪。眼泪里什么都有，委屈，抑或是从一个家庭到另一个家庭的感伤。

方故坐在房间的角落，看见姐夫进屋把门关上。方菲面对着面条坐着，没有看他，说："没有2200这个数的，最低也都是给5800。不是钱的问题。之前没有商量好，我爸生气了。"

姐夫走到窗边，很用力地把窗打开，低着头看楼下街道上侧卧的黄狗，没说话。

"你先拿过来，等结束了我再拿回去给你。"她又说，"也就是个形式。"

两个人的表情都不是很好，但也没有争吵，一股浓郁的灰色的疲倦，潮水似的同时将他们两个人打倒了。方故偷偷看了眼姐姐，化妆师给她画的眉毛微微下垂，配上她的眼型，不笑的时候便显得愁肠百转。

姐夫只说："我肚子好疼。疼一路了。"

化妆师收拾完东西以后进来，姐夫便出去了。姐姐站起来，化妆师看见她和桌上的碗筷，说"你怎么吃这个呀，眼妆都被面的热气熏花了，我给你补一下。"

于是姐姐最后吃了一口面条，把筷子搁了，去把妆补好。

没有拦门，没有伴娘讨要红包，什么彩头游戏都没有，方故也不知道那场争执最后的结局。只是吉时要到了，穿着衬衫西裤的姐夫走到姐姐房间里来，说"走吧"。于是她就走了。

姐姐穿着中式喜服，姐夫穿着衬衫西裤，一路被媒人撑着伞送上了车，是那把"一定要买"的红色的伞。方故在后面跟着，提着伴娘服的裙摆。有人把鞭炮点着了，于是烟气和响声一同升起来，炸裂的火光中一切都雾蒙蒙的，那些在心底计划的空大的仪式，在下落中迅速皱缩成小小的、尴尬的一个核，跌在地上。最后定睛一看，只能看见一小颗响完的鞭炮，静静躺在尘灰当中。

晚上婚礼的仪式也一切从简。没有给父母敬茶，没有双方家长代表发表感言，那些世情的、俗气而又令人感动的瞬间，被大刀阔斧地删去了，就连新人双方的交杯酒也换成了共饮一高脚杯王老吉。姐姐是一个人走红毯的，姑父不愿意上台，也没有人领着姐姐走这一段路。于是她就一个人走，挺直了背，但是脸上面无表情，方故后来翻看亲戚拍下的照片，知道那是不合时宜的心酸与紧张。方故又一次觉得失望。或许姐姐也没有那样需要有人不知所措地领着她把她交付到另一个不知所措的人手里，又或许，在那些俗气而令人感动的时刻被取消以后，仪式的简陋与失败也依旧会让她感到难过。很多问题没有办法问，面对困惑她只能自顾自猜想。但在那时其实这些都无足轻重。姐姐的妆一直工整而漂亮，穿了婚纱也不会看出肚子，台上新郎新娘看起来是那么般配，以至于交换戒指的那一瞬间，方故还是感到了一阵酸楚的温馨。

她是否长久地等待着这样的温馨灵光一现呢？作为一波三折之后难能的馈赠。很多事情，方故觉得不可思议，但姐姐却仿佛习以为常。方故想起新年时他们两个人一起来家里拜访，姐姐穿着很宽松的运动装，说到婚礼和丈夫，也的确像是很开心，如同这当中没有那些令方故觉得难以忍受的隙缝。很多次方故想问姐姐为什么，但是问题难道一定就有答案吗？小的时候方何也曾问方菲以后会想嫁给什么样的人，方故一直记得她说的是："我不知道。"方故的前男友坚持要同她分手，给的理由也是："你一点也不明白。"于是她至今也仍旧不那样明白。方何离开两年，她终于开始觉得，有的时候，单纯做作一点祝福，仿佛比执着于理解成人世界里她们不曾经历的迷雾，要来得更加简单。

司仪请新娘走上红毯的时候方故在台下跟着，T台太窄，婚纱的裙摆好几次钩到两侧插着的塑料花，要方故手忙脚乱地去解。方故一直陪着姐姐，这一整天她其实没有太多功能性的用处，只是一直安静地陪在姐姐身边，像个漂亮的摆设，也像某种难以言说的勇气来源。方故看着姐姐一个人在台上往前走，很专注地向新郎走去，手里捧着一束很漂亮的塑料花。她想起婚礼开始前，因为婚庆公司忘了把婚礼海报寄过来，姐姐一个人站在酒店门口接待客人，旁边只站着穿着伴娘礼裙的方故。四月的夜晚，气温依旧不算很高，方故坚持把自己的牛仔外套脱了，披在姐姐白色的婚纱外头，姐姐宽大的婚纱裙子下面穿了一双好看的运动鞋。仪式结束后新人到各桌敬酒，方故去宴会厅后台的化妆间拿东西，看到那个负责一整天跟妆的化妆师一个人坐在里面玩手机。方故问她："你不去吃点东西吗？"

"婚礼都一样的。"化妆师说，"过一会儿我就走了。"

怎么会都一样呢？在司仪提前准备好的反复使用的新郎讲话之外，在千篇一律毫无内容的婚礼小视频之外，在婚纱外面穿一件牛仔外套，这是姐姐理所应得的胜利，也是失败之外的慰藉——捧花虽然是塑料的，但是很漂亮。

方故想起中午接亲的时候，媒人一路把他们撑到新家楼下，过了火盆，进了屋，敬了茶，拿了红包，新人一起在主卧里吃汤圆，姐姐没吃两口就放下了，方故看见水煮汤圆里面撒了枸杞和桂花。主卧的床铺了大红色的四件套，上面用金线绣了龙凤鸳鸯和连理枝，姐姐一个人坐着，背对着卧室的门，方故站在旁边，看着窗外淡灰的，笼着阴云的天。这是生命里的又一天，普通的一天，既没有好天，也不算坏天。

后来她在卫生间里接了一个母亲的电话，出去的时候，就看见姐夫也在床沿坐下，把姐姐的肩膀扶了扶。姐姐把头饰一个个拆掉，过了一会儿两个人一齐在大红的被褥上躺倒，眼睛注视着头顶的天花板，在天花板上寻找一个可能的焦点。姐夫说自己还是肚子痛，姐姐的手指在喜服的扣子上逡巡，她没有说话。

主卧外面到处是小孩跑来跑去叫嚷的声音和姐夫一家人招待

亲戚客人的说话声，方故知道此时此刻这些声音都模糊了，也消隐了。没有什么来打扰他们。在降临的生活面前，他们平静地摊开四肢，因此获得了迷雾般的逡巡不前的幸福。

婚礼结束了。方故换下伴娘服，和父亲一起找姐姐一家人告辞。母亲最后还是没有来，方故按照她嘱咐的跟姐姐说，母亲今天有点不舒服，所以来不了。姐姐脸上的表情有点遗憾，但是她还是笑着，把方故的手拉住。有男方的亲戚问旁人方故和姐姐之间的关系，姐姐说："是我妹妹。"就在那时她们四目相对，那一瞬间方故忽然从她的神态当中读懂了：她和方故一样知道方故母亲其实安然无恙。方故发觉自己仿佛又一次重温了多年前的心情——念中学的时候她参加一个话剧比赛拿了第一名，颁奖结束后回到化妆间，却发现自己上台前摘下来放在眼镜盒里的一条镶着碎宝石的项链不翼而飞。那是她16岁生日收到的礼物。那时候母亲告诉她说，总有这样的事。

临行前她们轻轻地抱了一下，姐姐还穿着红色的敬酒服，妆容还是很漂亮，前所未有地漂亮。拥抱的时候姐姐凑在她耳边对她说，伴娘服的衣码，不是故意记错的。

"我不知道怎么跟你说，但是你不要记怪姐姐。"她说。

从前方故一直在寻求一种更为公正的对待，但是如今她意识到，这并不是选择的问题，她也并不比无知懂得更多。又要怎么质疑为什么？很多时候人只能做出简化，像年幼的时候回到家，看见母亲坐在屋子里流眼泪。方故心里想，她谁也不怪。她把姐姐搂住，说："新婚快乐。"

回去的路上她又一次想到母亲，想到母亲坐在飘窗上又开始织毛衣。她也想起今天早晨在接亲返程的路上她们赶吉时，她坐在副驾驶，车窗上贴了一圈香槟玫瑰，还贴着红双喜。车窗右侧的那张红双喜没有贴牢，一路上被风吹动着，发出很细碎的声音。她为此而久久地担心着。一直到后来过了一个红绿灯，车辆发动以后，那张喜字终于完全地被吹落了，在风里打了个卷，随后迅速地消失。她暗自希望永远不会有人发现这件事。

她又想起来，那辆车的反光镜上挂着一个檀木的万字挂饰，那个万字随着晃动而不断翻转着，正面看来是吉祥如意，翻到反面却成了一种暴力的标志。她仍旧时常为之觉得痛苦。这天晚上因为失眠她一个人在房间里走来走去，听见父亲隐约的呼噜声，听见窗外下雨了，雨声淅淅沥沥的，是她暌违已久的缠绵缱绻。母亲在床的另一侧睡得很安稳，她知道如果她不在家，母亲会睡在方何的房间里。

她在雨天想到雨，想到烟云和变成烟云的妹妹方何，也想到母亲和姐姐。方何或许并不曾恨她，更多的时候，方何只是不了解她，而她亦如是。雨把全世界都打湿了，它一直如此。方故觉得自己应该做点什么，但最好还是只是苍白地说："新婚快乐。"她知道这样也很好，这些事情当中没有问题可以问，无论是对谁。于是她们只好等待，一直等待。或许有一天她最终能够明白，又或许，在等待当中，她们有时也能获得心灵的平静。

游园

请你告诉我那是什么样的蓝

徐振辅

　　岛屿发出低沉巨大的笛音，单音起伏，像沉思者的灵魂跳着缓慢而神秘的舞蹈。海风吹起，星座坠落。

　　到核废料储存场时天已经黑透了。我们将机车（摩托车）停妥，熄火，看看没有光的兰屿长的什么样貌。民宿老板娘曾提醒我们这一带风特别大，漆黑如墨的海水往陆地翻滚，浪被锐利岩石击碎。据说附近的礁岸是最容易看到海蛇的地方。核废料场前靠海处，有一支废弃金属管，原先可能是路牌或警告标语，后来只剩管子，上面钻的几枚孔洞，风大的时候，会吹出木吉他的自然泛音那样带有巫术味道的声音。最初听到的时候，仿佛寓意的乐音令人发颤，习惯后就成为实用的方向标志、声音的灯塔，让我们夜里在礁岸四处漫步时，知道入口的方向，知道自己走了多远的距离。

　　关于天空的事，没有光的地方比有光的地方更明亮些。兰屿的夜晚透明如此，你得抬头仰望，很多物事只有这里才看得清楚。如果可能的话，我想请你也站到礁石上——最好是浪来的时候，隐隐约约会感受碎浪飘来水雾的位置，顺着我手指的方向，沿夏银河漂流到兰屿的山头。彼时你会尝到很淡很淡的咸味，头发与衣服在风中摆动成美好的形状，眼睛凝视天空，想象希腊神话为遥远的光点填补骨肉，或者因为流星去得太快而发出一声没有人听见的叹息。

据说古波利尼西亚人，航行于太平洋各岛屿之间，能不依赖地景标识，凭借观望天空，白天靠太阳，夜晚靠天狼（Sirius）与大角（Arcturus）。仅需要这样的信息就行了，星空提醒似的拍拍波利尼西亚人的肩膀，航海者想起了什么，轻轻抬头，地图绘在夜空之上。

不晓得你有没有注意到，沿着银河漂流时会经过天蝎座，据说那里有一座白色岛屿，是达悟族（属高山族）善灵最终的归宿。

风又吹起。九月的笛音有受潮的气味。

年轻人在离开故乡时，并不真的知道要去的是什么地方，岛屿这样的名词就像爱情或美学那样暧昧，不知道会看到什么、想看到什么，然而他仍像期待爱情的少女那样，急于用自己的眼睛与身体去确认一些事情。

离乡那年三十岁，自英国远航至马来群岛，研究采集岛屿上各种与故乡截然不同的动植物。过几年，他从爪哇向东拓展，造访龙目岛时，一定曾因为见到野生的白色葵花凤头鹦鹉而尝到一种心脏紧缩的滋味。更重要的是，根据两个区域鸟种的差异，他意识到自

235

己或许在渡过海峡时，意外进入了另一个世界。年轻人后来在自己的著作《马来群岛》（*The Malay Archipelago*）里有这么一段叙述：

> 越过宽不到二十英里（约32千米）的海峡，我来到龙目岛，期望能再次见到那些鸟。但我一连待了三个月，却连一种也没碰过，反倒是遇到一些迥异的鸟类。

他是1858年时，和达尔文共同在林奈学会发表演化论的杰出生物地理学家——华莱士。那条分隔巴厘岛与龙目岛生物相，往北延伸至婆罗洲（现称加里曼丹岛）与西里伯斯岛（现称苏拉威西岛）之间的海峡，便称为华莱士线。而两地生物差异的原因是海峡够深，纵使冰河时期海水下降，陆棚裸露，岛群两侧各自进行生物交流时，仍存有一条纤细但不会断裂的海，像一场大雨把屋子里外的世界阻隔开来。

后来的日本博物学者鹿野忠雄，在研究中国台湾与菲律宾群岛的生物地理特色之后，延伸了华莱士线忽略的北方岛屿。其中一条切开台湾本岛和兰屿的界限，被称为新华莱士线（鹿野线）。

船行到某个距离，后方台湾本岛与前方未曾见过的兰屿都被吞入灰茫茫的海平线，而我可能正跨越那条隐形的新华莱士线。

在开元港靠岸。我们提着行李下船，陆地还摇晃了一阵子才慢慢坚实。民宿老板开厢型车载我们到野银村的民宿，放好行李。此时已经下午，阳光温柔。我们租机车，沿着环岛公路往南骑去。

沿途一方一方水芋田松散排列，它不如河岸生长致密的甜根子草会用叶片摩挲出声音，或像悬钩子结出刺激视觉与味觉的果实，芋叶总是安静成为溶化在焦点之外的散景。然而你很难忽略在路上打盹的山羊。长方形的瞳孔像是横向的钥匙孔，由于始终不能解开那种眼神，以致感觉永远藏着一些秘密。它们经常飘动着像晒干海藻的胡须，显得若无其事，怀着谜语倒卧在路上，直到机车靠得很近才轻快地跳往山或海的方向。

有位当地朋友说，游客在商店或餐厅里吃到的羊肉或芋头食品，都是台湾本岛来的。当地的芋头通常供应给当地人，而山羊多在祭典才会宰杀。

无妨。若硬要让人在想象或记忆的庞大资料库里给兰屿几个标签，大概不会是芋头或山羊，我会说是达悟与海。

如果你未曾到兰屿或没受过伤的东海岸，我想你会问我关于海的问题。

请原谅我不能告诉你那是什么样的蓝。在兰屿，偶尔会看到足够年长的达悟族人，裸着上身，眼睛经常看着海的方向。他们的肤色通常很深，因为晒了几十年的太阳而足以潜水到阳光微弱的海里，目光泅泳在礁石间寻找摆动尾鳍的浪人鲹，精壮的臂膀随时准备与之搏斗。海是灵魂的供给者与索求者。就像泰雅祖灵栖居在彩虹桥彼端的丰沃森林那样，达悟的祖灵是往海而去的，那是灵魂离弃肉体后会自然飘往的归属之地。

因此我不能告诉你那是什么样的蓝。那颜色溶入太多灵魂，我不具灵魂的语言没有能力指认。自小在台北长大，当城市里学习到零零碎碎的知识，在脑纹中组织成可以自行运作的系统时，就已经无法真正信服石头与竹子会化为岛屿居民的先祖，海上鳞片闪闪发亮的飞鱼群中，会出现一只黑色翅膀的飞鱼神，小小头腔承载要传达给族人的海洋知识。

我想要遗忘自己的名字，带着城市的气味丢进海水任它沉积成化石。当达悟人仰头望向星空，说那是天空的眼睛时，我也想要真的被谁注视着。

那晚，我们因为没有找到海蛇而经常望着天空。

不是海蛇没有出来活动，只是我们的眼睛在黑暗处不如猫那样锐利。夜晚对许多掠食者来说不是休息的时刻。兰屿角鸮"嘟嘟雾——嘟嘟雾——"在森林里交换讯息；偶尔被人类笨拙脚步惊扰起的昆虫，在死亡隐喻的叫声里怀着恐惧飞行；特有的兰屿筒胸竹节虫与兰屿大叶螽斯化成竹枝与叶片，隐身在木麻黄与旋花科植物里；此时球背象鼻虫毫无焦虑地在叶背或者啃食，或者静静栖止。

在中央公路气象站的圆叶血桐发现第一只球背象鼻虫时，好像图鉴里的照片突然爬行起来，时间终于开始流动似的。我感到皮肤发麻，身体像是忍受着突如其来的痛苦或快感。不过那确实是所追求的，就像认真阅读的人总会等到改变心跳的语句那样。

那几天经常飘下温柔得近乎忧郁的雨，不足以改变行程，只会让眼睛不容易完全张开。拍照完毕时，也得小心拭去镜头上的泪珠。

从兰屿大天池下山的下午，天空灰暗的云层才完全散去。黄昏那么干净，我想找一个凉台看夕阳。兰屿的住家前都有凉台，长得像架高的木造凉亭，再用一根切了缺口的粗大木头充作阶梯。有些凉台看起来是给观光客看海用的，有些则是很特别的场域，就像小时候经过一些宗教仪式的场所，母亲说不要靠近那样。那里可能有才捕了大鱼的潜水夫，在夕阳方落的海前面，对另一个人讲述海上发生的故事，同时饮下从杂货店买来的米酒，吃着低等的鱼（男人吃的鱼）。

我一直注意着，然而五天都没有见到凉台上的渔人。

到兰屿唯一的加油站加满油后，安安分分找了港口边适合观光客的凉台坐下。由于风已经很小，此处的浪不再有坚定的方向，此起彼落。每个波浪之上都有更小的波浪，那些更小更不规则的波峰交汇处，就会形成一枚光点。

放眼望去，一座城市在海上，夜晚的街光闪闪发亮。

真想跳下去啊我心想。

但我既不会潜水，皮肤肌肉也太薄。可能的话，真想抓几只龙虾送给女朋友当作礼物。我望着藏匿一切的海，像坐在球场边看比赛的受伤选手，光想起来，手指就会兴奋地发抖。

天黑时我想起小兰屿就在南面的海上，于是极目眺望。或许被岩石阻挡或太黑的缘故，没有找到。小兰屿，Jimagawud，达悟语的意思是暗流骇浪的岛屿，或是恶灵的岛屿。然而我有一天必定会渡水而去，台湾仅存的野生桃红蝴蝶兰就在那座比兰屿小得多的岛上。

返航的船班在下午，我们将五日来最好的早晨阳光保留予蝶。

第一只雄性珠光滑翔过去时，由于巨大的翅翼与太迷人的光泽，我与朋友同时叫出声来。

兰屿特有的珠光凤蝶，是同属中唯一后翅带有物理色的蝶，也就是当角度变换时，原本金黄色的后翅会呈现绿色、紫色，或是带有蓝光的珍珠色泽。

一只珠光凤蝶忽然停栖在海檬果雪白的花上。相机紧握。投掷无数个快门像抛网。唰唰唰唰唰。检视网袋里跳动的大鱼，觉得满意，这是晒在屋子前面会令人羡慕的好鱼。

看到常见的乌鸦凤蝶时，请握好相机，那也是岛屿特有的东西。说特有可能不够准确，毕竟乌鸦凤蝶在本岛就是相当常见的物种，然而兰屿的乌鸦有自己的颜色，翅膀背面的蓝绿色鳞粉发达，形成两道金属色泽的纹路，因此乌鸦凤蝶的兰屿亚种另名曰琉璃带凤蝶。

所谓亚种，仍算同一物种，还有基因交流的可能性，只是通常由于地理隔离，族群无法与外界交流，遂在孤岛之中，物种适应岛屿独特的环境而独立演化。它们逐渐辨认可以吃与不能吃的植物，春天与夏天的差别，什么形状的云表示午后可能会下起大雨。它们开始习惯天空经常透明，习惯离开森林就会看到海的日子。如果觉得今天海上的天气很好，那就飞行得比平常更远一点，只要不飞过新华莱士线就行了。琉璃带凤蝶若与本岛的族群交流的话，翅翼上独特的，熔铸森林与海水的颜色就会黯淡。对族群来说，更多样的基因不是坏事，只是会令拿着相机的手感到惋惜。岛屿是美丽之始，亦比什么都脆弱。

民宿老板娘说年轻一辈的达悟人很多已经不会说达悟语了，说着，她的眼神就像一个温柔的叹息。彼时我打开相机，放大检视照片，由于琉璃带凤蝶翅膀拍得太快，每个细细的鳞粉都留下一段残影，好像正要一起流浪到什么地方似的。此时想起曾经问过一位达悟族创作者关于海的问题，他说，以前渔夫划着拼板船到远方捕鱼，能根据星空辨认返航的方向，就像永远有一个灯塔在那里。现在的渔夫很少有这项技能了。

现在兰屿确实有一座灯塔，只是捕鱼者少了。有些东西总有一天要消失或质变，毕竟捕鱼者都有自己的灵魂。并不是为了保存打造拼板舟的技术，或是证明人类有能力自由潜水捕鱼而生的。

拍完蝴蝶后，我骑车到售价比杂货店便宜一些的农会买了饮料。离开时，门口的中年人向我热情推销整把的飞鱼干，几番犹豫，买了一条带回台北，让家人知道我确实去了兰屿。

下午老板开车送我们到开元港，笑着说以后还要再来。提着行李上船，我在甲板架上脚架，留下来的时候太过兴奋而忘记拍摄的兰屿照片，彼时想起岛屿另一头的核废料储存场前那支面对海洋的笛，会在风吹来的时候，发出迷幻声音指引方向。

你有听到那笛声吗？

小船在太平洋压出一轮一轮的白浪。航行过新华莱士线之后，应该就很难听到那声音了吧。

鸽之舞

李奕樵

这里是生理学实验教室。

我们把锐利的心、锐利的金属跟锐利的示波器图表，平行安放在一起。

安放在宽广的黑色塑胶桌面上。

白兔的洁白绒毛在黑色塑胶桌面上。白兔在它的洁白绒毛里。

（白兔在它的洁白绒毛里。那白兔还算是白兔吗？）

教授不会回答。教授无法回答他听不到的问题。但教授会说："你们啊，不要觉得这是残忍。也不要觉得你们应该学到新的知识。实验的本质不是探险，而是验证。"教授会在这学期里反复地说，说到像一首歌。说到，手术刀、手术剪、止血钳、持针器在方形金属盘里平行排开，像一组乐器，而它们将在我们手中舞动并对话，像是对位音乐在它们工整的巴洛克时期。

我们把锐利的金属交到彼此的手里。有时候，我都会疑惑，我们是不是该在这个时候，凑过去跟身边的人耳语，说："我爱你。"

我爱你。因为爱总能赦免一切。我们必须被赦免。

然而我们总是太过于腼腆而垂眉保持沉默，一如我们在其他应该说出爱的场合。教授如弥赛亚为沉默的我们高唱："（fff.）应当检视的／不只新鲜的假说／越基础如常识／越要去验证（repeat.）。"我们手中的金属歌唱不带言词。众星拱月。

很快的兔心脏。很慢的我。总是因为数不过它们的心跳而紧张。如果心跳快的一方能因为接触更缓慢沉重的心跳而感到安详，该多好。像一只海獭挂在饲育员所持网子下游戏摆荡时的重量。最好像是定音鼓的重量，勃拉姆斯喜欢带旋律的那种。

细长的麻醉针平平插入细长的耳。

（白兔没有意识到自己的洁白绒毛。那白兔还算是白兔吗？）

白兔的四肢被细绳捆往四个角落。

白兔平摊成一座盐湖。哺乳动物在这种时候总柔软得像是液体。

欢迎，欢迎，亲爱的先生女士们。早安。午安。晚安。欢迎来到今天的兔小肠吸收实验。

电剪长鸣，抹去白兔肚腹的细毛。

无论是否乐意，都像是非得待在这里不可。花时间构筑一种想望来淘洗自己，花时间塑造一种恐惧来驱赶自己。

一片森林出现在边境。在蔓延。

你要怎么抵挡一片森林呢？它们看上去是这么缓慢。

在寝室窗边安置一个拳头大的盆栽。以前不懂植物好在哪，现在变得非常渴望。渴望看到鲜绿的茎叶在我的生活空间里。不痛，而且生长。

喜欢非常近距离盯着阳光穿透绿叶组织的样子，它们会在小小的组织间折射出无数小小的红白蓝。有种和风印花的美感，但更繁密立体。

有学过光合作用流程吗？那真是一种无法复述的知识。

我们只能画几个圈，一边是光反应，一边是暗反应。光反应里有氧气的流程跟二氧化碳的流程。看着有能量代币之称的三磷酸腺苷怎么被循环跟非循环的电子传递链吐出来，然后再看那些副产物如二氧化碳如何在卡尔文循环中转换成三碳糖，而那些三碳糖又只有六分之一能脱离循环，剩下的又会被做成五碳糖……每一个环节都是一个诺贝尔奖的分量，都自成一片天地。

要怎么用线性的语言，捕捉同时拥有五六个回旋折叠时空甚至彼此交叠的流程呢？

不，真正理解语言的人不会这么做。

他们宁可画一张图。或者更多张图。

因为森林，常常不想跟任何人说话，最严重的时候，跟自己也不愿意。为了不依赖语言来思考，试着用纸笔来发展各式符号。到最后，那些符号往往都会组成一幅幅像是曼陀罗的繁复图案。但不真像是万德诸佛聚集之处。曼陀罗之所以美，是因为它暗示在繁复的周边围绕下有个单纯的中心。仿佛抵达那个单纯的中心，就能光明普照。

但光合作用如此繁复。

为了逃离语言而画的曼陀罗，往往也不会领人回到一个单纯明亮的，可被语言描述的解答。

"爱是唯一的解药。"而吃迷幻蘑菇的，都说那里没有神。想想这颗星球有那么多早慧顿悟的得道者，骑机车在街头跟同学们打招呼，寻常但圆满。从一九六〇年代开始有那么多啊那么多的得道者，但世界依然未曾改变。就觉得，干脆成为世界好了，都不用改变了。

一位学姐，倚床坐在未来远方，腿上插着一管奶白的 propofol（丙泊酚）。永远凝止。

（我想起父亲曾哀怨地跟我说：你说过想当医生的。我记得你这样说过……）

（好像那是一件让他很寂寞的事。）

Propofol。

没有一片更平静的海。

一个老人，带着一本笔记本跟一支笔。在教室里旁听。

学期刚开始的时候，老人拉开一张椅子，试图找到一个不干扰人的角落。但在生理学实验教室，没有一个角落是不干扰人的，所有空间都是动线都是紧急通道。他坐回桌边，在人数最少的一组。

我们这组。

一般来说实验课是不能旁听的，有人说那是某系许久以前退休的老教授。我们见过教授在匆忙出入的间隙对老人点头致意。

因为更加纯粹所以尚未离去的人啊。怜悯。吟唱。我们衷心。

双手在实验室染血。滴下。上面脑壳内部各种爆破。巨量知识传承的过程偶尔会引诱你摧毁对自己心智的信赖——好像那些信赖只是一种错觉，只是一种观察者谬误。逻辑是不可靠的针线，用来缝起散落一地的认知片段。

偶尔炸到很深处时，就会突然觉得自己可以成为任何人。可以成为任何人，或是一个根基尽毁的废墟，同时是这两种存在。

所以，怎么可能会逃走呢？

要执着。要迷惘。要奋力维护幻象。过去的。未来的。远方的。

不然，森林正在蔓延。

更换解剖刀的刀片。把白兔的肚子打开。执刀的是来交换的女学生。她以一种人类学家式的宽容胸怀对待教室内的庄严气氛。还有在这之下四处奔窜的爱意。

轻轻地将肠子拉出来，让相连的血管跟肠系膜尽量平整。小肠摊开的总长度略长于手臂。

切开小肠的上下端，用 Tyrode（台氏液）灌洗干净。

我们将要做的是六根连着血管、装着不同浓度盐类溶液的透明小香肠。

我们会将这六根透明小香肠塞回白兔的肚子里。静置三十分钟。

再把小香肠里的盐类溶液通通抽出来，测量溶液的体积。

把用剩的白兔肠子塞回去。

可以很仔细地缝合小肠跟腹腔，也可以连结扎肠子的线都不拆，随便塞。

助教会帮这些白兔安乐死。

女交换生举手。

助教穿过窄窄的走道与学生们的背墙小跑过来。

助教："怎么了吗？"

女交换生："如果我们要进行术后照护的话，双重结扎处可以不剪断吗？"

助教："你们有地方可以养吗？"

女交换生："会想办法找。"

助教："（沉吟一下）好啊，反正本来就是提高容错率的手续，你们绑结实一点就好。"

女交换生："好的。"

助教本来转身要离开，突然回头。

助教："张志宏又没来喔。"

我点头。

助教："我本来是他学弟，现在都变成他助教了。"

我旁边的牧："好课值得一修再修。"

助教摇摇头。走了。

以移动指挥棒的规律手势移动持针器。迎合小小缝合针的弧度。我们虔诚缝合。然后我们会问自己缝合的到底是什么。

助教忙着灌注二氧化碳到亚克力箱，怕白兔提早醒来。箱子这时候看起来是那么狭小，二氧化碳法作用在成体白兔上是那么缓慢。

值日生把白色的白兔从黑色的塑胶桌面移往黑色的塑料袋里。

而我们捧着回收场找到的纸箱。装着白兔。在昏暗的教室走廊等雷雨停止。

有幽魂在银亮的雨中行走。

我寝室的人不太喜欢偷养动物的点子。牧寝室的人超恨动物。我寝室的人挺喜欢牧。

"反正以学校实验室的那种烂环境，细菌感染的概率超高啦。能不能撑过一个礼拜都难讲。"牧说。

"那叫你们组上的女生常来看啊。"我的室友们说。

事就这样成了。

脑瘤见到白兔的时候，白兔已经可以四处走动。脑瘤的一只眼睛歪斜得很厉害。脑瘤没在读书，是牧的中学同学，总是特地搭公交车来宿舍找人玩游戏。他用牧的照片登录交友软件，也很有空码字聊天，偶尔有女孩子愿意跟脑瘤见面。牧说，也不知道是谁伤害谁多一点。脑瘤回说："我搞不好还活得没有兔子长，当然要尽量享受社交与社交后的各种可能性啊。"脑瘤偶尔会带一些烟，那时牧寝室门底的缝会被毛巾塞起来。

暴雨后，蚯蚓在人行道上激烈蠕动。脑瘤癫痫发作时在地板上那样激烈地蠕动。我们走来走去，不知道要怎么把它捡起来，放回行道树下那格稀薄的草皮里。它看起来如此光滑。充满生命力。我们把寝室里最柔软的枕头塞到脑瘤头底下，看他激烈蠕动。

这是神经系统的不正常放电。

哦，我爱系统的不正常放电。脑瘤站起来拍拍手机壳上的尘土说，如神子复活。

牧会陪脑瘤去咖啡馆，跟交友软件上的女孩子见面。这真是一种奇妙的策略。"你也修了图啊，看起来也不像本人，虽然我不是本人，但是我也带了本人过来，这样纯度都是50%。跟你聊天的是我的心，但你也可以享受他精实的身体，我只要在旁边见证就可以了。他是个值得信任的好人，就是我善意与诚意的实体象征。我总是想万一我们真的相爱了，我一走，你不就什么都没有了吗？所以我需要他作为我存在的延伸。对啦他是已经有女朋友了，但保有交友空间啊。我的话语如此狂热，就是因为每次动大手术，我都不知道有没有明天。有一定概率是直接挂了，还有一定概率是会让我行动更迟钝一点，更麻木一点，更愚笨一点。后者才让我真的难过，你懂吗？我下一次手术是三个月后。现在就是我最好的时间了。我知道标示与内容物不符让你有点委屈。但我这不是带来了更多的真心吗？"

牧没有太多话能说，只好默默记下来。牧有时会转述给我听，因为我跟牧并不是太亲密的朋友，随时可割可弃。

咖啡馆里一只小猫攀上牧的脚，用它细细的脚爪穿过牧黑长的裤管。短暂地刺痛牧。被尖锐的东西轻触的时候，很难辨别自己是否真的受伤。拿尖锐的东西轻触他人的时候，也很难辨别对方是否真的受伤。任何对温柔的要求都是一种虚妄，牧想。要求温柔是一种天真，我们顶多只能表演成追求温柔的人。我会尽可能地同理你的痛苦。但我并不。我并不。我并不。

我并不真的能做到。

午后的暴雨或多或少能让对话持续下去。雨的气味，还有它美好的噪音。都能将我们从规律日光刻画的时间感中隔离出来。

白兔有段时间看起来挺开心的。没课的上午，我们把它装在纸箱里，带到学校操场，顺便从垃圾场寻找新的纸箱。我喜欢它在操场草地上一路越跳越远，像是可以逃进森林里的样子。

但女交换生呼唤白兔。白兔就会回来。为什么要回来呢？

"你这无辜的小骚货。"女交换生捧起白兔说，看白兔腹部的愈合状况。

我们捧着新纸箱。装着白兔。从舍监眼前大摇大摆走过去。女交换生填写访客登记单。牧今天想帮他女友庆生。牧的女友也常来宿舍玩。他们两人的腰臀比都很性感。虽然我跟牧并没有很熟。但我的室友跟牧关系很不错。张志宏也是牧的室友。所以不邀我对牧来说似乎是很别扭的事。而既然我、张志宏、牧都凑在一起了，不邀女交换生对牧来说似乎也是很别扭的事。牧实在是个过分纤细的人。

我负责占据交谊厅的沙发区，等大家把食物买回来。

旭升没有去买食物，他在宿舍厨房煎蛋。

我其实没有太多话题能跟女交换生聊的。很快我就决定找借口去厨房看状况。

结果张志宏也在那里。厨房太小，我只能站在门口看他们两人，没法帮忙。旭升说，其实他也不需要人帮忙。张志宏说他很无聊。旭升说他想做薄荷煎蛋。旭升说："那你就帮我把薄荷切碎吧。"张志宏拿起菜刀准备切，被旭升阻止了。旭升说："怎么不用砧板？这样菜刀会钝啊。"张志宏说："哦，原来要用喔。"旭升说："难怪实验课没看过你执刀。"张志宏呵呵笑。"没啦你没看我执刀是因为我根本都没去上课啊。"

我回到交谊厅。看女交换生玩白兔。

女交换生盯着白兔说："我后来有问助教，兔小肠术后康复的比例高吗？助教只说有先例。有时候我不能辨别刻意模糊跟保守的差别。如果助教明明就知道术后的希望渺茫，为什么不阻止我呢？他应该有数据啊。即便只是大略印象的比例也好，为什么都不说明白呢？我看起来应该是个明理的人才对啊。"

真是一个缺乏热带忧郁的发言哪。我由衷地感到嫉妒。

鸽之舞

手工披萨。薄荷煎蛋。便利商店烤全鸡。起司马铃薯泥。

然后我们开始玩国王游戏。抽到国王签的人可以要求特定号码进行特定的任务。

我们正好聊到，皮肤的物理感觉接受器跟痛觉、压力、温度感之间的微妙关联。痒觉与痛觉的关系非常微妙，构造上两者非常相似但各自独立，而且痛觉受器的信息可以抑制痒觉信息在脊髓的传导。

脑瘤就说根据他常年来的观察，乳头不可能是人类的敏感带。旭升说"屁啦，乳头的神经纤维密度无论男女都很高。你自己现在用手摸摸看就知道了"。"神经密度高不代表能助兴啊。"脑瘤说，"乳头这个概念根本就不存在在铁血男人的身体意识里。"

国王表示："既然这样，就只能来实验看看了。一号跟四号猜拳，输的去教训脑瘤的乳头。"

"等一下！"牧说，"如果脑瘤知道是异性去碰触他的乳头的话，他一定会兴奋的，实验变因需要控制一下。"

国王表示："那先找东西把脑瘤的眼睛蒙上，大家安静点。"

脑瘤的眼睛被蒙上了。我是一号，牧的女朋友是四号。

国王对脑瘤说："一男一女喔，一男一女。"

"快来给我一个痛快吧！"脑瘤呐喊，掀起自己的上衣，露出肥白的躯体。

我用眼神示意牧的女朋友举手猜拳。

我举手。牧的女朋友举手。我竖出食指跟中指，是剪刀。牧的女朋友竖出的是中指，指甲这一面朝着我。然后中指收回去，换成一根指着我的食指。然后食指又收回去，换成比向脑瘤的拇指。

牧从身后温柔而坚定地抱住她。牧笑着对我摇摇头。

国王说："放心吧，我的子民，王国上下都会守口如瓶。"

脑瘤没有撑过三个月后的手术。他大概至死都是个处男。所以有一个性别暧昧的人碰他的乳头，应该不是一件坏事。我事后是这样回想的。

"说！有没有感觉？"国王霸气质问。

"没有啊！这个人的技术烂死了！我可以要求换人吗？我要求换人！"

"吾王。"牧小声地说，"他的如意算盘应该是两个人中至少有一位是异性。"

"不行喔，"国王对脑瘤笑着说，"这就是你唯一的机会了。"

新任国王下令大家先去盥洗。

回来之后，大家各自说了些故事、真心话之类的东西。虽然要换地方续摊也不是不可以，但是让牧他们俩有独处的时间似乎是更理想的。

牧的女朋友今晚似乎会待在这里过夜。牧的室友们很识相地各自找借口出门了，包括张志宏。张志宏整个晚上都很没存在感。没当过国王，也没被派过任务。

把白兔放回寝室之后，旭升邀女交换生跟我去买鸡排当消夜。张志宏跟了上来。

女交换生轮流跟我们交谈。到张志宏的时候，她问："听说你一直回来这里念书，念了快十年？"

张志宏呵呵笑。

我知道这不是她真正想问的问题。

女交换生："你以前有做过兔小肠实验吗？"

张志宏说"有啊"。

女交换生："你是不是都学过了，所以觉得课程很无趣？才不来上课？"

张志宏："不是，因为做了噩梦。"

女交换生："噩梦？"

对。噩梦。

梦到第一次被退学的时候，我被家里的人逼去工作。我的姐夫在某国经营买卖。梦里的我没有更想做的事，就去那里当我姐夫的助手。当地人很单纯，虽然他们之中的某些人穷到骨子里了，免不了显得贪婪一点，但这样的阶层哪个国家都有，掌握到应对原则之后，并不会太费心。我的英语能力还过得去，工作大抵是文书工作，平常应对的也都是公司内的华人。

梦里待了半年以后，有个认识的朋友说，有不错的口译工作可以介绍给我。难度不高，本来条件是要更有信誉的老手，但是对方太急了，时间就在今天晚上。其他人刚好都排不出时间，我姐夫有提过我，所以才找到我。我答应的话现在可以把首款给我，晚上他会来开车载我到会场。我问他首款是多少，他摇摇头。我说我可以接。他把十张百元钞塞到我手里。绿色的。是美元。他说他信得过我姐夫，就信得过我。

我换上几乎没有穿过的西装，跟舍不得弄脏所以带过去以后根本没穿过的名牌皮鞋。我知道我可能要见到大人物了。八点左右，我听到楼下汽车停靠的声音，没有等到手机铃声响，我就冲下楼。上车以后，朋友说，可以的话，把手机关机。我照做了。我本来以为车会往首都商业圈开。但正好相反。我们前往路灯越来越稀疏的山区。车的避震器跟座椅很糟。我的屁股都痛了。因为没有手机，我不太确定时间，大概开了一个半小时或两小时。最后停在一个看起来荒废了一段时间的度假中心的停车场。

朋友塞了一瓶驱虫喷雾给我。我们走进树林里，朋友在我身后，帮我照亮我脚下的兽径。我的皮鞋让我走得很辛苦，一不小心就会被树根绊倒。空中飘扬的细小蛛丝反复粘上我的脸跟我的西装外套。虽然很闷热，但是为了保持双手的灵活度，我不敢把西装外套脱下来拿在手上。实际上走大概不到十分钟，但我宁可再多忍受一小时的僵硬汽车座椅。

然后我见到灯光。不是建筑物发出的那种灯光。走更近一些，我看清楚了，那是一盏架起来的探照灯。

那是树林里的一小块平地，周围的四五棵高龄榕树正好把阳光与土壤资源压榨干净了，让中间寸草不生。现场只有五个人。一个正在抽烟的木讷男人；一个不特别高，但肌肉精实且背着一把步枪的黝黑的当地人；我跟我朋友；还有一个眼、口、手脚都被胶带层层捆绑的，横放在地上的女孩。那个女孩是个华人。我就是那个女孩的翻译，负责把她说的所有话说给抽烟的木讷男人听。

我的朋友先上去跟那个男人说了些话，看那姿态约莫是在为我们的迟来道歉。男人挥挥手，让一切准备就绪。我的朋友掏出手机横拿着，不知道是录像还是直播。我朋友说，当地语言由他来翻译成英语，有听不懂的英语他也会支援，剩下的部分就要交给我了。

然后捆在那个女孩脸上跟嘴上的胶带被撕下来。探照灯打在那个女孩身上，看得出来她根本看不到其他人的样子。然后她开始说话，她开始求饶。其实她说得太快太凌乱了，很多话我根本没听懂。我试着翻译中文的部分给男人听，不出两句，男人就开始皱眉头。女孩听到我在翻译，就知道我是听得懂中文的人。就一直对我说话。她跟我求救，然后咒骂我。然后再跟我求救，再骂我。

忘记是在过程中哪个阶段，男人透过我要那个女人唱歌。她神智不是很清楚了，只对比较简单的问题有反应。我必须辅助她的思考。流行音乐？茫然。歌手？茫然。我问她住哪里，大概几岁，有没有信仰。她说她上教会。我就要她唱圣歌。她想不起来。我拼命想我这辈子曾经唱过哪些，婚礼的，葬礼的，小时候跟亲戚做礼拜的，把旋律哼给她听。然后她居然真的对其中一些有反应。她就躺在地上，艰难断续地唱起来。

我想这个场景一定存在某种真理吧，只是太复杂了，我需要时间。我突然觉得自己是活不下去的。这里那里都一样，好复杂，好难，好快。事情结束以后，到白天以前，有三个人分别跟我说了一样的话。那男人，我朋友，我姐夫。他们说："做得很好。"但好在哪里？我根本不知道。我的意识陷入漩涡。

"醒来以后，我就决定回学校了。我想给自己多一点时间。"张志宏说。

"结果被退学三次，这样有给到时间吗？"旭升说。

"那是学校的课程进度太快。有些同学觉得学分拿到就好，我不想那样。我不想被说好，合格，结果自己觉得很虚伪。"张志宏说。

张志宏没有要回寝室。买完鸡排后一路走向网咖。

旭升说："妈的，屁话一堆。大学被退学后只能去当兵啦。"

女交换生问："有些人不是有免除兵役的条件吗？"

旭升耸耸肩。

第六天。进寝室前，就听到门里断续传出似人而非人，孩童般的叫声。一开门，便毛骨悚然。寝室里弥漫着死亡的气味。没有人在寝室里，但窗户是开着的。抗生素没有发挥预期中的效果。腹部肿胀外翻的创口残酷展示着我们的缝合技能水平。细菌感染的症状似乎让它神志不清了。

我把白兔跟纸箱捧到宿舍顶楼阳台，像是羞愧的败逃，在水塔旁待了整个晚上。

最后的几个小时，不确定是细菌造成的神经性毒素还是电解质失调，白兔出现角弓反张的症状。双耳紧贴后背，横躺在地上，脖颈夸张欢快地上扬，四足仿佛在草原上奔跑跳跃至最高点那瞬间般伸展开来。像史前洞穴壁画上的动物那样。

星薄无月，我拿着手电筒，每隔几十分钟照看白兔的状况。

晨曦。

随着天空渐层黑蓝紫红，显现亮白，白兔的红眼球不再充血，漆黑一片。

助教大概光看我的眼神就知道发生什么事了。

我跟女交换生捧着纸箱，装着白兔尸体，走向实验动物中心。那里有冰柜可以存放实验动物的遗体，之后会送往校外的焚化炉。

然后我们走进了森林。

我一开始以为这是我的森林。但我立刻发现这其实是女交换生的森林。

"我本来以为在这里会更不一样的……"她说。

我本来很抗拒森林。但实际进来以后，却觉得很轻松。

我们也把白兔掩埋在这里。

靠近学期末的时候，我们做了鸽子大脑、小脑与半规管的摘除实验。动福会的老师们说，我们是做这项实验的最后一届了。

要怎么麻醉一只鸽子呢？就轻轻地，用双手握住它的躯体，连同翅膀一起。鸽子跟其他被选来牺牲的生命一样，很温驯。把禁食一天的鸽子头部塞到浸满乙醚的棉花里。教授以怜爱的目光看着我们。我们内在的不谐和音都已逸散。我们不再渴望传递填满爱的台词。我们平静。

我们平静地掀开手中鸽子的头盖骨，用挖脑勺三两下挖掉粉红色的软软的鸽大脑，或小脑，或半规管。

那个老人，带着一本笔记本跟一支笔。在教室里旁听。但已经有一段时间没有办法提笔写下笔记了。他常会搞混解剖刀跟笔。试着用解剖刀在笔记本上割割划划。耕出细碎纸末，他会皱起眉头，无法理解哪一个环节发生了问题。

摘除小脑后的鸽子，不能栖息，不能翻正，不能伫立，不能自行饮食。有如设计不良的机器人，在笼里不断翻跟斗。往前翻，往后翻，侧向翻。

女交换生问教授："为什么我们要做这项实验呢？"

因为鸽子的体温够高，实验容易成功。教授回答他听到的问题。

后来老人已经没有办法来学校了。

从教授那里问到地址，我、女交换生跟牧一起去疗养院看老人。

在阳光满溢的会客厅，老人面无表情。我们四人围坐一圈，果然无话可说。老人的视线从我跳到女交换生，再跳到牧。最后停留在窗外。

牧的女友很喜欢在做爱时要求牧紧勒她的脖子。牧觉得逐渐习惯应付这种要求的自己，好可怕。欢愉、伤害、温柔，互相交缠勾引。融去界线，好简单。

有一次差点出事，那样子太危险，一不小心就会压迫到颈动脉。

但两周后他们又恢复习惯。不然牧的女友会因为考试压力失眠。

趁着看护离开的时候，女交换生用小塑料汤匙塞了一块指甲大小的哈根达斯冰激凌到老人的嘴里。

老人阖上嘴唇，像是细细品味发生了什么事。然后，无法遏止地开始啜泣。

女交换生在大胆举动之后反而心虚起来，问我，这样应该没关系吧？

我无法辨识老人的情绪是感动或委屈，他望向太远的地方。

我在森林里。

我回答。说，这样很好。

废墟的故事

邓观杰

室友阿蔡告诉我，故事的盗取者必有矫健身手。

第一次听见这句话，我以为他正在说出一种隐喻，一种为他所卷入的抄袭事件而提出的借口。可是当我想起自己眼睁睁地看见室友阿蔡一跃翻上了两人高的围墙，坐在废弃的宿舍围墙上对我伸出手，我意识到那不只是隐喻。

"快上来。"向下伸长手臂的阿蔡对我说。

"天啊，阿蔡，我们到底在干吗？我明早还要考英文，而我还没念。"我伸出了我的手。

关于明天的英文，其实那才是这个故事里最重要的事。因为在研究所延毕的最后一个暑假，我论文快写完才意识到前途茫茫，对于毕业以后的生活毫无头绪，于是我决定要先考个英文再说。毕竟再怎么说，对于未来，有个英文检定总是好的。

于是我上网查报名信息，发现因为自己报名晚，附近的场次全部都已经满了，最近的考场正好就是我在台北的大学母校。真麻烦，当时我一边这样想一边缴了报名费，在脑子里一个一个清点大学同学的近况，想找个还在台北的朋友家借住一晚上。我因而想起了大学室友阿蔡，他似乎到现在都还没有毕业。

室友阿蔡跟我在大学的时候曾经非常要好，那时我刚从马来西亚到台湾，我们刚成年，考上大学以后的时间忽然变得漫长。我们每日狂灌廉价啤酒，吐在房间的地板上，隔天骂骂咧咧地清干净，逃学打电动，去运动，去听激昂的演讲，骑脚踏车在台北的大马路上漫无目的地冲刺。

我还记得，大三的寒假有一次两个人回到宿舍的时候已经忙到快爆掉，却莫名兴起执念，一定要先洗澡才肯睡觉。我们跌跌撞撞地到了宿舍公用澡间，发现澡间只剩下一间，其他都满了。于是我们两个人在门外推挤着，像是抢夺卵子的两尾精子，抢夺唯一的澡间成为宇宙间唯一要务。我们先是猜拳，然后又赖账不认，开始比赛谁脱衣服比较快，结果不分轩轾，两个全身脱光的裸男站在澡间门口摔跤、对骂，僵持不下。

好在那个晚上正好遇上寒流，我们没争几句就冷得受不了，于是决议用最公平的方式：一起洗。同卵双胞胎。我们挤进澡间，隔间很小，连回旋身体的余裕都没有，连开关莲蓬头都一定会碰到对方的身体，当我的手臂擦过阿蔡的身体，阿蔡故意嗲声大喊："啊，杰哥不要这样！""齁，杰哥你都故意摸人家。"

我说："闭嘴啦白痴。"

门外其他等洗澡的人听见我们吵闹的声音，全都聚在我们澡间前面看热闹，他们说："不要在厕所搞这些啊很恶心耶。"

看见门板下停驻的人影憧憧，室友阿蔡像是受到鼓舞一样，他以最尖细的嗓音发出浮夸的声音，然后往前踩一步环抱着我，脚趾触碰到我的脚跟，嵌入。我反手推他回去："滚啦。"

他撞到门板上，再次发出凄厉的呻吟。

门外的人起哄大笑，有人拿出手机往门板下拍。

室友阿蔡受到观众的鼓励以后更加来劲，他说："哦？原来你喜欢粗暴的是不是？"然后他从背后用尽全力环抱我，室友阿蔡比我高大，我无法挣脱。门外的几个人尖叫吹口哨，笑得更欢腾了。我感觉到阿蔡的鼻息喷在我的脸上，我努力想要远离他，挣扎着大叫"滚开啦废物"。阿蔡兀自大喊："有没有感觉，这样有没有感觉？"

和阿蔡有关的记忆，最后留下来的竟都是这些乱七八糟的鸟事。不知道如果阿蔡想起我，会是什么样子的故事。我其实已经很久没有想起阿蔡了，从大三到现在，快七年了吧，那年暑假我们的破宿舍楼在地震以后裂开一道大缝，被鉴定为危楼，校方紧急把学生打散到其他各个宿舍楼去。那时候阿蔡回了老家，宿舍里只有我一个人，我们来不及好好道别就被分开了。当然，偶尔还是会做出要吃个饭、去他老家找他玩之类的空洞约定，但也从来没有认真地实现过。

离开阿蔡以后我意识到前途茫茫，拼死念书，到处跟教授求情，最后低空考上南部的研究所，在出社会之前暂时得到喘息。至于阿蔡，我们分开以后他参加了学校的小说社，迷上了文学，有段时间常常会看到他在脸书上分享自己写了什么小说，得了什么文学奖。一开始我还会在下面留言说"请客啦""强者我同学"之类的话，但我看不懂阿蔡写的东西（那些小说里面的故事不断跳跃，横生枝节，唠唠叨叨地东拉西扯），因此我有时觉得怪怪的，那么熟悉的阿蔡竟然有我那么陌生的样貌。我似乎从来无法进入阿蔡心里更深入之处。

随着现实的亲昵度逐渐消淡，写那些乱闹的留言也越来越显得尴尬。互动减少，算法让我们渐渐漂流到不同的河道上，我之后也不常看他的动态了。我所能投注的情感和记忆似乎有明确的分段，南部的太阳有家乡的气味，过去的事像河水一样迅速流逝，如果不是因为要考英文检定，我大概不会想起阿蔡。

英文检定，必须记得那才是整件事情的目的。我因为阿蔡而想起当时的大学同学，他毕业后留在台北当记者，我想他应该可以让我留宿一晚上。我到社交媒体上敲他，在冗长的寒暄以后切入正题。记者朋友爽快地答应了。然后像某种电视剧般的巧合，他提起阿蔡。

记者朋友问我："对了，阿蔡最近还好吗？"

"阿蔡？"我已经很久没有联系过阿蔡，"我不知道他最近过得怎么样。"

"你没听说他被人告了？"

"被告什么？"

"听说他的小说全部都是抄来的。"

"那么严重？"

"被揭发以后就没有人能联系上他，我本来想跟你打听打听的，毕竟大学的时候你们那么好……"

又是阿蔡。因为记者朋友的话，我觉得我有义务联系阿蔡。然而我对文学一窍不通，大一的语文课以后就没碰过半本课本以外的书，因此我想在接触阿蔡之前应该先把事情梳理开来。我在浏览器上输入阿蔡的名字，非常惊讶地发现阿蔡这几年走得有多远。穿过眼前漫长的"抄袭""陨落""剽窃""疑云"等条目之丛林，往后和阿蔡相连的形容词几乎全都是赞美：三十岁以下最受瞩目的小说家、天才少年、台湾文学明日之星、最会说故事的男人……

我点进和阿蔡有关的书评和专访，照片里的阿蔡和我记忆中的样貌并无二致，他像停留在大学时代一样，头发乱七八糟地纠缠在一起，穿荷叶边的社团服、高中时期的运动短裤。阿蔡虽然邋遢，不过并不让人厌恶。他脸部的棱角刚硬，经常让我想起电影里面颓靡哲学家的样板角色。

某个网络媒体的记者，在阿蔡引起风暴之前写了一篇长长的专访，将他视为下一个文坛之光。我点进去，想要多了解阿蔡一些。那篇专访里面杂糅了不同辈小说家和学者的说法，仔细地描绘出令我陌生的"青年超新星"之崛起。里面提到阿蔡在大四那年加入我们学校的小说社，写出的第一篇作品马上以其复杂奇诡而得到社团成员的一致好评，同年抱回了第一个校园文学奖。奖项像星火点燃阿蔡的创作能量，小说井喷般迸发，"像AI一样，蔡安以令人昏眩的速度生产出无数的故事，并且故事与故事之间从不重复，每每以令人难以置信的方式重铸，发明全新的合金"。阿蔡在短短数年间就写成了近百篇小说，不但横扫各大文学奖，连各样文学社和文艺营里批斗起来互不相让的高傲的青年作家们，阿蔡的作品都逼得他们不得不为之折服。

"蔡安的作品无论从质量还是数量上都为当代小说带来又一次的宇宙大爆炸，故事在他的作品里以星球的尺幅融合、塌缩、引爆，成为经验的黑洞……"专访的字里行间不断流露出对阿蔡的崇拜，我想那位记者大概也曾经对文学怀抱有某种伟大的梦想，或许甚至是从文学系毕业，走投无路后才转入相邻的媒体行业，竟然碰上了这样一个百年难遇的天才。于是我也可以想象当他们发现这个超新星，乃至于整个宇宙都是赝品时，会有多么愤怒。

关于阿蔡的陨落有更多的新闻，那大概是文学界十几年来遇过的最大新闻事件，不同的记者从不同的角度，报道了整件事的始末。一开始是有个文艺营的学员跳出来举报，说阿蔡的新书里，有好几篇故事都源自某届文艺营成果发表会上的学员作品。事情从这里逐渐发酵，越来越多人挺身而出，指出阿蔡不同的小说中似曾相识的影子，网络上有人协力做出详细的比对表，赫然发现阿蔡小说里的故事几乎全部都是抄来的，每一篇都可以溯源到他人的故事上：一小部分是各种文艺营活动和社课中其他学员的故事，其他一大部分是来自"批踢踢"或"低卡"上的帖文。阿蔡像捡破烂的人一样在这些杂乱无章的故事里面翻找，这边拿一段那边摘一截，用几个意象把它们粘起来就当成一篇，改个名字拿去发表。

"这样做是不对的。"我这样对阿蔡说。

"没事的，如果有人抓到我们，你就说听到里面有人呼救，我们闯进废墟是为了救人。紧急状况就不算无故入侵了。"阿蔡对我说，"走吧，你难得回来看我，我带你回去看看。"

"不是，我是为了考英文才来的。"

考英文的前一天晚上我和阿蔡碰面，我们喝酒，在暗夜里翻过宿舍的围墙。阿蔡身手矫健，但我已经喝了不少，脚步开始笨拙，从围墙上跳下时我扑倒在地上，闻到草的气味。

宿舍已经不是我原来认识的样子了，原来停脚踏车和机车的水泥地被杂草撕裂，从缝隙间生出一整片草原，每一步踩下去，鞋底传来的都是水泥瓦砾闷闷的尖刺感，脚底有熟悉的杂草回弹的触感。

阿蔡说："走吧，我带你看一个酷东西。"

我只能跟着他向前走。

没有光，我们只有手机的LED手电，照在凹凸不平的空间里，切出深深的影子。地板不平，这样真的有够容易扭伤脚、有够危险，我想着自己明天被抬进考场的画面，开始有点后悔。我明天要考试了，要考英文，可是我英文本来就不太好，会报考英文是因为他们说英文可能影响到我第一份工作的面试。他们说第一份工作是非常重要的，我已经延毕，履历上本来就不好看，我应该要好好准备明天的英文考试，这样第一份工作才比较稳定，这样以后的生活才会比较稳定，可是我的朋友阿蔡把我拉到废墟里。

我们沿着生锈的楼梯一层一层往上爬。

我用手机照向四周，暗影幢幢，大部分的东西已经被清走了，一些床架和柜子被拉倒在走廊上。我看见门板和墙壁上有大大的涂鸦，地上有旧报纸、啤酒罐和卤味塑料袋一类垃圾燃烧后焦黑的痕迹。显然我们不是宿舍变成废墟以后第一批进来的人，或者说，我不是第一批进来的人。

湿气厚重，所有东西都附上了薄薄的霉，地板的裂缝长出发育良好的杂草，好像我们已经进入热带的草地一样。那里面很暗很安静，耳膜被脚步的回音震得"嗡嗡"作响，像有蝉鸣。

我们踩过不同的垃圾、断掉的树枝和破碎的地砖，我谨慎地选择落脚的位置。但阿蔡像是能在夜中视物一般，熟门熟路地，一步一步走向走廊幽暗的深处，带着我回到我们曾经住过的楼层。

我们停在过去的房间门前，阿蔡握着门把，对我说："后退一点。"

我不知所措地站在门前，不知道自己将要面对什么。

阿蔡旋开门把，身手矫健地向旁边跳开，手上的灯光晃动，我看不清眼前发生的事，只听到有"嘎啦嘣乓"的物品掉落的声音，听来像是铁器与玻璃撞击、闷闷的布料被撕裂、塑料袋被揉捏，杂乱地在空洞的宿舍废墟里面回响。

一阵慌乱之后，阿蔡照着门口，我看见一大堆杂乱的东西从门的后面满溢出来，散落在地板上：灯泡、脚踏车、食物包装、试管、晒衣架……阿蔡踩过那些垃圾般的杂物，走进了昔日的房间。

我跟着进去，完全认不出这是同一个地方。房间从地板到天花板的每寸空间都填满了东西，笔筒、汽车旅馆的火柴盒、直立式熨斗、瑜伽垫、蝴蝶标本盒、打字机、一个装满精酿啤酒和烈酒的大冰箱、便利商店的报纸架、剧场用的大聚光灯、深蹲架（以及一整套杠铃）、饮料店封杯膜的机器、槟榔摊招牌……那些你能想象得到的所有事物，全部层层叠叠地彼此钩缠在一起，被胶带和强力胶粘在墙壁、地板和家具上，统一为一巨大物什，将整个房间填满，自然得好像……好像这些东西是房间自己生出的内核。

我问阿蔡："这些东西到底是怎么出现在我们房间里的？"

"全部都是我干来的。"阿蔡得意地告诉我。

"你偷这些垃圾干吗？"

"我想知道这里塞得下多少东西。"

阿蔡这样自然地边说着，边爬上原来是床的位置，指着粘在原来是晾衣架的位置的新电脑，告诉我这是他写稿的地方。电脑屏幕亮着，我看见阿蔡打开的Word文件窗口后面是"批踢踢"的界面，我皱眉，问他："你又开始偷人家的故事了？"

"我哪里偷了？每一个字都是我自己写的！"

"可是故事是别人的啊，你没有问过别人就把东西拿来当成自己的，那就是偷。"

"读书人的事能算偷吗？你说说看我偷了什么，那些故事里有什么东西不见了？"

"你偷的是别人的生活经验，你不能把别人的经验占为己有。"

"经验要如何被偷？如果经验不能被偷，那我什么也没做错；如果经验可以被偷，那正表示经验并不专属于个人，所有的经验都是公共的经验，什么东西都没有不见，我什么也没做错。所以真正的问题毋宁说是，经验要如何被偷？或者说，我们还剩下什么经验？"

我心里知道不对劲，但我被阿蔡的话和他的动作所迷惑，无法好好地思考回应他的话。说这些话的时候阿蔡的手指飞快地在键盘上跳动，我看见Word文档里面的字符不断冒出，然而却都像乱码一样毫无意义无法阅读。

阿蔡边打边说："就算我真的偷了什么好了，阿杰，故事的盗取者必有矫健身手。他必须在这些无聊的经验的废墟里面日夜翻拣，把那些离婚的故事、抱怨考试的故事、考古题、消失的远古文明、对于厕所要不要加装监视器的争论、政治抹黑、发财的黑手、趁你上班的时候偷偷开门进来的可疑房东、怦然心动的爱情长跑、一堂课只要四千块的美股投资目标选择秘籍、宿舍澡间的大便魔人、泰国森林的都市传说、死亡车祸的行车记录……统统装进小说的容器里面，看见万物之间幽微的连接，用意象和情节加以熔铸黏合，将整个岛屿的经验变成我的经验，写有史以来最长篇的长篇小说。你懂我意思吗阿杰，我要把我们的经验统统都吃下来变成我的故事，我要写的是一本真正的属于我们的伟大的作品。"

阿蔡在角落里挖出一本笔记本，塞给我说让我指教指教。我翻开来，看见里面印满密密麻麻的文字，那些字像是重复塞进同一台印表机（激光打印机）里，全部扭在一起四处跳跃，全无章法，根本就是文字的大乱斗、垃圾场、废墟，我什么鬼都看不出来。

但阿蔡还在我身后紧盯着我，我用力地收拢自己的意识，想要从笔记本里面找出一些意义来回应阿蔡。这时候我感觉到阿蔡从背后贴近，他跟我一起看着笔记上自己写的字，他贴得太过靠近但我忘了回避，他带着酒精味的温热气息喷到我的脸上，我觉得昏眩，然后听见他问："有感觉吗？"

"啊……我不知道……我不太懂得文学……"

阿蔡对我笑，笑容里有似曾相识的熟悉感，我觉得哪里不对劲但是说不出来，他说："不会，你只要跟我说一个故事就好了，我的小说还需要一个侨生的故事。"

意识在废墟里撞击发散，我说："没有，我没有故事，我不会讲故事。而且我明天一早要考英文，我应该回去念书了。"

"好吧。"阿蔡说，"谢谢你来看我。"

那天晚上的结尾，阿蔡带着我一层一层离开废墟。

他一路上意兴阑珊地翻找散落的垃圾。

忽然他说："阿杰，你看看这个。"他从澡间的垃圾里翻出一个装着液体的玻璃瓶，太暗了我们看不清楚里面到底有什么。"是酒精吗？"我问。阿蔡说倒出来看看就知道了。他打开瓶子把里面的液体倒在地板上，它停驻成一个小潭，亮晶晶地反射我们的灯光，它发出强烈的味道，但是闻起来不像酒精。我这样告诉阿蔡，阿蔡说点起来看看就知道了，他从口袋里掏出打火机，点燃那潭精致的静止的液体。

液体沿着边缘缓缓燃烧的时候生出蓝色火焰和浓浓的白烟。"好美。"我说。

阿蔡拿捡来的旧报纸，试图去接住地板上的火焰，火被触碰时跳了起来，从地板上跳到报纸上再跳回到地板上，燃起更璀璨的光，也大概是这时候我们才意识到不对劲。火太大了，开始烧到旁边的垃圾并且不断冒出蓝色烟雾，我担心烟雾警报器会响起来，然后我想起这里是不会有烟雾警报器响起来的。我试图往外走，然而大雾遮蔽了我的眼睛，我闭目，感觉到眼睛里有细小的尖刺，身体闷闷发热并且蒸出了汗液。

然后我在雾里忽然想起了一个故事，故事跟我高中时候一个很好的朋友阿安有关。我已经很久没有想起阿安，但是在浓雾里面我忽然想起她。当时我还在马来西亚的小镇上，镇上因为印度尼西亚的野火而烟霾满布，加上小镇里的洋灰工厂，当时的天空永远是白蒙蒙的，空气闷热得难以呼吸，上课时汗蒸蒸地贴着的薄薄的白色校服，透出肉的颜色。

那天是我的生日，所以我记得很清楚，因为是高三冲刺阶段，为了以后能够考上好的大学，我们每天要留校补习到傍晚。十八岁的第一天傍晚，我和阿安在放学后留下来值日，负责打扫电脑教室。阿安在电脑教室里对我说，生日快乐。我假装很帅那样跟她讲谢谢，我的意思是，装作若无其事地说了句谢谢，不过其实心里爽到要死。阿蔡你懂我的意思吗？心下窃喜。

我不确定那天我们一起值日是巧合，还是卫生组长的故意安排，因为那段时间我和阿安走得比较近一点，平常会一起吃饭一起搭车回家，假日也会约出来一起读书。不过因为阿安是男人婆，我的意思是，阿安总是剪很利落的短发，皮肤黑黑的，因为练篮球所以又高又壮，有时她骂的脏话连我都不敢说出口，整个儿就比我还男人，所以当时没有什么人把我们凑成一对，我们的亲昵以好兄弟为名义。

我家里没有电脑，几乎每天晚上，我们用手机互相传短信到半夜。先是假装要问功课（好在那时候接近最终的大考，功课是真的很多），然后没问几句，就开始讲讲老师的坏话，讲一下心事，讲一下未来。那时候就是因为她，我每天都要去给手机充值话费，连吃饭的零用钱都不够，所以她用手机转钱给我，讲是当作我教她功课的补习费。虽然阿安功课很烂，不过她家里有钱，而且我们是兄弟，我这样说服自己，收下来了。阿蔡你要知道，我们住的地方很保守，那时候这些矫揉造作都是必要的。

所以十八岁的第一天，我听到阿蔡，不是，我是说阿安跟我说，放学之后要给我看一个东西，我很难忍住说不要。所以我们在打扫完的那天晚上，又偷偷闯进电脑教室去了。其实这不是我的主意，因为我一路以来都没有作恶的想象力和能力，我一路以来只是被动，而且又乖乖听话地做别人叫我做的事情。我不是不羡慕那些真正很酷的敢不理学校的人，不过我最多也只敢犯一两条无关紧要的校规，那种真正被禁止的坏事我是没胆做的。

不过十八岁那天阿安说"给你看一个东西"，我就跟着她走了。我们打扫完后故意不锁电脑教室的门，把钥匙还给老师，然后我们在校园外游荡。等到天黑，阿安熟门熟路，她在学校操场后面找到一道比较矮的围墙，先翻了过去，坐在墙壁上对我伸出手，也带着我翻了进去。

我问她怎么知道这种地方，她讲说："你们乖乖仔当然不知道，我们三星仔都从这里翻出学校去。"

因为大考接近，那时候所有体育课早就被取消了，操场的草很久没有剪。热带植物长得很快，一大丛一大丛的杂草，我们低下身体，好像在荒野里面行走一样，每一步踩下去，鞋底传来的都是杂草柔柔回弹的触感，碎石子的尖刺顶住我们娇嫩的脚板。我们在烟雾缭绕的天空下面，安安静静穿过杂草丛，闻到草里面有烧焦的味道，我们溜到电脑教室前，快快地，推挤着开门进去。

不敢开灯，我们在黑暗的教室里歇斯底里地大声笑。

阿安说："你不是讲想要买电脑吗？不要讲兄弟对你不好，今晚这边电脑全部包给你！"我说"谢谢大哥，等以后小弟发达了一定会提携你"。

当时电脑对我来讲是非常非常有魅力的东西啊。因为那时候我们沉迷于一种练习打字的游戏，游戏里你开着一台战车，天上一直有写着字的砖块落下，上面写着灯泡、脚踏车、食物包装、试管、晒衣架之类的英文字，你要快快打出上面的字母才能把它射炸掉。越到后面砖块落下的速度越快，那些没打中的砖块就会堆积在你身旁，最后它们全部落下来，把你淹没，游戏结束。

一开始没玩几分钟就不行了，我打字打不快，巨大的砖头掉落在我的四周，很快就把我淹没在里面，我懊恼地说自己技术不好。阿安说"不是这样的，你要好好去感受那个键盘"。她握着我的手指，把它们放在正确的位置上，我其实被吓到了，但是我装作好像没有事的样子。阿安手指的触感比我想象的要柔软。

又死了几次，阿安说"我示范一次给你看看"，她拉过键盘并且把椅子凑得更近，我闻到她身上一整天没有冲凉的那种汗酸味，有一种讲不出口的感觉。我低头，看见身旁高大的阿安穿着女生校服，胸部的地方微微隆起，我，当时我有一种讲不出口的感觉。

不过游戏开始之后我就完全忘记这些事情了，我从来没有看过那么厉害的技术。阿安的手指好像有自己的大脑一样，它们每一根都飞快地在键盘上跳动，带动着阿安的身体跟着打字节奏轻轻摇动，阿安的眼睛死死看住屏幕，天际线的砖块才刚露出半个符号就被射爆掉，手一滑，一口气消掉五六个砖块，我看到嘴巴都闭不起来。

"太劲了你！太劲了你！"我一直惊叹。

阿安得意地笑，她讲，湿湿碎（没什么大不了的）。

我不知道我们玩了多久，我只记得阿安不停地打字的样子，空洞的声音在黑黑的房间里面"噼噼啪啪"响。我想大概打出一本小说那么多字的时候，阿安讲要不行了，不行了。那时候砖块落下的速度和数量都已经快到不可思议，密集到像墙壁一样，从天上掉下来，上面写着笔筒、汽车旅馆、熨斗、瑜伽垫、蝴蝶标本盒、打字机、精酿啤酒、大冰箱、便利商店、剧场、哑铃……阿安射再快都射不完。

我们情绪激动但又不敢大声，我在阿安耳边小声为她加油，我说多一下就好了，多一下就好，射快一点。不过阿安逐渐顶不住了，她身边堆起高高的断壁残垣，上面全部都写着失败的符号，墙壁越来越高，然后塌陷，阿安被淹没在那座废墟里头，角色摇头晃脑举起白旗，在废墟里面哭出一滴假假的眼泪。

阿安好像刚激烈运动完一样喘着气。

"还是很厉害了。"我发自内心地称赞她。

她说："还好啦，你像我这样不读书就有时间练了。"

阿安让给我玩，但是看过她的表演之后我已经没有心思玩下去，因为我意识到，就算我跟阿安一样苦练出这样的技术，最后的结局还是一样死在那个废墟里面，顶多就撑久一点而已。你懂我的意思吗阿蔡，那是徒劳无功的游戏。所以我开始觉得意兴阑珊了，只是因为不想扫阿安的兴，我盲目地看着出现的文字打字，随意地玩并且随意地死去。

不知道第几次死掉以后，阿安跟我讲："欸，你十八岁了耶。"

"对啊。"

"所以你是不是确定毕业后要去台湾了？"

"嗯，你呢？你有决定好要去哪里了吗？"

"我老豆（爸爸）叫我去爱尔兰。"

"爱尔兰在哪里？"

"其实我也不知道。"

我们用电脑查爱尔兰的位置，然后用地图查爱尔兰和台北的距离，算两个地方的时差。爱尔兰的时间比台北慢了整整七个小时。

"很远啊。"我说。当时我们的世界只有那个烟雾笼罩的小镇，七个小时之前的爱尔兰是难以想象的地方。

阿安说："是啊，以后应该很难见面了。"

她沉默了一阵子，然后说："所以，所以想做什么应该要大胆地去做，不要有遗憾。"

我知道的，其实还没听到这句话之前就知道，我十八岁那年真正的生日礼物不是来玩玩电脑游戏。可是我不敢回应，我不敢确定我和阿安之间的关系，我假装看着眼前的屏幕，看了很久很久，好像要从混乱的游戏里面看出什么逻辑来一样。

阿安靠得更近了，我感觉到她的椅子抵住我的椅子，她问我："你还有没有什么想做又不敢做的事情呢？"我张口想要说出实话，却听到自己说："看咸片啊，你敢不敢？"

阿安在暗中沉默了一段时间，然后她讲："有什么不敢，小处男你自己想看你就讲啊。"

我们打开了浏览器输入关键词。黑暗的房里只有屏幕上发出暗淡的光，照在我和阿安的脸上，我们过分用力地笑闹，说"这个你的菜啊，看不出来，原来你喜欢这种的"。最后我们走到了搜寻页的最深处，寻找集满最多标签的一部影片。

在翻过无数个页面以后，画面忽然开始沉寂黯淡，当影片截图里的人衣服越来越多，我们意识到自己走入了更为隐秘的深处。有人在里面上传了全套的耶鲁大学文学理论开放课程，有人在三万米的深海里拍到直立行走的白影，硬核跑酷，俄国天才小学生讲授量子力学的奥秘，还有大量的大胃王视频，纤瘦的日本女生吃下几个相扑选手食量的食物。

我们小心翼翼地穿过暗流涌动的废矿湖底。

再进去一层，是穿着制服的女高中生，她对镜头洒下迷人微笑，用不沾嘴唇的方式大口吸食拉面，撕咬几根比她手臂还粗大的战斧牛排，然后拿出一整托鸡蛋，不剥壳便放入嘴里，咬碎。当黏稠的蛋液沿着她的嘴角溢出，我们发现状况开始不受控制，她又拿出一水桶的龙虾，一一带壳整只咬碎，吞下，又拿出一只绒毛大象玩偶，艰难地撕咬棉絮，一一吞下，一长串圣诞装饰灯泡，"呼噜呼噜"吸入，咬碎吞下，一条黑色的粗大皮鞭，对镜头挥舞，放嘴里，咬断，用力咀嚼，吞下，然后是皮鞋、长篇小说集、电风扇、脚踏车轮胎、登山背包……

我们再也想不出什么话来讲。我听见阿安越来越沉重的呼吸，阿安身上的气息不断飘进我的鼻腔里。没有开冷气，我觉得浑身发热，从邻国来的烟霾从窗口的缝隙渗入，我身体慢慢出汗，唇干舌燥却不敢吞口水，怕被阿安看见，甚至也不敢看阿安，只能死死看着屏幕里的动作。

女高中生吃完了身旁所有的东西，她站起身来，露出不合理地胀大数倍的肚子，特写，光滑的皮肤上有高低起伏的地形，似乎可以看见内里杂物的凸起角落。镜头拉远，女高中生再次甜笑，嘴上的口红竟然仍完好无缺，她轻轻抚摸肚子，张口说出无声的话。

字幕上打着："都变成我的形状了。"

我听见阿安说："你看这种东西有什么感觉吗？"声音干涩，听起来不像她的声音。

"假得要死。"我听见自己这样讲，声音也听起来不像我的。

"走吧，"我说，"明天还要考英文。"

阿安说"好"。

我们把电脑关掉，删去浏览记录，将椅子恢复原状，关上教室的门，重新穿越操场回到围墙边，翻过去，道别后各自回家。一路上我们几乎都没有讲话，一前一后地走，我走前面而阿安走在后面。回去以后我传信息，告诉阿安谢谢她的生日礼物。阿安说不要客气。

我意识到有什么正在翩然远去。

不，阿蔡，故事到这里还没有结束，这里还可以塞下更多的东西，应该说，高潮要到了要到了。隔天我一边背着英文文法规则一边走到学校，发现学校大门前拉起了黄色封锁线，有警察挡在前门不让人进去。

当天中午新闻就出来了，在我生日的那个晚上，母校发生创校百年以来最大丑闻：有女学生在校园里被杀害，震惊了整个小镇。当时没有人知道究竟发生了什么事，我心里有隐隐的不安，但仍无法预见将会发生的事，老实说，当时我无法抑制地窃喜：模拟考要延后了。

晚间新闻给出了更多的信息，其中一个嫌犯因为不堪良心谴责而自首，成为那个幽暗的事件里唯一回来报信的人。隔天母校上了头条，标题在母校的照片外大大写着"恐怖学校"，记者以没有必要的细腻还原了整个事件的经过。受害者是住在学校附近的女学生，半夜里因为读不下书而独自出门散步，七个同样是学生的嫌犯在围墙边喝烈酒抽烟，将她制服之后带着她翻过了围墙（少年暴徒们身手矫健），一路从操场拖行到学校计算机教室（久未修剪的草坪有明显的行走痕迹），然后撬开了教室的锁头（以极为熟练的手段），还好整以暇地开了冷气（离开前没有关掉），在里面（以不适合对本报读者描述的粗暴方式）加害了女学生。

另一份小报找到了现场第一位目击证人，匿名者心有余悸地描述女学生上身裸露，肚子却不合比例地胀大，乍看之下像是怀孕了，但平滑的肚子上却满布凹凸不平的痕迹……消息出来，受害者的家人坚称女学生并没有身孕，痛斥造谣者污蔑死者声名。

校长被约谈，学校来不及办毕业典礼就迅速地被关闭，我们要应考的学生被打散到邻近的学校去考试。几年后我回家过年，开车经过母校，透过围起来的破败栅栏看见里面已经成了一片乱石累累的荒野。

自此我和阿安再也没有见过面，我也从未向任何人提起这件事。

阿蔡，我说过，我的记忆有明确的分段，过去的事马上像水一样飘然流逝。但我没有说的是，阿蔡，我偶尔，非常偶尔地在我晚上睡不着的时候会忽然想起这件事，然后内心会忽然兴起惶惶的不安。

我从来不对人，包括你，阿蔡，说起这件事，原因是我一直无法理解那些事与事、物与物的关系。一方面来说，我和它们当然一点关系都没有，这里面没有因果，就只是巧合。我们只是刚好在相似的空间、时间、人物和幻想的情节中偶然交合旋即分离，就像星座的运行之于我们的命运。明明什么都没有发生，我凭什么要为此而被迫感受到些什么呢？

所以阿蔡，我决定拒绝这样的感受，我拒绝为其负上责任，拒绝被塞进同一个故事里，拒绝被松散的意象黏合，拒绝与事物成为一体。现在我要别过头去，逃离这里，一如我当时逃离那个烟雾笼罩的小镇，遗忘阿安，一如我遗忘你，将记忆切成明确的分段，让它们如水般流逝，并且努力记得英文单词和十二种时态变化。

我想起明天的英文检定，完蛋了，我还没开始念，不知道现在几点了。

意识沉沉地回来，我听见阿蔡问我："有感觉吗？有感觉吗？"黑暗中有人拍打我的脸。背部躺在尖锐不平的地板上，四肢麻木，钝钝地感觉到有人在触碰我身体各处。眼睛刺痛，我不知道自己是否睁开了眼睛，还是四周暗得什么都看不见，只听见阿蔡不停问我："还好吗？这样有感觉吗？有感觉吗？"

"我不知道……"

我想起有些化学物质燃烧后的烟雾会腐蚀眼球。我担心自己的眼睛会再也看不见，所以我用力地紧闭眼睛，想起明天的英文检定，惨了，我还没开始念，不知道现在几点了。

乡村葬礼

汪月婷

    我外婆家的房子建在二十世纪九十年代，是皖南农村很常见的自建别墅，厨房烧土灶，客厅是水泥地，房间和整个二楼的地面则铺瓷砖，后来又装了空调，楼顶有天台，外墙镶嵌绿色的琉璃瓦。外公外婆住在楼下，二楼就常年空置，门上贴的海报还是赵薇或者刘德华，抽屉里有我妈妈和她兄弟姐妹们青少年时遗留下来的几本相册、学英语的教材和一些摆件，好像没人想起来回头好好地整理一番。墙上挂着我舅舅们的结婚照，到现在也已经挂了十几年，他们成人后，其中一个很杰出，相比之下另一个则不顺利一些，不过无论如何也已经不是农民了。总而言之这些东西背后的脉络是简明的，让人很容易想到它们的主人如何读书、工作、组建家庭，最后去县城甚至南京定居。早几年的时候，房间里应该还有一张双人床，收起来之后，整间大屋显得更高更空，只有干燥的稻草和灰尘的气味，那是一种久无人居的小楼里特有的味道。窗户用老式的蓝玻璃，往外看，田野、杂树，以及尽头长云一样低垂在地平线上的远山，就都在一片朦胧的蓝色之后了。

我们家每年正月都会回去，傍晚我就到楼顶上去，春季在我印象中来得越来越早，正月的风有时候会让人想到温暖的春夜，落日颜色也已经转红，不再是冬天惨淡的白色，那光泽令人难忘。几里外的村庄放炮，声音空空的，稀疏又寂寥，在平原上散播开来，心里也因此充满了神圣的感觉。等到再晚一些，就可以看到远处海螺水泥厂的灯。平原上的黄昏是很美的。另一年早春，细雨蒙蒙，我在顶楼救回一只燕子，它卡在两层玻璃的缝隙里，我把它从里面掏出来，捧在手里。我记得那种触感，多年后在人群中，有时候看着自己的手，想起这是一双触摸过燕子的手，觉得自己是与其他人都不一样的人。

在春天还发生过另一件事，我那时候不到十岁，晚上在我妈妈的表兄家，爸爸和村里的其他人在客厅打牌，我在房间里和一个姐姐说话，桌子上有一本旧书，没有封面，是那种厚实的盗版小说，印刷粗劣，字排得很密。不知道为什么，我对那个姐姐说，一本书是什么类型，我翻一翻就能知道，为了证明自己，我拿起那本书，说这是魔幻小说。之后姐姐离开，我一个人在房间里，其他人好像把我忘记了，昏暗的瓦房里，乡间夜晚像油画一样凝重地摇曳，白炽灯瓦数很低，照得屋子里都是大小不一的阴影。我一直看那本书，书里讲一个男生，性格很软弱，成为了宝莲灯的主人后艳遇不断。更晚一些的时候，爸爸想起了我，在隔壁问我在干什么，我说在看书，他问什么书，我说《小学生作文》。我没有常识，不知道乡村人家并不会有这样的杂志。我爸爸不相信，就走到房间里来看，我想把书藏起来但是没有来得及，他质问我说"你知不知道这是黄色小说"，接着人们都围过来了，开始劝他，我哭得头疼，之后晚上睡不好，听见外面青蛙在潮湿的田野里整夜鸣叫。

在他们家搬进村口新盖的房子里以后，这间瓦房就坍塌了。后来看小说里说在热带，植物会和人争夺房屋，心中想到这个旧址，我外公是木匠，把运来的木材堆在上面，每一年南风和雨水来后，野草也都会长得更加茂盛，在此处，人类和自然联手改造了废墟。我对废墟还是感到亲切的。我奶奶家在山区，也有一些因为地质灾害被人们遗弃的村庄，我很小的时候就看过这些事物，地基上散落着桌子、碗、塑料纸，这些组成家庭生活的零件，在一间屋子的房顶下被人们私密地使用着，等到重见天日的时候，随着主人的离去，一切的魅力便也随之烟消云散了。就像在孩子成人并离开家庭很多年后，父母也许会从抽屉深处，发现两部没有见过的手机、许多张男孩与男孩彼此亲吻的彩色画片、一本写满脏话的笔记本、大团的人类的毛发……那些物品如果在恰当的时间，因被人们毁掉自己生活的欲望所呼唤而现身，就能够在他们的关系中引发波澜，此时此刻都因为时过境迁，成了在战争结束百年之久后被发现的哑弹。

很自然地，我在心里追问那本书去了哪里。在一个农村的家庭，书本不算特别常见，因此就像我外婆家依旧保留着子女们的课本一样，人们似乎更敬惜字纸，那么这本书是那一天后很快地丢失了，还是被他们带去了新的房子呢？如果它和那些老宅里面的无用收藏一样，始终隐藏在房间黏稠厚重的最幽暗处，直到在房屋或者家庭的寿命终止时转化为废墟生命的一部分……那么我是不是能重新找回它？

屋子刚刚拆掉后不久，我在废墟上玩，想着那本书，但最后也没有找到，意料之外的收获是捡到一面铜镜，上面有漂亮的吉祥纹路。我觉得真是一面好镜子，我要带回家，挂在卧室的门上，就像许多人家为了辟邪所做的那样。我父母觉得这件东西不吉利，就把它丢掉了。他们在我心里很有知识，做的也是那种让人感到可信的工作，但是却一直和从童年起培植起来的野蛮观念和谐相处，好像从没觉得应该加以改造。比如我找不到扎头发的头绳，想用一根白色的绳子代替，他们就说不要用，因为头上扎白色是家中有丧事的意思。又比如有一年正月看罗汉灯，穿戏服的罗汉们叠在一起演杂技，我觉得无聊，我爸爸就讲了一个他小时候听说的故事：有人看龙灯时说了不恭敬的话，不久后耳朵聋了。再到后来，整个乡镇都在改造和拆迁，我外婆家当时所有人都觉得一定会拆，因此感到灰心，最后居然又奇迹般地不在强制征收的范围内，但是紧邻村庄建起了容纳几万人的安置小区。之后村里去世的人很多，"就像是小区把本地的阳气都吸走了"。听说年纪大的人中也有这样的说法流传着。

小区建成不久后，我参加了村庄里一次真正的、戴孝的乡村葬仪。去世的人在这个宗族里辈分很高，是喜丧，仪式隆重，当时我正在放寒假，专门从补习班请了假。上午天气很好，人们聚在逝者家门前的空地上，吃露天的宴席，之后从家里请出骨灰盒，后辈捧着遗照，随行的白事小乐队开始演奏，又是唢呐又是锣，热热闹闹的。我们一大群送葬的人，每人手里拿到一条白色的大毛巾，互相帮助绑在头上，慢慢地跟在后面走。小区边上新建的公路，那时候还没有什么车辆，我们从上面横穿而过，又回到田野之间的水泥路上，一路都放着鞭炮。后来人群渐渐走得松散起来，像长跑到了中后期，一整条乡间水泥路，处处散落着白衣飘飘的人，我在后面看着，没办法不感到一种美。人们大多和与自己交好的人走在一起，各自谈天，气氛和睦，就像学生时期学校组织的春游。空气中飘浮着松弛舒缓的无聊氛围，人人不急切，也不怎么哀伤，就算有那么一点，似乎也不是因为出殡，而是这太阳实在很好，田野又实在辽阔，道路实在漫长，让人无端地伤怀，就这样经过很多村庄，一路走到远处山上的公墓去。

这是我第一次去公墓。农村的规矩，我只上我爸爸家那边的祖坟，他的爷爷在战争年代逃到山里，族人和家谱都散佚了，去世后，坟墓也就筑在深山里面，多年前小路长满了柴草，此后清明与除夕，我们甚至不去墓碑前拜谒，只在山脚烧一烧纸钱。站在墓园里，这园子是灰色的，平整宽阔，中间有一些小小的柏树，想起了清明的时候在城市里见到的祭扫专线，原来就是通向这样的地方。

此时人群重新聚集，有一些年轻的女性，用中国南部的口音喊她们的孩子，是我哥哥们的妻子，从遥远的地方嫁过来，家里因此得到一笔彩礼。我们这里的村庄常有这样的事。她们和我的年龄差不多，有时候在这里过不下去，就又跑回到娘家去。我在墓地里走了走，这里的一切让人想到，生生死死正在随意地发生着，像野花野草。有的人还在人世上行走，名字已经刻在一块碑上面，等着去世后再涂成金色；有的人死了，可是因为死去的年纪太小太小，只能算是夭折，不能立碑，亲人只好把身份证钉在安放骨灰盒的石穴上。落葬的时候，我与人群隔着一段距离，那些声音都显得很遥远。

我微妙地感觉受到考验。我不记得逝者的身份，这种无能令我对自己有怨言。应该怎么称呼他呢？他或许是我外公的兄弟。在村庄里，同样的问题每一年都让我发愁，比春风来得更规律。我难以记忆人的面容和身份，而我母亲那一系又枝蔓繁盛，她有很多表哥，面容英俊得类似，各自有找不到对应书面写法的外号，娶妻生了孩子，都住在这里，我不知道谁和谁是亲姐妹，谁又是谁的父母，他们却总能记得我，记得我的大名和年龄、是谁的女儿、正在读几年级。老人们尤其是这样，每次我从村庄中经过，坐在屋子门口择菜的老人、从田地里带着锄头回来的老人、从黑洞洞的小屋子里光着脚走出来的老人，都敏锐地知道一个过去孩子的女儿走过去了，我不知道怎么称呼他们，就低头很紧张地笑，十几年都这样笑了过去。又想到今天葬礼的主人在世时，应该也是认识我的，至于我们是否有过更多的对话，此后已经永远不可考证。不久前我妈妈来看我，说今年又有谁死掉，死者和某人一辈子不来往，但是死前和解了。我想到这些人在我记住他们是谁前就去世了。

我外公的母亲死在二十一世纪初，活了八十九岁，裹小脚，住在靠近后门菜园的房间里，生前一直健康，没有去过医院。她去世之后，遗体停放在客厅里，我记得妈妈抱着我，和吊唁的人群一起，围着盖着白布的遗体转圈（不知道是什么仪式，此后再也没见到过），然后我趁人们不注意，蹲下来从死者的头上拔了一根白头发，我不知道自己为什么要这么做。

又过了几年的新年，我们的宗族里兴龙灯，这是民间的盛会，龙灯凡是到一家人门前，那家人就要放烟花迎接，因此当晚，村庄上空的烟花没有停过，火药微粒飘浮在空气中，夜雾浓重。我当时想，这样明亮的天空，隔壁村的亲戚一家必定也会看见。这想法像报丧的鸟。更晚一些的时候我们接到电话，那个亲戚在麻将桌上突发心脏病去世了，很年轻，年纪和我爸爸一样大。第二天我们走了很长的路去他们家，路上妈妈让我安慰那家弟弟，他比我小一岁，当时读五年级，失去了父亲。我见到他时他在没开灯的房间看电视，突然像是被逗乐了似的笑了一下，劣质的屏幕上有几个卡通人，房间里的气味和多年前一样。我很小的时候，曾有一个暑假寄住在这间房子里，他们家那时候家境殷实，有卡拉OK、空调和村里第一台太阳能热水器。夏天比现在炎热，村庄也更加繁盛，有很多给我取外号的同龄儿童。整个夏天我在房屋的阴影和茂盛的草木间游荡，晚上在开着空调的房间里看电视，观察百叶窗的阴影，回家后发现头上长满了虱子。这件事回想起来也像做梦一样。

我十六岁后一直记录自己做过的梦，这些往事都如同在一种独属于梦境的白光的照耀之下，现在想，也许是在生命的幼年，恰好做了类似的梦，在梦里人们交流、行动，一切都因为炎热或者其他东西而发生了轻微的扭曲和偏移，与真正的前史之间的边界也随之变得含混不清。

那时候应该是2015年，这个世纪的第二个十年已经过去一半，与死于上一个十年的人们相比，一切都已经发生了变化。小区建成，像土地和河流的脉络上凭空出现的一座大城，同时正在完善中的还有超市和广场，以及连通外面的柏油马路。站在墓地中，能够从风里的气息中模模糊糊感觉到一切，而事实上这种变化在更早前就已经发生了，最先到来的是工人和工地，有人把自己的家变成简易的快餐店和台球馆，之后他们中一些能干有想法的，又依照着社区形成过程中的逻辑，相继做过建材批发、蔬果批发和婚庆。这些事和我告别童年、学习人类文明几乎是同时发生的，虽然我们常常分开生活，但是却定期重聚、相互印证，就像一场又一场雨下过之后，夏天就过去了，而我们无法知道这变化发生的具体时间。因此不只是现代社区的到来切断了自然聚落的生态，对于我个人而言，如果之前的经历像梦乡混沌难明，那么往后发生的一切，从生到死，婚丧嫁娶，都逐渐被以世故与人情的视角去观照和解释。比如人在一个恰当的年龄死去了，因此而举办的聚会，与其说是葬礼不如说是庆典。比如另一年我的姐姐，在结婚的前一天和家里吵架，夜里跑了出去，我的另外一些姐姐和哥哥带着我，打着手电筒去外面找。有几间屋子已经很多年没人住过，以前有一个得了大脖子病的爷爷住在那里，贩卖一些总让人觉得已经过期的零食，他家屋子的大门不知道为什么不通往大路，新年的时候有人引着我从两栋房屋之间一条狭窄的巷子走到他家，我不知道他什么时候去世、他的家什么时候变成了鬼气森森的地方，而后来有没有去那里找，又在哪里找到我的姐姐，也已经不记得，只隐约地知道她和其他姐姐比起来嫁得并不好。我开始理解这些事，也理解我的哥哥们为什么常常难以结婚，结婚的为什么妻子年龄那么小，为什么在疾病流行的新年带回家的、差点结婚的女朋友是骗子……我不相信人类生活的可持续性，不相信和十年前相比，他们此时已经拥有了牢不可破的社会身份并一直持续到未来，更久之前他们把青蛙装在塑料袋里骗我去摸，我想要和在读初中的姐姐们睡同一张床。我想念这一切，但是事情总是这样，就像村庄在消失，一些东西被拿走了，而我与真正的战斗是隔绝的。

　　我们家的人在这一片土地上生活了可能有几百年了。可以说村庄本身是残酷的，它使我的同辈人长得比我更快，又令我的父母来到和当年他们的长辈一样的年龄。2018年冬天我们去附近一座小山上玩，山顶有寺庙，庙的后面有一条当地人开辟的小路，一直通到山下，爸爸突然说他年轻的时候，骑着自行车到各个乡镇打牌、喝酒，曾经从这里把自行车扛上山。今天他又回到这里，带着自己的家庭。

我后来一直住在县城，和父母相比，已经算是隔代，不是真正意义上村庄的儿女。但归根结底，我们这里的人和乡村多亲近啊，出门走十分钟就可以看到田野，我寒假总是在黄昏去那里散步，看河流、弃耕后被枯草覆盖的沼泽和高压电站。小学的周末，往往是秋天，我爸爸骑电动车带我去那些村庄里游玩，有一次渴了，敲开路边人家的门讨水喝，开门的竟然是我小学同学，他家有一个大园子，我们就在里面参观起来，这让人想到古朴而侠义的诗歌，想到"拄杖无时夜叩门"。这也让人怎么可能不怀念。

对于村庄，我缺少一手的经验，我的体认中有太多来自我妈妈的转述，那是女性口中细碎的、闪闪烁烁的生活和情谊。相比之下我爸爸显得更加沉默，于是奶奶家村庄的衰败也沉默，他们村在山坳里面，现在已经没什么人了，去年傍晚坐在后门的竹床上吹风，前面是山，右边也是山，山是黑色的，整个村庄的屋子都没有亮灯，好像一个深山里的荒村，只剩我们一家人。知了声音太大了，每个人都扯着嗓子讲话，我奶奶说，边上的一个村子还有七个人，上面本来还有更深的村子，人都搬到下面去了，还说天上星星稀，热死老母鸡，不久后远远地看见西边山头后面打闪，西边打闪也是干。那一年确实干，我等梅雨等到秋天还没等到，再过三十年，建筑就比这里的人活得都久。其实这方面我更像我爸爸。我对村庄里真正的生活陌生，对人之间的关联冷漠，因为在阁楼上和田野中游荡，错过了很多我妈妈和外婆在幽暗厨房里关于亲人和祖先的谈话，此时更加不可能真正懂得此中存在着怎样的社会联结。我妈妈则不同，这几年她说得越来越多了，我想，也许她想让我写。通常被人们接受的理念是，经历不能够被浪费，当然有更不庄重的说法：取材。如果想要取材，时代比想象中更慷慨。我初中的时候，村里为了建小区而填埋了河流，农民正在失去土地，也听说有老人因为在小区里迷路而自杀；也是同时期，学校推荐中学生订阅的杂志上会刊登一些淳朴而老派的作品，作者哀叹乡村的流变，怀念炊烟袅袅的田园。我曾认为自己能把握这种变化，心中因此生出的哀伤和捍卫的愿望，丰富了我的周记。但是实际上，这种变化有两种可能的方向：创伤和变革后解放的希望。

我写过的东西中，没有一篇不是关于逝去而不能挽回的事物的，后来就会想，写也许是一种正义的错误，不能真正地维护此地的尊严。即使房屋和田地一样凋敝，居住其中的人离去后平房都倒塌了，小楼永远剩下水泥钢筋的骨架，即使在此时此地，没有任何其他人来记录这件事，可是生活在村庄里的人，无论之后发生了什么，都忠诚地照顾了自己的生活。上学的时候曾在课本上读到蒲宁写"安东诺夫卡苹果的香气正在从地主庄园中消失"，写最后初雪落下了，小地主们"装得像开玩笑似的，以一种破釜沉舟的勇气，悲戚地、不入调地齐声和唱起来"，而我们的村庄缺少足以长出歌声的优美，没有会拉二胡的民间艺人，黄昏时分也没有人吟唱苍凉的歌谣，但是人们始终生活、劳动、度过岁月。这也构成了韵律。

但和北方的国度相同的是，在自己时代的晚秋，事物也像苹果一样散发出更甜美也更忧郁的芬芳。夜晚我坐车离开乡村，在进入城市微热的瓮中前，田野在窗外流淌，泥土湿润，芳草萋萋。这种香气已经死去的人闻到过，我父母闻到过，我也闻到过，可是为什么它唯独在我这里成为了一块伤疤，让我只要想起，往事就像烟火一样划过心间？我是命运和生活都在迁徙的人，因此不同的城市、村庄和村庄以外的世界，没有一个可以被认作真正的故乡，但也因为这样，一切都在眺望中变作了梦中失落的家园。也许生活对于亲手建造它的人来说难以察觉，却只在对它无知的人面前，才真正开始显露自己的面貌，走到了实存的边缘，我听见时代的鬼魂在我耳朵边上，把这些变迁一一地讲述了，说自己如何超越一些东西而成为新的世纪，速度如同飞奔的快马。我是你虚情假意的后代，这幽魂的低语永远让我惊慌不已。

湖

陈柏言

叫我忘记一些事情／或者，至少不要期待死亡

——李渝《夏日·一街的木棉花》

1

外曾祖母人生中第一次坐上飞机，他们全家都去送行。

这里说的"全家"绝非小家庭，光看在场人数就有七十好几，遑论那些蛰伏在LINE（一款即时通讯软件）群组里，通过视讯实况联结的来不了的或更远一点的亲戚。事实上，这一家人的送机活动，从一年前就开始规划。外曾祖母从农历上选定三个黄道吉日（宜移徙、宜出行），送进山上的祖祠摆放一个月，掷筊数轮终于获得祖先首肯，在次年九月的第一个周一实现。原以为只是一场荒唐的突发奇想，人人都说"不可能啦""阿祖又想到哦"，直到群聚机场那天，大家才意识到，真的要和外曾祖母辞别。

登机前三个小时，他们在机场的大型商务包厢内，轮流和外曾

祖母握手，拥抱，敬礼，合影，说上几句悄悄话。几位较年长的、外曾祖母的亲生孩子（他的四位姨婆还有最小的舅公），则特别被分配为代表致辞。他记得最清楚的，是这几位七十以上的老者，以缓慢的语调，追述着外曾祖母的"预知死亡纪事"。例如三姨婆哽咽说着："上个月去看妈，我发现她将相册从床底下拉出来，在床上看了一整夜。"小舅公则说，半年前她忽然唤自己去蟾蜍山走走，说儿时有个很好的玩伴住在那里，后来没了联络。他们散步穿过台大校园，在那个山脚下的老衰群落，外曾祖母早已辨认不出玩伴的旧时住处。他们花费了一整个下午，在山腰公墓区查看墓主的名字，还被骑脚踏车巡逻的警察盘问。

或许是因为有一整年的时间做准备，长辈们的发言都节制得不可思议。只有在小舅公致辞以后，姨婆们手拉手，仪式性地哭啼一会。虽不是名义上的丧礼，但那黑衣黑裤黑裙倒是不约而同。只有被送行的外曾祖母格格不入，一袭酒红色连身套装，"倒缩"的身形，让她看起来像是偷穿母亲衣服的小女孩。她特地换上一对巨大的垫肩，据说这样坐经济舱，肩膀才有得靠。她坐在那仿真龙椅上，好似慈禧太后那样笑看子孙儿媳排排站，仿佛她才是那个送行之人。

早在一年前，月亮完全被云遮翳的中秋，外曾祖母在院子里剥着柚子皮忽然宣布："我不回来了！"那时，他们家几个小辈正准备烤肉，刚生起炭火，整个院子都是白茫茫的雾气。外曾祖母的话语和她自己，也像是深陷云雾之中的月亮。子孙辈没有意会过来，隐隐约约听到"不会来"，还以为是外送的"五十岚"珍珠奶茶没有送到。只有长女的孙子（也就是那个少年时代即白了整头的二十七岁"大叔"），像个孩子般大喊："阿祖，你不要吓人！"就是那一声喊，在这一年多来，失业赋闲在家的他便被派遣任务，每个月从家族的"公用基金"提领二万元，为外曾祖母记录故事（他们不愿意明说，那其实也就是"遗书"）。

外曾祖母深知他的来意，每当他泡起茶，坐定，慎重开启录音机，她便充满戒心，像准备下一盘举世关注的棋。外曾祖母很有sense（意识），认为世上的故事那么多，想要引人入胜，必得放些劲爆的哏，并且赋予故事教训。例如她特别着墨，作为一个孤独的早寡妇人，如何一肩扛起抚养六个小孩的责任……外曾祖母原来是个drama（戏剧）感特重的人瑞，无比自恋自怜，有沸腾的表演欲。换个角度说，她想要对自己的人生有更全盘的掌握。如此思维达到极致便不只是安排余生，更要诠释自己。"小白啊，这个你没有听我讲过，对不对？"外曾祖母总是这样开始，然后以"哎呀，小白，我看这个还是不要写好了。那些人不知道作古没有"这样的自我推翻作为结束。

外曾祖母总是叫他小白。外曾祖母并非脸盲，但她始终记不住十二个内外曾孙的姓名。因为她自己姓白，便把几个曾孙全叫成小白，女的则叫白白，这样确保不会唤错。

他遂在温州街的旧历改过姓氏，变成白家人。他成为了外曾祖母的分身之一。

行前三天，外曾祖母终于对他说了一段"心路历程"。"小白啊，这个你没有听我讲过，对不对？"她仍是以这一句话开场，接着说比起死后举办隆重的葬礼，她宁可生前好好地"被送行"。不过，"生前告别式"没意思，人还在，说什么告别也太过矫情。所以，她要真正地"走掉"。她强调，她会跟团走，千万不要有任何亲人陪同。她曾想过，她要趁着导游上厕所的时候，或者同团游客全陶醉在风景里时，偷偷逃开，消失在森林深处。她要故意踢落土石，或者把石块扔进水里，掀起涟漪，并记得把一只鞋留在岸边，让团员都以为她已跌落山谷或溺毙……"总之不会让你们找到尸体。我不想让任何人见到我死掉的样子。"她的话语很直接，"'死在那边'是很狼狈的一件事。"

她说不知道为什么，七十岁生日那天突然想要写作。有个题材撞进她的脑海，书名都取好了：《如何人间蒸发》。

她当然没有真正提笔，可随着年龄增长，她总是忧心如果自己就这样平庸地死去，该怎么是好？于是，她开始在生活中，处处留心死亡的可能。譬如，看见邻居遒劲的松树，就揣想："那棵松树的树枝看来似乎不错。"又或者，她曾物色过附近的高楼，哪一处的景色较好。想来想去都不行，在这样一座现代都市，要成为一具无名女尸真是困难。

现在，她终于要用自己的身体去实践计划。她说，没有骨灰没有诵经，没有哀父叫母，没有孝女白琴，那样的死亡，才是真正的死亡。对她而言，死亡必须归于简洁。当然，她要求他将这整段话暂且保密，毕竟她对外宣称，这只是一次终有回程的"小旅行"（虽然大家都心知肚明）。不过，她也不允许这事随她的死亡失去意义，要他允诺在她走后十年内，将此事写进书里。她知道他正在写一本《你可能不感兴趣的温州街故事》（副标题为《我在温州街的废宅生活》），"'死在观光途中'多好，一定会流行。"

因为岁数的关系，又无亲人陪同，外曾祖母被要求签下切结书，表明一切意外都与航空公司和旅行社无关。此外，还得附上一纸医师诊断证明书，证明身体机能尚在基准之上。家人们都很意外这次旅途可以成行，据说是之前某家航空公司拒绝过老者的独自飞行，被控告妨碍自由，罚了几十万元学一次乖。总之，唯一条件就是提供诊断证明，切结书也签了，他们便放飞彼此。

至于去哪里——

"云南。"

外曾祖母念出这两个字时十分坚定，像是早就规划好了旅行：飞昆明，转丽江，直奔玉龙雪山。巴拉格宗、棕榈峡、通天峡、香巴拉佛塔、香格里拉……外曾祖母念诵着景点像在行咒术，他始终不明白外曾祖母脑海里怎么建构起这一幅蛮荒边陲地图。她说，幼童时她在父亲的书架上，看过一本唐人写的云南方志，名曰《蛮书》。她从此把这美丽又荒蛮的地名放在心底。她又说，曾看过一篇像是故事的报道，她记到现在。报道描述：玉龙雪山的纳西族少年少女，认为世上最美好的德行便是殉情。他们认定深山某处断崖底下，有一座镜子般的高山湖泊，是通往"金花不谢，金果不落"

王国的结界。他们穿上最美丽的传统衣裳，银饰品在风中摇曳仿佛"叮当""叮当"的风铃；而后带上私制的地酿，在芳草如茵的春天疯狂做爱。三天后，他们头戴花环，携手自断崖跳落，自沉在春天的湖水中。

"扑通"，外曾祖母竟发出了这样的声音，然后闭上眼，舒服地发出了"咝——"的声响。那一刻她仿佛真回到死了不知几年的外高祖母的肚腹，被羊水温柔包覆。外曾祖母描述这段记忆，仿佛在一个奇怪的梦里，不，那简直就像是她的某一段前世。

外曾祖母生于1925年，那仿佛也是前世了。

外曾祖母有九十五岁了。与任何保险公司都不存在契约关系。头发早就只剩下几撮孤独的白毛，牙齿也因牙龈萎缩，掉到没剩两三颗了。但她的身体仍处在一种十分怪异、仿若停滞于少女时代的健朗情态里。甚至，可以直白一点称为"强壮"，看起来可再活二十年没问题。

一年多前，他与交往五年的女友协议分手，同时面临公司解散，返回温州街的老家居住，美其名曰"照顾""陪伴"外曾祖母，其实就是待业在家啃老。他常想，外曾祖母应该觉得自己倒霉透顶，老来清闲却要跟一个小鬼头（虽然他一头少年白）分享家屋。而且，她跟这一号"小白"根本不熟，搞不好还想问："您是哪位？"

又有时，他很庆幸他大学读中文系，曾做过一场作家梦。他努力阅读、模仿名家，写出几篇小说，在报上刊登。凭借这个经历，以及在广告公司学到的写企划案的本领，让文化局审核通过申请，给他一笔钱撰写地方故事。政府给的钱当然不能算多，一个月平均下来只有一万五，但他一来住在家里，二来很守本分，并没有太多消费。家人们倒也放心，连远在上海的他老妈都说："休息一下也好。蹲得低才跳得高。"而后又有了"阿祖回忆录"这档事，他也就更顺理成章地在这条街上生活下来。他曾立下一个座右铭，始终放在心上：啃老可以，但不要啃得太用力。

"我很开心，"在起飞前一个小时，终于轮到外曾祖母发言，"这是我这一生中最快乐的一天。"

送外曾祖母出关前，他向航空公司申请了拐杖和轮椅，家人们都说他好贴心，他们没注意到，他把四个充好电的移动电源，全塞进了外曾祖母的后背包。他教她怎么使用通讯软件传送录音，若在旅途中有任何想法，请将字句传信回来。

"我们会当作传家宝。"他说。

外曾祖母忽然慎重起来，像煞有其事点了点头。然后拉起自己的行李，缓慢坚定，那背影像是第一次出远门的小学生。直到进关前，她都没有回头。

"阿祖，再见。"他当然没有说出口。

2

回到温州街才下午五点，他感觉完成了一段好漫长的旅行。

离开机场前长辈们抓着他的手，眼泛泪光，要他好好休息。他有点好笑地说："好的，好的。"或许在其他家人眼中，外曾祖母被设想为他这一年来的老板。细算起来，距离他们来访的周日尚有四天，他应该可以慢慢来，整理外曾祖母留下来的物件（他始终不愿将它们想为"遗物"）。他将衣物折叠分箱装好，并清理出几本介绍"茶马古道""西双版纳""束河古镇"的书籍，还有一套十片教导观众如何辨析和品尝"普洱茶"的DVD（她为云南行做的功课，但根本没耐心看。她的说法是"那个不好看"），准备走去两条巷子外的二手书店卖掉。此外，他已悄悄将外曾祖母留下的照片洗出，和早逝而显得年轻帅气的外曾祖父的照片摆在一起（好不公平是不是？），悬吊在时钟下面。那是起飞前一周，外曾祖母嘱他带去拍的照片。外曾祖母手提水果篮，灿笑着，背景是旧厝庭院里的葡萄架，上头缠绕着丝瓜藤。篮子里有几个枣子和苹果，都是菜市场里最新鲜的。

从市场走回家的路上，外曾祖母向他强调，古时候人说"饲果子，拜树头"，以后祭祀，也要跟上时代，记得要选有机的，卖相丑一点没关系，一定不要有农药。他不知道外曾祖母为什么会在这种时候，仍想着有机，仍想着农药，真的和她的女儿一个模样。外婆六年前去世，即便萎缩的身体挂满点滴，仍在病床上嘱咐他要多吃一点水果。因为某些身体激素倒灌进脑袋，外婆最后几个月陷入严重昏迷，甚或没意识到自己即将老死。

在那病床上，她对着不同的人讲过无数遍"要吃水果"。无数遍的其中一遍是对着他说的，还说他年纪轻轻白发那么多，就是吃得不够营养。结果那次谈话后不久，外婆就被宣告病危，没再醒来。他遂不免怪罪自己，竟让这段一点都不重要的叮咛，成为外婆生命史的最后一节。他一直记着这件事，因此当外曾祖母谈起水果，谈起农药，他总会有一点说不上来的感觉。

天色已彻底暗去。

他在院子边角，选了外曾祖母最爱的位置，躺在那张对身高一米八的他而言略嫌窄短的藤椅上。这一景框属于外曾祖母。他多么想把眼前所见如实描绘下来。他看见的庭院，庭院里的盆景、铁杉、木芙蓉、印度紫檀，对门爬满蓊郁的炮仗花……他算算时间，思想起来，此时，老阿祖应已到昆明了吧？或许，外曾祖母双手正触摸着飞机的边窗，冷冷地鸟瞰昆明夜景。

事实上，他曾用电子地图看过，昆明早就不是地理课本上花团锦簇的花城了，而是一座盖满烟囱工厂、空气污染严重的城市……不知道外曾祖母是否能在那样的地方，找到"金花不谢，金果不落"之国？

他还不饿，决定在晚餐前再泡一壶茶，想象如常的傍晚，开启录音笔，和外曾祖母有一搭没一搭闲聊。他打开电磁炉，将水壶摆上，见蒸汽静静翻腾，化在空中不见。

他决定这是今晚最后一次看手机。

他在家族LINE群汇报，外曾祖母没有来讯。

随后，他拉起小棉被，将手机的飞行模式开启。

他觉得那张藤椅非常非常温暖。

3

他做了一个梦。

梦里有一张书桌，书桌前有他，他正低头，写字。

他意识到那是一个梦，因为他认出眼前的窗框，窗框上挂着一只鸟笼，笼子里有一只鹦鹉。哦，小时候，童年的梦，他很快地告诉自己。小时候家里确实养过一只鹦鹉，后来死掉了，那是当然的。而他在写字。被设定好那样地，他感受着身体不由自主的运作。当然，还有一种轻微的疼痛，在手腕，在手指关节，仿佛他已在此持续写了有两三个小时之久。那像是暑假作业吧，他听见了蝉鸣，仿佛波浪一浪一浪覆盖上来，淹没了他的家屋，淹没了整条温州街（那是长大后逐渐少有的听觉感受）。他闻到一股炒菜的味道，他听见家家户户抽油烟机运转的声音，他听见厨房里，外曾祖母正在张罗午餐。眼前画面如老旧电视，充满杂讯。他听见有人举起筷子，有人在悄声说话，有人以汤勺敲击汤碗。

他重新把注意力放回正在运算的数学题目。

从算术的难度看来，应是小学三年级。

三年级的夏天啊。

他忽然想起一件事。

他踩着拖鞋，撞开门，跑出庭院。他想象街道是棋盘，他则是那一颗棋子，被某个人飞速移动着。他看见自己腾空而起，像是一架空拍机，俯瞰着满屋顶的花，在夏日的烈风中沉静着。他看见后来的二手书店，原是一家豆浆油条铺，有一只巨大的老鼠窜过。还有那家文青咖啡店，竟还没有房屋，只有一对看起来好老好老的夫妇在摆卖日用品，有梳子、保鲜盒、捕鼠夹、棉花棒。他记起来了。他看见一群人，在新生南路的对面，校园门口，拉起白布条，有一个大学生模样的男生，站在凳子上，持大声公（扩音器）像是在宣示着什么。他不确定那个家伙，将来会不会成为历史课本上出现的人物。他感觉有风，吹过树，吹过发梢。天上有直升机，"轰轰隆"，他抬头看，是青色的天空，无边无际仿佛倒悬的海。

他听见有人唤他。

他回过头，看见一座巨大的湖。

湖被包覆在无限延伸的城市街道和墙壁之间。

湖就在那边，在巷口，在两条街道的交界之处。很怪异的，像是一个没有清楚边界的伤口，在屋子和屋子的隙缝之间绽开来。在后来的记忆里，那里并不存在着湖泊。也或许，那是被他遗忘的记忆吗？他走近湖，伸手摸了摸湖水，是温热的，甚至有些烫手，他忍不住叫出声来。他随手捡起掉落地面的台湾栾树果实，往湖里丢。果实浮在水面上，湖上起了一点波澜，很快便静止了。果实沉落了。阳光照射。

他见到一头鹤。

鹤从湖彼端飞来，逐渐下降，下降，指爪在水上轻点。它敛起羽翅，将自己隐藏，随后羽毛飞散，那竟是个和此时的他年龄近似的女孩。她站在湖水中央，四处张望，看起来在等待着什么。他揉了揉眼睛，发现那女孩正快步朝他走来。

"你在看什么？

"喂，你在看什么？"她的头发很短。白衣短袖短裤。很一般的夏日穿着。

"不要发呆。"她看着他，像是早就认识许久。

"看什么？不是看你就对了。"他故意装作若无其事，站成三七步，练习展现出小学三年级男生的神气和语气。他想象着，并伪装着小孩子的模样。因为他深怕梦主一察觉不对劲，就要将他驱离。

"嗯？"她说，"你好奇怪哦。"

"对了，你怎么站在湖里面？"他说。

"你真的好奇怪哦。"她站远了一点，用古怪的眼神看他，"这里哪有什么湖？"

她转过身，跑开了。

她踩在水上，但没有溅起水花。她留下淡淡的纹理，像在镜子上写字。

他闭上眼，再睁开。

女孩消失了，湖水依然闪烁着刺目的光。

外曾祖母的信息在第三天早上传来，说他们一团人在丽江城里聆听纳西古乐。外曾祖母先讲了一大段，大意是这里的食物重咸，她吃不习惯，但还是感到很新鲜，很好玩啊。

而后，音乐开始演奏。

他不确定是录音质量不太好，有些杂声，又或者那就是纳西古乐本来的样子。他觉得那就像是小时候看庙宇前的野台戏，敲锣打鼓，唢呐声非常刺耳。一段演奏之后，他听见外曾祖母小声地描述，宽敞昏暗的演奏厅里，演奏者都穿着清朝官服，很像死人穿的那种。她说，每一个演奏者看起来都比她还要苍老，那音乐仿佛为他们自己奏响的丧歌。他上网查询，才知纳西古乐已被列入世界遗产，到许多重要的国际音乐场合演奏过。据说历史上很知名的《霓裳羽衣曲》，曾随某不知名官员移动到云南。由于交通阻隔，乐声反而像琥珀那样被封存起来。

他将那段嘈杂录音上传到家族群组，很快就有数十"已读"。

但空荡荡的，无人回复。他们都在各自的手机前，侧耳倾听这古怪的"丧歌"吗?

4

终于收拾好外曾祖母的梳妆台。

他从外曾祖母交付的信封中取出钥匙，打开了第三个抽屉的锁，发现两条金手链、三个玉环散放其中（甚至没有用首饰盒装着）。其中一只紫玉的，他见外曾祖母在某个不熟的亲戚喜宴上佩戴过。他用预备好的缩口绒袋装好。而那些不知道过期没有的胭脂水粉（倒是没有"明星花露水"），以及剪刀、睫毛刷、电卷棒，甚至还有不知道哪个亲友的喜帖讣闻，通通扫进大纸箱子，标号封存。

标号的习惯，大概是中文系的训练使然。那是他的"写作的准备"：开启一个Excel文档，把所有的题材，百科图鉴那样分门别类归档。外曾祖母的离开太不慎重了。她出门前梳过头的梳子，随意摆放在桌上，还纠缠着头发。他又在抽屉里发现一张便条贴，上头是大大方方的圆珠笔字迹："谢谢"。

离开外曾祖母的卧房时，他记起外曾祖母跟他说过，（20世纪）70年代某个已叫不出名字的台风曾重创台北（她只记得名字是譬如珊迪、佩蒂之类温柔浪漫的西洋名），一夜之间，整个温州街区都变成河流。那时她早已出嫁多年，不住这街上。但她前一天正好冒着暴雨，回家探望鳏居的父亲，睡在少女时的和室卧房。天光亮起，她惊觉自己正漂浮在水面上。哦不，并不是漂浮，而是剧台上唱的水漫金山寺。她看见家里的盆栽和锅碗瓢盆全狂暴地朝她袭来，溅起落落水花。她坐起身，才发现自己并不在床上，而是在一片木筏上摇摇晃晃。迷蒙之间若有潮汐，而那水流竟漫着透亮红色的光晕。她被大水运出了房子，运出庭院，在晨光里的温州街道漂行。她忽然发现父亲，也在另一只不远处的木筏上，正沉沉睡着（朝阳打亮了他的脸）。而半年前过世的母亲，则坐在父亲身后，低着头，专心织补毛线。她听见母亲远远地唤："小丫头，你醒了啊？"

这一故事他听外曾祖母讲过至少三遍，但他没有一次信过，即使外曾祖母坚称："小白，这是真的。"直到他前阵子为了写书，在住过温州街的某位女作家的书里，读到好怪异的一段：

> 很多年前，新生南路曾是一条简单的双行道，两边生长着茂郁的千层树和亚麻黄，中间流着一条深入路面的水沟，清澈见底，缓慢流行，沟边的浮草和石块之间漂游着一团团的血丝虫。当黄昏到来，晚霞漫天，艳丽的夕阳倒映在水中，和血丝虫交辉成红艳艳的一片光时，世界上真是再也没有一条街或一条水比它更美丽了。

女作家的血红色川流出现在黄昏，而外曾祖母的海市蜃楼则发生在清晨。要说的话，那仿佛都是昏昧迷茫的狗狼时刻（指白天和黑夜交叉的时间，此时万物轮廓变得朦胧，人无法分辨向自己走来的是忠实的爱犬还是有恶意的狼）。而后他又发现，这一带在日据时期叫"水道町"，那仿佛暗示着此地有河道水渠穿行。

厨房与庭院之间，有一扇猩红色的小门，门上的漆剥落得很好看。他好喜欢站在屋外，回身望向这间旧厝，砖瓦屋顶爬满了藤蔓和青苔，像是一座绿意盎然的废墟。门上贴了一张"猫来富"春联。外曾祖母少女时期就爱猫，曾养过五只。都死了，当然。外曾祖母实在太老了。猫死后全埋在院子里，各自拥有一块小小的碑。唯有站在这里，他才觉得在这世上，占有了一点唯有自己能够感受到的什么。即使偶尔，他也会极其悲观地想，审查委员之所以通过他的写作计划案，并不是他的试写稿展现出多少潜力或多少才华，只是他刚好住在温州街，并拥有这样一座废墟。

就是如此而已。

5

当然，为了写这本《废宅生活》，他也调查了这幢老屋的身世。

但他所有的信息，并不来自与外曾祖母这一年来的相处。他很讶异，外曾祖母对这房舍并没有什么认识，对她而言，就是"从小到大生活的地方"，或者"父亲的房子"这样去时间化的单纯概念。历史什么的太遥远，似乎也不大必要；她仿佛光是关心庭院里的植栽，桌子上的灰尘，或者门口信箱塞入的传单，就足以耗尽一生。

他到台大校史馆搜寻教职员宿舍谱录，比对户政事务所提供的公馆区历史沿革图，终于查索出这一屋舍在"水道町"时期的原始屋主。原来，这栋房子当时是一个姓斋藤的日本教授的旧居。后来政府接收了这一房舍，并转而分派给任教于台大农学院的外高祖父作为宿舍。还好外高祖父活得够久，足足住到21世纪的最初几年才去世。他并不清楚，学校是否因此并未跟他们索回住处（就如校方将台先生赶出十八巷的"歇脚庵"），但他有种哀愁的预感。

设想当校方发现外曾祖母失踪，就会将这房子征收回去。他有时也会忆起，外曾祖母早年丧夫之后，便带着六个孩子，从台中夫家回到北城依亲。日式建筑宽敞且隔间多，让他们母子得以在此栖居。外曾祖母在附近裁缝店找到工作，因缘际会认识过几个男人，但最终仍没有"善果"（这一段外曾祖母始终坦承无讳，并抱怨自己真的生养太多拖油瓶了）。还好外高祖父只有外曾祖母一个独生女，而屋子又够宽敞，可以容纳一个可能的悲剧。他忽然庆幸，这幢老屋并不真的由他们家族拥有，不会上演什么争夺家产或变卖家屋的戏码。

此地毕竟只是暂居，他直到此刻拥有的一切，阳光、植栽、小小的坟，都是借来的时光。

6

外曾祖母一个礼拜没有来讯。

那通纳西古乐的录音，成为外曾祖母的最后留言。

家族LINE群平静无波。在接连几天没消息后，他不再上去发言了，重复同样的话语也没有意义。家人们假日来访旧厝，异常沉默，踩踏过每个房间，打开每一个抽屉，这最后的巡礼更像某种侦查仪式。他看见小叔公站在那棵印度紫檀树下，愣愣地放空。外曾祖母的"杳无音讯"被解读为死亡，但那死亡却无人能够解读与定义。外曾祖母仿佛家族谱系里忽然被悬置的起源，他们甚至连是否要为她办理除籍都不清楚。

没有人再问起外曾祖母。

没人要他去打听。

311

那让他感到轻松，却又免不了小小怨怼起家人们的懦弱绝情。

他有时会想，外曾祖母会不会根本没有搭上飞机。她没有去云南，没有去什么玉龙雪山，她只是假装出关又入关，而后坐车离开。他想象她对带团的导游说："少年，我不去了。"即使莫名其妙，导游大概也会开心不已，因为不用为一个随时会亡故的高龄老妇负责。他听到的纳西古乐，或许真只是预录好的，因为那乐曲实在太过熟悉。

他想起曾被前女友抱怨，他就是这样一个人：愈不实际的故事，愈是相信，而且死不去看那些显而易见的事实。

光是在台北，甚至，在这条单调却仿佛永无止境的街上，就足以让人一辈子迷失，永远神隐。又或者，她会不会趁着他不注意，再次躲回了这幢老厝呢？这样一座充满夹层、缝隙、断裂的家屋，他理解多少呢？她一定舍不得告别这里的一切吧？她会忍不住想逛菜市场、吃水果，想要打扫房子、剪裁那些疏落的花木。她会手痒吧？想要把长满锈斑的窗框和门把通通擦拭一遍。

他苦笑起来。

别再装了，全世界最无法接受外曾祖母离开的人，其实是他自己吧。

7

下午两点，手机响起通知，他连忙放下手边正在处理的稿件（他正在把梦中的温州街记录下来）。

原来是妈。

竟然是老妈。

她留下了一条微信的语音消息，要他放心，外曾祖母在她身边，他们已坐车到玉龙雪山脚下了，正在排索道的票。"我老公也在。"她说导游很热心，为他们讲解此地的历史，"前天下大雨，山路崩塌得挺严重的，司机硬要开，我快吓死。"他一阵眩晕，几乎要大叫出来：天啊，怎没料到这一招？确实，外曾祖母这种一生没坐过飞机的老人，如何可能只身前往那种地方呢？她早就安排好要外孙女陪伴了吗？他继续听着留言，边想着，原来送行当天，妈说赶不回台北是连他一起骗了。"来，阿嬷，换你说话。"外曾祖母并未接过电话，似乎说了一些"不用啦""没有什么要说"，便改由老妈接手："你阿祖不知道入了什么邪教，一直跟我说要去山上找一座湖。"

他回拨电话——当然是用微信，不知是高山网络信号不佳还是其他什么原因，总之始终没有办法接通（他是否错过了最后挽救外曾祖母的时机？）。他甚至，怀疑起这一段录音的时效性。

他想象老妈和男人挽着手的情景。

离地千尺高的缆车上，他们坐在外曾祖母瘦小的身体对面。他们是否知晓，眼前这一近百岁的老人，心里正在谋划一场自杀之旅？抑或这一趟古怪旅行的目的，其实是他老妈和男人决定好的殉情计划？"死在途中"的旅伴？

那男人是老妈五年前认识的。男人长住上海，来台北出差，是个贸易公司的业务员。男人有妻子了，只是那个女人患上某种绝症，身体变形得很严重，长时间住在医院。妈说："那个女人已经是死人了。只是还没有死，还会呼吸。"不知是否出于一种奇怪的母性，两年前，她和老爸打了离婚官司，不听劝阻，买了单程机票就飞去上海生活，成为人家的台北情妇。老爸被"绿"得莫名其妙，但很快就接受了。毕竟他在外面也有一位来往密切（据说早已同居）的同事女友，也算是彼此彼此。他俩心知肚明多年，就连他这个做儿子的都看得清清楚楚。离婚琐事确实麻烦，跑程序，究责分产什么的，不过最后一次踏出法院时，他们一家三人，还是走路去吃了很扎实的牛肉面。

老妈一年回台北两次，都是跟着男人回来出差。不一定在哪个时间点，但总会"回娘家"，住在温州街上，男人也会跟着来访，拜会外曾祖母。他觉得男人比爸帅多了。他难得认可老妈的审美。

外曾祖母很开心，听说男人爱吃面，还少见地亲手煮了"排骨酥面"招待。饭桌上妈捶了那男人，说她也只吃过这道传说中的"拿手料理"两次，"你何德何能。"男人还喜欢温州街上的一家面馆，一对老夫妻经营的，男人建议他们的臊子面可以加点香菇。

8

这一天是毕业典礼。

他意识过来时，已走在队列之中。

那是小学六年级，从身上穿的制服看来，应是春夏之交。

他发现，自己脸上戴了口罩。老师、同学，还有走过去的路人，都是如此。他们走在一座偌大的校园里。他很快就认出一旁蓊郁的树木以及日式建筑。这里是舟山路——他记起了：这一天是毕业典礼。而此刻正在发生的重要事件，就是传染病大流行，而且疫情应该刚刚开始而已。容易群聚感染的室内空间遭到禁用，校方只得放弃礼堂，向台大商借图书馆后方的大块草地。每个毕业生都提一张童军椅，他和几个男生还要帮忙抬好几箱的毕业证书与赠品（是有点厚度的《汉英双语辞典》）。队列旁有人拖着音箱，播放经典毕业歌曲《朋友》和《萍聚》当作背景。

只是不知何时开始，队列就散掉了。

有人蹲在地上哭泣，有人安抚，有几个女生则在一旁瞎起哄要告白，有人在签写制服和毕业纪念册。

他站在一旁，远远看着一群口罩人，隔着一层面纱辛苦表达自己。

他并未注意到毕业典礼何时结束，夕阳也已全然西斜。在这一场梦里，梦主似乎没有耐心，陡然抽掉了白天，换上黑夜，让他置身在一个奇异的、仿佛被透明玻璃隔离的温室里。

他还戴着可笑的N95口罩。

他见到了一座湖。

那是醉月湖吧，他想着，却又仿佛不是。

他一直记得"湖心亭"的传说：只要在月圆之夜涉水，登上那湖中的亭子，就会被传送到过去的某个时间点。

他坐在湖畔。

静极了。绝对的静。太平盛世。以至那湖上折映的月光，竟有些扎眼。

这次他没有抛下任何东西，女孩已经出现在湖上，并快步朝他奔来。

"你在干吗？"她好像和他一样，都长大了，要毕业了，"好巧哦，又见面了耶。"

她的胸前别着给毕业生的百合花。原来他们是同一所学校的毕业生，但他毫无印象。

"这么晚还在这里。"她说，他注意到她的胸部已微微隆起了，薄薄的制服透出胸罩的纹路，"找不到回家的路哦？"

他顿了一会儿，恼怒起来："×，到底关你什么事？"

女孩愣住了。

看她的样子，像是从来没被这样粗暴地骂过。她哭了起来——不，不只是哭，那歇斯底里的程度，简直是超现实的号叫了。

他觉得耳膜快炸裂了，这是摇滚乐的死腔吧。他想着，这女的绝对拥有死腔的才华。随后，便是脑中无止境的眩晕，爆炸，到了几乎站不住脚的地步。

他心里生出一股非常巨大的嫌恶和恶心。

他无法控制自己，将拳头砸向那女孩的右脸。女孩美丽的鼻腔，立刻喷泉般涌出巨量的鲜血。女孩被重击后，向后方倒去。他顺势抓住那女孩的肩膀，避免她坠入湖中。然后，用乍看优雅的双人舞姿抬起女孩，而后用膝盖猛击她的肚子。他对她那少女的、已微微堆叠脂肪的身体，疯狂攻击恐怕有十分钟之久。

女孩才终于停止了哭泣。

他浑身是汗，大口喘气，像是跑了一趟马拉松。

他将女孩的身体放在湖边，舀了一手掌的水。

他拉起衣摆，温柔擦拭女孩那满是鼻血泪水的、濒亡的脸。

他仔细端详好久，才发现那是一张无比衰老的忧愁的脸。

9

许多年后，他坐在草木疯长的庭院，仍思考着：如果当年外曾祖母真的只是玩玩，而后又风尘仆仆回来怎么办？他究竟希望她彻底消失，还是如古老传说里的英雄那样历劫归返呢？如果是后者，他一定开心极了。他会冲到机场大厅，抢第一个给外曾祖母大大的拥抱；他会递给她一张有机餐厅的推荐清单，说"你看，我也没有闲着"；他会以她为主角，写一篇老套的人类学家和异族少年的异域艳情故事；他会更仔细地核对故事里的每一个细节；他会严厉地质问外曾祖母，那是梦，是现实，还是谎言；他会去校正，录音当下误解的时空，确认谈过的某某老师、某某医生的名字。那些忽然浮现、跑马的细节，在书写时都闪烁着意义，以及意义之外暧昧的光辉。他想要问更多一点，关于这条街，这房子，关于他自己的故事。

但那也不免失望。

老妈和那男人来过这房子。

妈很喜欢他认养的猫，但对他新出版的《废宅生活》则语带保留。"我明明不是那个样子……还有你写你爸那一段，简直胡扯。"他带他们去巷口吃面。告别前，妈说："以后你就是这间房子的主人了。"而那个上海男人成为他继任的"老爸"，拍了拍他的肩膀，说了声："保重。"他送他们到捷运站前的十字路口，看他们在马路上，逐渐被黄昏淹没。

他想起外婆出殡那日也是黄昏，外曾祖母在夕照里举着一条木棒，敲打着棺材。她哭泣的声音非常健康，眼泪也很干净，口中却骂出很秽恶的送行之语。

那时，他还不清楚外曾祖母的计划，还不明白温州街底下，曾有过盘根错节的渠道。那是一个夏天，夕阳斜落的时间还有好长好长。